AF237498

Anna Gasthauser

Kein Mensch und Sara

Anna Gasthauser

# Kein Mensch und Sara

*Dystopischer Jugendroman*

2. Auflage, Juli 2021
© Anna Gasthauser

Lektorat: Anke Höhl-Kayser

Bibliografische Information der Deutschen Nationalbibliothek:
Die Deutsche Nationalbibliothek verzeichnet diese Publikation in der Deutschen Nationalbibliografie; detaillierte bibliografische Daten sind im Internet über http://dnb.dnb.de abrufbar.

**Impressum**
Anna Gasthauser
c/o R. Wolff
Lindenstraße 17
14467 Potsdam

Herstellung und Verlag: BoD – Books on Demand, Norderstedt
ISBN: 978-3753472089

Zitternd atmete Sara ein, doch der Sauerstoff schien auf einmal vollständig aus ihrem Wohnzimmer gewichen zu sein. Sie starrte auf den Computermonitor. Die E-Mail ihrer Tante June hatte ihr einen Schock versetzt und ihr Verstand wehrte sich wohl noch immer dagegen, die Bedeutung der Worte zu begreifen. Sie musste jetzt die Nerven behalten! Und sie durfte keine Zeit verlieren, denn mit jeder Minute, die sie zögerte, wuchs die Gefahr, dass man dieses Ding im Keller entdeckte. Ein Vyncent-One ... In *ihrem* Keller. Wenn ihn irgendeiner der anderen Hausbewohner vor ihr fand, wäre das eine Katastrophe.

Sie konnte nicht glauben, dass ihre Tante in diesem Moment bereits tot sein sollte ... Doch anscheinend war sie nicht gegangen, ohne etwas zurückzulassen.

Sara rieb sich die Augen und zwang sich, die Mail noch einmal zu lesen, als würde sich der Inhalt verändern, wenn sie es nur stark genug hoffte.

*Sara,*
*es ist so weit! (Du weißt Bescheid.)*
*Es tut mir leid, dass ich dich auf diese Weise überfalle,*
*aber du würdest versuchen, mir meinen Plan*
*auszureden, und ich möchte uns beiden einen*
*schmerzhaften Abschied ersparen.*
*Im Keller findest du meinen Hund Jim.*

*Verzeih mir bitte, dass ich dich nicht vorher gebeten habe, ihn zu dir zu nehmen, aber deine Antwort wäre unweigerlich ein Nein gewesen.*
*Ich ertrage den Gedanken nicht, Jim sich selbst zu überlassen,*
*und klammere mich an die Hoffnung, dass ihr zwei zueinanderfindet.*
*Es gibt niemanden außer dir, dem ich vertraue.*
*Passt aufeinander auf.*
*June*

Sara ballte die Hände zu Fäusten, so fest, dass sich ihre Fingernägel schmerzvoll in die Haut drückten. Natürlich war Jim kein Hund. Aus Angst davor, dass die KLPO die Mails ausspionieren würde, hatte June dieses Ding in ihren Nachrichten seit jeher als Hund bezeichnet. Dabei war es ein VyO. Ein verdammter Vyncent-One. Dieser Pseudomensch war schuld daran, dass June sich für ein Leben im Exil außerhalb der Stadt entschieden hatte. Er war schuld daran, dass sie in ständiger Gefahr geschwebt hatte, und letztlich war er wohl auch schuld an ihrer Entscheidung, mit ihrem Leben Schluss zu machen.

Wann hatte sie die Zeilen überhaupt verschickt? Eine Gänsehaut zog sich über Saras Körper, als sie die Zeitangabe in der oberen Leiste des Mailfensters erblickte. Die Nachricht stammte von gestern Nachmittag. Sie war über vierundzwanzig Stunden alt. Sara dachte an den Stromausfall, der diesmal weit länger gedauert hatte als die letzten Male. Wegen ihm hatte sie den Computer erst jetzt eingeschaltet. Angeblich galten eine zuverlässige Stromversorgung und warmes Wasser aus der Leitung als die großen Vorteile, in der Stadt zu leben. Aber in *dieser* verfluchten Stadt funktionierte nichts mehr richtig.

Sara wurde sich bewusst, dass sie durch ihr Zögern nur weitere Zeit verlor. Sie hastete aus dem Zimmer in den Flur und schlüpfte in die Stiefel. Hektisch blickte sie sich um, suchte irgendetwas, das sie als Waffe benutzen konnte. Würde sie denn eine Waffe brauchen? Eine Pistole zum Zweck der Selbstverteidigung, die nach Ansicht der Regierung in jeden Haushalt gehörte, besaß sie nicht, und zum ersten Mal bereute sie es, zu den wenigen Bürgern zu zählen, die auf dieses neue Recht verzichtet hatten. Sie seufzte innerlich und sagte sich, dass eine Schusswaffe ihre jetzige Situation vermutlich nur noch schlimmer machen würde. Allein ihr Zittern … Wahrscheinlich würde sie sich in ihrer Panik selbst erschießen. Trotzdem brauchte sie etwas, um sich im Notfall zu verteidigen. Sie lief in die Küche und durchsuchte die Schublade nach einem geeigneten Messer. Sie zog eines mit einer recht langen und spitzen Klinge hervor und betrachtete es. Um die Kreatur damit zu treffen, musste sie ihr sehr nahekommen. Und würde ein Messer überhaupt etwas gegen einen Vyncent-One ausrichten? Vielleicht war es nötig, irgendwelche bestimmten Drähte zu durchtrennen, um ihn außer Gefecht zu setzen? Konnte sie womöglich sogar einen Stromschlag bekommen, wenn sie ihm das Messer in seine Eingeweide rammte? Sara überlegte fieberhaft, ob es eine Alternative gab. Sie blickte sich in der Küche um, auf der Suche nach einem Gegenstand, der schwer genug war, als Wurfgeschoss oder Schlagwaffe zu dienen. Als sie nichts fand, das ihr geeignet erschien, stöhnte sie verzweifelt auf. Vielleicht war es lächerlich, sich zu bewaffnen. Und dennoch ... Sie wusste kaum etwas über Vyncent-Ones. Um dieses Thema hatte sie immer einen Bogen gemacht. Schon lange bevor die KLPO VyOs verboten hatte.

Schließlich schob sie das Messer in die Tasche ihrer Strickjacke und lief zurück in den Flur. Sie musste es jetzt hinter sich bringen. Dabei hatte sie noch keine Ahnung, was sie tun würde, wenn sie gleich tatsächlich auf dieses Ding traf.

Sie starrte durch den Spion und lauschte, um sicherzugehen, dass der Hausflur leer war, bevor sie es wagte, hinauszugehen. Im Treppenhaus war es still. Sie versuchte, die Wohnungstür so geräuschlos wie möglich zuzuziehen. Trotzdem fiel sie mit einem viel zu lauten Krachen, das durch den Treppenflur hallte, ins Schloss. Sara hasste dieses Geräusch. Es gab ihr stets das Gefühl, den verrückten Bewohnern dieses Hauses ausgeliefert zu sein. Doch heute jagte es ihr einen weitaus heftigeren Angstschauer durch den Leib.

Ein eisiger Wind fegte durchs Treppenhaus. Ein paar Stockwerke unter ihr klapperte die lose Spanplatte, die irgendwer notdürftig vor ein kaputtes Fenster genagelt hatte. Inzwischen war keine einzige Scheibe der Flurfenster mehr intakt und man hatte es längst aufgegeben, Kälte und Feuchtigkeit mit Hilfe von Platten oder Planen draußen halten zu wollen.

Sara wusste, dass es zweiundfünfzig Stufen bis ins Erdgeschoss waren. Weitere elf oder zwölf Stufen bis in den Keller. Während sie sich zwang, die Treppen langsam hinabzusteigen, stellte sie sich vor, wie Augen sie durch die Türspione hindurch beobachteten ... Sie erreichte das zweite Obergeschoss. In der linken Wohnung dieser Etage fehlte seit über einem Jahr die Tür. Der Mann, der dort hauste, schien sich damit abgefunden zu haben und es störte ihn wohl nicht, dass theoretisch jeder bei ihm ein- und ausgehen konnte. Sara verlangsamte ihr Tempo noch etwas mehr, um sich an dem Türrahmen vorbeizuschleichen. Im Augenwinkel erfasste sie das ungeheure Chaos in dem engen Flur. Sofort musste sie wieder an June denken. Auch sie hatte alles Mögliche gesammelt. Bis zur Decke mit verrückten Gegenständen vollgestopft, hatte ihr kleines Haus einem wirren Kuriositäten-kabinett geglichen. Als Kind war es für Sara das reinste Abenteuerland gewesen. *Verdammt, June ...*

Vielleicht hatte der VyO es ja gar nicht bis in die Stadt geschafft. Immerhin war es mindestens ein Tagesmarsch. Wahrscheinlich hatte man ihn unterwegs geschnappt. So ein Ding fiel doch sicher auf, wenn es da draußen herumlief. Womöglich war das alles auch nur ein großer Irrtum? Vielleicht hatte June sich gar nicht umgebracht. Vielleicht war diese E-Mail nur ein Scherz gewesen. Vielleicht war ihre Tante am Leben und wartete im Keller auf sie, um sie zu überraschen und sich über das dumme Gesicht zu freuen, das Sara gleich machen würde. Sie traute June solch einen makabren Streich zu. Bei dem Gedanken verspürte Sara eine Wut in sich, die die Angst zumindest für den Moment in den Hintergrund drängte.

Im Erdgeschoss warf sie einen flüchtigen Blick auf die Briefkästen, die schon lange keinen Zweck mehr erfüllten. Vor ein paar Wochen hatte irgendein Idiot sämtliche Türen herausgebrochen. Sara klammerte sich ans Treppengeländer. Sonst vermied sie es, das dreckige Geländer zu berühren, das mit Kaugummis, Aufklebern und Graffiti übersät war, doch jetzt, wo sich ihre Beine wie Gummi anfühlten, gab es ihr Halt. Sie blickte hinab in die Dunkelheit des Kellers und lauschte, aber da waren nur die Geräusche, die der Wind verursachte.

Die letzten Stufen nach ganz unten ging sie sehr langsam. Dann drückte sie auf den Lichtschalter und die Neonleuchte flackerte auf. In der Jackentasche fühlte Sara das Messer.

»Hallo?« Das Wort war so leise aus ihrem Mund gekommen, dass der Vyncent-One sie vermutlich nicht gehört hatte, wenn er irgendwo dort in einer dunklen Ecke hockte. Aber tief in ihrem Inneren ahnte Sara: Er *hatte* sie gehört. Er hatte die ganze Zeit darauf gelauert, dass sie kam.

## 2

Sie entdeckte ihn im hinteren Bereich des Gemeinschaftskellers, umgeben von Gerümpel und Müllsäcken. Aus der Entfernung und im schwachen Licht konnte sie ihn nicht gut erkennen. Und das, was sie sah, ließ sie im ersten Moment daran zweifeln, dass er tatsächlich der Vyncent-One war. Sie konnte nicht ausschließen, dass es sich bei dem jungen Mann um einen Bewohner des Hauses oder um einen Obdachlosen handelte, der hier Unterschlupf suchte. Aber die Art, wie er sie ansah, verriet ihr, dass *er* es war. Er war von schlanker Statur und sein kurzes, zerzaustes Haar stand ihm wirr vom Kopf ab. Er trug dunkle Jeans und mindestens zwei oder drei Pullover übereinander. Eigenartigerweise hatte sich in Saras Vorstellung ein völlig anderes Bild von ihm geformt. Vielleicht hatte sie sogar damit gerechnet, dass ihm eine Antenne aus dem Kopf ragen oder seine Augen aus blinkenden grünen Lämpchen bestehen würden. Dabei wusste sie, dass das Blödsinn war. Der Vyncent-One rührte sich nicht und auch Sara verharrte nahe dem Eingang zum Keller. Ihre Hand ruhte noch immer auf dem Lichtschalter. Jeder Muskel ihres Körpers war angespannt. Sie war bereit zur Flucht.

Der Vyncent-One strich sich eine Haarsträhne aus den Augen, so behutsam, als fürchtete er, Sara könnte eine Waffe ziehen und das Feuer auf ihn eröffnen, wenn er eine zu schnelle Bewegung machte. Dann kam er einen Schritt auf sie zu, ohne sie aus den Augen zu lassen. Er schien ihre Reaktion abzuwarten, bevor er einen weiteren Schritt machte. Sara hielt die Luft an, während er über die Kartons hinwegstieg, die ihm den Weg versperrten. Wenn sie sich beeilte, konnte sie es vielleicht noch schaffen, wegzulaufen ...

Gute fünf Meter von ihr entfernt stoppte er. Seine Augen waren von einem ungewöhnlich klaren Graublau und bildeten einen starken Kontrast zu seinem verschmutzten Gesicht. Auch er wirkte angespannt, und Sara empfand seinen bohrenden Blick als bedrohlich. Sie zwang sich, ruhig zu atmen, aber sein Starren wurde ihr mit jeder Sekunde unerträglicher. Er war unheimlich. Als Sara endlich die Finger vom Schalter nahm, glitt sein Blick kurz an ihrem Körper hinab, bevor er ihr wieder ins Gesicht sah. Hatte er so etwas wie einen Röntgenblick? Konnte er womöglich durch ihre Kleidung hindurchblicken? In der Jackentasche schloss sich Saras Hand fester um den Griff des Messers.

»Es ist ...« Er hatte nur diese zwei Worte gesagt. Dann schüttelte er leicht den Kopf, als wüsste er nicht weiter.

»Eine eigenartige Situation?«, beendete Sara seinen Satz. Der Vyncent-One nickte und rieb sich die Schulter. Sara erkannte dunkle Schatten unter seinen Augen. Ihr ging durch den Kopf, dass er in den vergangenen Tagen Schlimmes erlebt haben mochte, abgesehen davon, dass er June und sein Zuhause verloren hatte. Die Zeiten waren denkbar schlecht für Kreaturen seiner Art. Die ständige Furcht, gefasst zu werden ... Aber dann fiel ihr ein, wie dumm der Gedanke war. Er war zu solchen Emotionen wie Trauer und Angst doch überhaupt nicht fähig.

»Wir müssen hier weg«, hörte sie sich selbst sagen und die Worte verstärkten ihre Beklemmung.

Er nickte. Seine Gesichtszüge entspannten sich ein wenig.

Sara ging zurück zur Treppe und blickte hoch, um sich zu vergewissern, dass sich niemand im Hausflur befand. So schrecklich der Gedanke war, diesen Vyncent-One mit in ihre Wohnung zu nehmen – ihr blieb wohl nichts anderes übrig. Hier unten würde man ihn früher oder später entdecken. Und die Polizei hatte zuverlässige Methoden, sämtliche Informationen aus ihm herauspressen, die sein Gehirn je gespeichert hatte. Sie würden herausbekommen, dass er zu ihr gewollt hatte, und das Letzte, was Sara brauchte, war, ins Visier der Polizei zu geraten. Natürlich wäre es noch schlimmer, wenn man dieses Ding in ihrer Wohnung fand! So weit kam es hoffentlich nicht. June hatte doch sicher einen weitreichenderen Plan für ihren geliebten Pseudomenschen geschmiedet? Ihn zu ihr zu schicken, war hoffentlich nur ein vorübergehender Schritt, bevor er wohin auch immer ging, um unterzutauchen. Sara klammerte sich an die Hoffnung, dass der Vyncent-One nur etwas Geld und Nahrungsmittel von ihr wollte, bevor er weiterzog. Allerdings hatte Junes Mail nicht danach geklungen ... *Passt aufeinander auf.*

Sie standen bereits viel zu lange hier. Sara musste

den VyO in ihre Wohnung bringen. Sie konnte nur hoffen, dass seine Anwesenheit nicht längst aufgeflogen und die Polizei ihm auf der Spur war. Sie stieg ein paar Stufen nach oben und wartete darauf, dass er ihr folgte. Stattdessen wandte er sich plötzlich ab und bahnte sich den Weg zurück in den hinteren Kellerbereich. Ungeduldig beobachtete sie, wie er in den Schatten verschwand und kurz darauf mit einer Reisetasche wieder auftauchte.

So lautlos wie möglich hastete Sara die Stufen hinauf. Der Vyncent-One holte schnell auf und blieb dicht hinter ihr. Unangenehm spürte sie seine Nähe. Wie eine unheilvolle Bedrohung.

## 3

Im Treppenhaus war der Geruch nach Schimmel und Fäulnis nicht so stark wie im Keller, aber die Stufen und Wände waren feucht und durch die Fenster drang unentwegt kalte Luft hinein. Jim war so durchgefroren, dass er seine Zehen kaum noch spürte. Er folgte dem Mädchen nach oben, und je höher sie kamen, desto eiliger hastete sie die Stufen hinauf, als fühlte sie sich von ihm gejagt. Als hätte sie Angst vor ihm. Vermutlich hatte sie Junes Nachricht eben erst gelesen und war nur deshalb gekommen, weil sie noch keine Gelegenheit gehabt hatte, die Sache richtig zu überdenken. Was würde sie tun, wenn ihr klar wurde, in welche Gefahr sie sich begab?

Jim hatte so viele Stunden in dem Keller gewartet, dass er schon nicht mehr an ihr Auftauchen geglaubt hatte. Eigentlich war die Hoffnung von Anfang an nicht groß gewesen. Aber dann hatte sie auf einmal doch vor ihm gestanden. Er war darüber erschrocken, wie jung sie wirkte. Natürlich wusste er, dass sie schon sechzehn war. Dem Gesetz nach war sie damit bereits seit zwei Jahren volljährig, aber ihr Anblick hatte ihm bewusst gemacht, dass sie noch ein halbes Kind war. Sie sah fast genauso aus wie auf dem Foto, das June ihm gezeigt hatte. Nur ihr Haar war nicht mehr so lang wie damals. Nun trug sie es zu einem hohen, schiefen Zopf zusammengebunden, aus dem sich zahlreiche Strähnen gelöst hatten. Während sie vor ihm herlief, glitt Jims Blick an ihrem Körper hinab.

Ein paar Zentimeter unterhalb ihrer linken Kniekehle entdeckte er ein winziges Loch im Stoff der schwarzen Strumpfhose. An anderen Stellen erkannte er feine Nähte, als hätte sie die Strumpfhose schon mehrfach repariert. Die Strickjacke sah aus, als wäre sie aus den Einzelteilen mehrerer anderer Kleidungsstücke zusammengeflickt worden. Die Stiefelsohlen des Mädchens verursachten fast kein Geräusch auf den Stufen. Es war, als würden sie den Boden kaum berühren.

Sie hatten bereits drei Stockwerke hinter sich gelassen, als sie an einer Wohnung vorbei kamen, in der die Eingangstür fehlte. In der Eile hatte Jim keinen Blick hineinwerfen können. Er nahm an, dass dort niemand mehr hauste. Andererseits hatte er auf dem Weg in diese Stadt Schlimmeres gesehen. Menschen, die unter Planen kampierten oder in ausgeschlachteten Autos.

Der Wind heulte durch den Flur und blies ein schmutziges Blatt Papier durch die Luft. Es flog dicht an Jims Ohr vorbei und segelte dann in die Tiefe. Auf der nächsten Etage blieb das Mädchen stehen. Hektisch zerrte sie ein Schlüsselbund aus der Jacken-tasche. Es glitt ihr aus der Hand und krachte laut auf den Boden. Sie bückte sich, hob das Bund auf und bei ihrem Versuch, den Schlüssel ins Türschloss zu bekommen, sah Jim, wie stark sie zitterte. Schnell schob sie sich dichter ans Schloss heran und versperrte ihm die Sicht, als wollte sie das Zittern vor ihm verbergen. Dann stemmte sie sich gegen die graulackierte Tür, die sich laut knarzend öffnete. Mit einem Blick über ihre Schulter bedeutete ihm das Mädchen, ihr zu folgen. Sie hielt die Tür nur weit genug geöffnet, dass Jim gerade so durch den Spalt hindurch passte, und kaum war er drinnen, schloss sie die Tür und schob den Riegel vor.

In der plötzlichen Stille standen sie sich in dem engen Flur gegenüber. Er hörte ihre schnellen Atemzüge. Sie verschränkte die Arme vor dem Körper und in ihrem Blick blitzte etwas Aggressives auf. Erst da wurde ihm bewusst, dass er sie anstarrte. Schnell wich er ihrem Blick aus und schaute sich um. Im Vergleich zum zugigen Keller war es hier warm und stickig. Die Tapete war vergilbt und löste sich an einigen Stellen von der Wand. Auf der wuchtigen Kommode, die in dem schmalen Gang fehl am Platz schien, stapelten sich Kleidungsstücke, als hätte der Stauraum in den Schubläden nicht ausgereicht. Auf dem Boden daneben standen ein paar Schuhe, die auf Jim winzig wirkten. Das Mädchen war etwa einen halben Kopf kleiner als June und hatte deutlich kleinere Füße.

Sie zuckte zusammen, als er die Tasche auf dem Boden abstellte und für einen Moment haftete ihr Blick darauf. Sie schien erst in dieser Sekunde zu begreifen, dass er wirklich hier war. Ihre Gesichtszüge waren verkrampft, ihr gesamter Körper wirkte angespannt. Sie würde ihn wegschicken ... Auch wenn June so sicher gewesen war, dass sie es nicht tat. Sara, so hatte June ihm versprochen, sei nicht wie die meisten Menschen. Auf sie würde er sich verlassen können. Doch ihre Miene, ihre ganze Körpersprache sagte etwas anderes. Sie hatte Angst!

»Das Bad ist hinter dir«, informierte sie ihn, ohne ihm dabei in die Augen zu sehen. Jim drehte sich kurz um. Die Tür war halb geöffnet, aber es war zu dunkel in dem Raum, um etwas erkennen zu können. Zum Zeichen, dass er verstanden hatte, nickte er. Ihm war bewusst, dass er schmutzig war. Er hatte sich seit zwei Tagen nicht gewaschen, hatte sich ohne eine Pause da draußen durchgeschlagen und dann viele Stunden im feuchten Keller ausgeharrt. Er roch übel nach Schweiß und Dreck.

Das Mädchen schob sich an ihm vorbei. Beim Versuch, ihm nicht zu nahe zu kommen, streifte sie die Kommode und stieß dabei einen der Kleiderstapel zu Boden. Es lag nicht nur an seinem Geruch. Jim sah ihr an, dass sie sich vor ihm fürchtete.

Wenige Schritte weiter zweigten rechts und links je eine Tür ab.

»Küche«, sagte Sara, während sie zur rechten Tür zeigte. Dann deutete sie nach links. »Wohnzimmer.«

Jim zögerte. Er war sich nicht sicher, ob er ihr folgen sollte. Sein Gefühl sagte ihm, dass sie sich wohler fühlte, wenn er einen möglichst großen Abstand hielt.

Ganz am Ende des Flurs stand ein wuchtiger Schrank, vor dem sie noch schmächtiger wirkte. Als Jim langsam auf sie zuging, schien sich ihre Anspannung mit jedem Schritt, den er sich ihr näherte, zu steigern. Für sie war er ein Eindringling. Ein Feind.

Schnell schob sie die Tür zum Wohnzimmer auf und ging voran. Vom Flur aus blickte Jim kurz in die dunkle Küche und folgte dann dem Mädchen. Noch immer fürchtete er, das leiseste Geräusch oder eine allzu hastige Bewegung könnte sie dazu bringen, die Nerven zu verlieren. Im Zimmer brannte Licht. Das Fenster war hinter einem dicken grauen Vorhang verhüllt, der keinen Funken Helligkeit hindurch ließ. Der kleine Raum erschien aufgrund der vielen Möbel beengt. In der Mitte stand ein grünes Sofa. Es war verschlissen, wirkte aber weich und gemütlich. Da es keine weiteren Zimmer gab, nächtigte das Mädchen wohl hier. Jim sah das blumenverzierte, plattgedrückte Kissen und die Wolldecke. Die Regale an den Wänden waren vollgestopft mit Dingen. Bücher, Zeitschriften, Aufbewahrungsschachteln, eingestaubte Gläser und jede Menge eigenartige Gegenstände. Jim registrierte einen grauen Plastiksaurier, der Rollschuhe und eine Sonnenbrille trug. Daneben hockte ein grünes Alien aus Plüsch, dem ein Auge fehlte. Direkt neben der Couch befand sich ein Schreibtisch. Auf dem Computermonitor erblickte Jim ein Textdokument, doch von seiner Position aus konnte er es nicht genau sehen. Als er begriff, dass es Junes Mail sein musste, verspürte er ein Stechen in der Brust. Wie schnell sich alles verändert hatte ... Vor ein paar Tagen noch hatte er sich halbwegs sicher gefühlt. Auch wenn June und er in letzter Zeit immer öfter hungrig geblieben waren, war es ein gutes Leben gewesen. Aber nun war

June tot und er hatte sich, *weil er es ihr versprochen hatte*, in diese grässliche Stadt geschlichen.

Jim atmete durch und versuchte, sich seine Verzweiflung nicht anmerken zu lassen. Sein Leben hing jetzt von diesem Mädchen ab. Sie stand halb hinter dem Sofa, als bräuchte sie es, um notfalls vor ihm in Deckung gehen zu können. Ihre Finger klammerten sich in das Polster. Alles in ihr schien sich gegen ihn und gegen diese Situation zu sträuben.

# 4

Im Laufe der folgenden Stunden wurde sich Sara nach und nach der Tatsache bewusst, dass June wirklich fort war und sie nie mehr Teil ihres Lebens sein würde. Sie kauerte sich auf dem Sofa zusammen und starrte zur geschlossenen Tür, die sie von diesem VyO trennte. »Das ist das Ende«, sagte sie leise zu sich selbst und die tiefe Verzweiflung, die sie verspürte, wurde augenblicklich noch schmerzvoller. Gezwungenermaßen hatte sie in den letzten Jahren kaum noch Kontakt zu June gehabt. Die einzige Möglichkeit, miteinander zu kommunizieren, waren die E-Mails gewesen, in denen June immer häufiger über ihren *Hund* berichtete. Sara hatte gehofft, sie würde irgendwann zur Vernunft kommen und sich von dem Vyncent-One lösen. Stattdessen schien ihre Verbindung mit der Zeit nur noch enger geworden zu sein.

Seufzend zog Sara die Beine an den Körper. Wie konnte es sein, dass der einzige Mensch, der ihr von ihrer Familie geblieben war, der einzige Mensch, dem sie noch etwas bedeutet hatte, nicht mehr existierte? Wieso hatte June ihr das angetan? Und ihrem verdammten VyO, der ihr angeblich so viel bedeutet hatte?

In Saras Kopf tobten die Gedanken. Sie hätte ihm nie Zugang zu ihrer Wohnung gewähren sollen. Aber sie hätte ihn nach Junes Mail auch nicht einfach im Keller lassen und die Sache aussitzen können. Außerdem hätte sie für June *alles* getan. Eine Träne lief ihr über die Wange. Energisch wischte sie sich mit dem Jackenärmel übers Gesicht. Sie konnte Junes Zuneigung zu dem Ding nicht nachvollziehen. Eine emotionale Bindung mit einem Vyncent-One war unnatürlich und letztlich war bestimmt *er* der Grund für Junes Verzweiflung und ihren Selbstmord gewesen.

Sara wurde das schreckliche Gefühl nicht los, dass hinter dieser Tür auf dem Flur ein Monster lauerte, und sie selbst hatte dieses Monster in ihr Leben gelassen.

Das Licht der kleinen Schreibtischlampe flackerte. Sara erschrak und warf einen besorgten Blick darauf. Sie war fest entschlossen, das Licht die ganze Nacht brennen zu lassen, und sie konnte nur hoffen, dass der Strom nicht wieder ausfiel.

Sie fragte sich, ob der VyO inzwischen schlief, auch wenn sie sich kaum vorstellen konnte, wie das auf dem harten Fußboden möglich sein sollte. Andererseits musste er erschöpft sein. Sie hoffte, er war zu müde, um über sie herzufallen. Zum wiederholten Mal vergewisserte sie sich, dass das Messer, das sie unter das Sofapolster geschoben hatte, noch dort war. Falls der Vyncent-One sie angriff, musste sie schnell danach greifen können. Sie würde wach bleiben, damit er sie nicht im Schlaf erwischte. Um Ruhe zu finden, war sie ohnehin viel zu angespannt. Sie starrte zur Tür und fragte sich, ob eine Kreatur seiner Art überhaupt schlafen musste. Oder war es ihm möglich, dauerhaft im Wachzustand zu bleiben? Sie spielte mit dem Gedanken, die Holztruhe vor die Tür zu schieben, in der sie die Bücher ihres Vaters aufbewahrte. Die Bücher waren so ziemlich das Einzige, was er von seinen persönlichen Dingen zurückgelassen hatte. Die Truhe war nicht groß und würde den Vyncent-One kaum daran hindern, hier einzudringen, aber wenigstens würde er sich nicht unbemerkt an sie heranschleichen können.

Sie presste sich die Fingerkuppen auf die Schläfen. Im Moment war sie kaum fähig, einen klaren Gedanken zu fassen, aber ihr Gefühl sagte ihr, dass er gefährlich war. Sie zog das Messer hervor, schob es in ihre Jackentasche und erhob sich langsam, damit die Federn des Sofas nicht quietschten. Dann schlich sie zum Schreibtisch und schaltete den Computer ein.

Sie wusste, dass die meisten Informationen, die sie im Netz über Vyncent-Ones finden würde, Unwahrheiten, Übertreibungen und Hetzmeldungen waren. Aber es konnte nicht *alles* gelogen sein ... Ständig hörte man, dass Vyncent-Ones gefährlich waren. Leblose, unberechenbare Maschinen. Wesen, die keine Seele und demzufolge auch kein Gewissen hatten. Jedenfalls war das die Aussage der Regierung und die Meinung der allermeisten Leute, die da draußen herumliefen. Und dann gab es noch die Naiven und Verrückten, wie June oder wie ihre Freunde Gibbon und Bessie, die fest daran glaubten, dass VyOs ebenso wie Menschen fühlende Individuen waren.

Sara scrollte durch die Artikel, die ihr die Suchmaschine vorgeschlagen hatte. *Vyncent-One – fatale Erfindung läutet Untergang der Menschheit ein* titelte ein Beitrag. Sie überflog die ersten Zeilen. Der Autor beschrieb, wie harmlos die Idee, einen künstlichen Menschen zur Pflege von Alten und Kranken zu erschaffen, am Anfang geklungen hatte. Doch es lief aus dem Ruder, nachdem die Vyncent-Ones eine Rolle eingenommen hatten, die ihnen niemals zugedacht war: die Rolle des Freundes, die Rolle der Familie oder gar die Rolle des Geliebten. Laut dem Autor war der Verfall der sozialen Kompetenz nur durch die *Eliminierung dieser gottlosen künstlichen Kreaturen* zu stoppen. Sara runzelte die Stirn. Verlust der Sozialkompetenz ... An dieser Entwicklung waren die Vyncents sicher nicht schuld. Die Verrohung und der Egoismus der Menschen hatten schon lange vorher begonnen. Die Probleme des letzten Jahrzehnts hatten dem Land zugesetzt. Pandemien, die Wirtschaftskrise und die massive Umweltverschmutzung. Die Menschen waren denkbar schlecht mit alldem umgegangen. Die einen hatten schlicht resigniert und waren in eine Art Endzeitstimmung verfallen. Die anderen hatten mit Wut und Hass reagiert. Hass auf die VyOs, die die knappen Lebensmittel und Medikamente mitbeanspruchten. Die Pseudomenschen hatten es in ihren Augen nicht verdient, durchgefüttert zu werden. Sara fand die Vorstellung eigenartig, dass diese Roboterwesen ihre Energie aus der Nahrung zogen, wie echte Menschen. Warum konnte man sie nicht einfach an Strom anschließen, um sie zu aufzuladen? Und dass sie medizinisch versorgt werden mussten, war noch irrsinniger! Solch ein Ding brauchte tatsächlich einen Arzt anstelle eines Mechanikers oder eines IT-Spezialisten, wenn es eine Fehlfunktion hatte?

Kopfschüttelnd suchte Sara weiter nach Informationen über die unmittelbare Gefahr, die von einem VyO ausging, und stieß bald auf eine Statistik über gewalttätige Übergriffe von Vyncent-Ones auf Menschen. Entsetzt blickte sie auf das Balkendiagramm. Demnach waren über achtzig Prozent der VyOs als latent gefährlich einzustufen, während fünfundsechzig Prozent sogar regelmäßig zu Gewaltausbrüchen neigten. Mit angehaltenem Atem starrte Sara auf die Zahlen. Fünfundsechzig Prozent. Gehörte dieser Jim auch in die Kategorie der besonders gefährlichen Exemplare? Wahrscheinlich war die Statistik die bloße Erfindung eines Vyncent-One-Gegners. Propaganda. Eine seriöse Studie hatte es sicher nicht gegeben. Aber wer brauchte schon genaue Zahlen, um das Offensichtliche zu belegen?

Sara wollte den Computer bereits wieder ausschalten, als sie auf das *Manifest der KLPO* stieß. Sie hielt nicht viel von der KLPO, die vor zwei Jahren fast aus dem Nichts aufgestiegen und an die Macht gekommen war. Die Organisation hatte eindeutig davon profitiert, dass das Land kurz zuvor ins Chaos gestürzt war. Auf den Straßen hatte ein blutiger Bürgerkrieg getobt und alles war eskaliert. Eine der ersten Amtshandlungen der KLPO war es gewesen, die Vyncent-Ones zum Feind zu erklären und eine landesweite massive Vernichtungsbewegung gegen sie in Gang zu setzen. Sie hatte den Bürgern weisgemacht, dass die Beseitigung der VyOs die ultimative Lösung war. Die Antwort auf alle Probleme ...

Trotz ihres starken Widerwillens bewegte Sara den Mauscursor auf den Link, der sie zum Manifest weiterleitete, und öffnete das Dokument. Ganz oben waren die vier Gründungsmitglieder aufgeführt, aus deren Anfangsbuchstaben sich der Name KLPO ableitete: Elliot King, Gerald Lewis, Phillip Perry und Harold Otts. Soweit Sara wusste, waren die Männer inzwischen alle von der Bildfläche verschwunden. Vielleicht, weil sich die Organisation in eine andere Richtung entwickelte, als sie es je beabsichtigt hatten.

Das Manifest widmete sich bereits auf den ersten Seiten der Vyncent-One-Thematik und schon die einleitenden Sätze machten die Haltung der KLPO klar. *Unbestreitbar ist ein Vyncent-One weniger wert als ein Mensch. Er ist sogar noch weniger wert als jedes Tier. Wir haben die Vyncent-Ones als Wurzel allen Übels entlarvt. Erst wenn wir uns von diesen unsäglichen Parasiten befreit haben, können wir damit beginnen, das harmonische Miteinander innerhalb der menschlichen Gesellschaft wiederherzustellen ...* Die Worte bereiteten Sara ein ungutes Gefühl. Sie wandte sich zur Tür, hielt die Luft an und lauschte. Auf dem Flur war es noch immer ruhig. Sie zog an den Ärmeln ihrer Jacke, bis ihre kalten Hände vollständig darin eingehüllt waren.

Sie erinnerte sich daran, dass tatsächlich Tausende Haushalte ihren Vyncent-One freiwillig gegen eine geringe Prämie abgegeben hatten. Kurz darauf war ein Gesetz erlassen worden, das den Besitz untersagte. Wer sich weigerte, seinen VyO herauszugeben, wurde bestraft. Aber Sara fand, dass die KLPO auf anderen Gebieten noch weit fragwürdigere Gesetze verabschiedet hatte, als das VyO-Verbot. Gesetze, die an den Haaren herbeigezogen schienen und einer Tyrannei gleichkamen. Mittlerweile konnte sie nicht mehr verstehen, dass noch immer so viele Menschen bereit waren, der KLPO blind zu folgen. Sahen sie nicht, was da draußen passierte? Hatten sich denn alle in Zombies verwandelt, die nicht mehr imstande waren, selbst zu denken und stattdessen all ihre Unzufriedenheit und ihren Hass auf die Vyncent-Ones konzentrierten? Und dieser Hass wuchs mit jedem Tag, wie ein böses Geschwür. Wen würden sie wohl hassen, wenn bald alle VyOs von der Bildfläche verschwunden waren? Sara hatte schon lange nicht mehr das Gefühl, zu dieser Gesellschaft dazuzugehören. Aber im Gegensatz zu Gibbon und Bessie hatte sie sich nie gegen Missstände oder gegen die Ungerechtigkeiten der KLPO aufgelehnt. Sie steckte lieber den Kopf in den Sand, schottete sich von der Welt ab und wollte so wenig wie möglich von alldem Wahnsinn wissen. Das war ihre Art, mit der Situation klarzukommen.

Sie übersprang ein paar Absätze innerhalb des KLPO-Manifests und las weiter. *Inzwischen gelten die Städte des ganzen Landes als weitgehend sauber. Es ist anzunehmen, dass sich noch vereinzelte Personen mit ihren Pseudomenschen in den kaum bewohnten ländlichen Gebieten verstecken und sich dem Erlass widersetzen, aber es ist nur eine Frage der Zeit, bis sie überführt sein werden.* Sara musste wieder an June denken. Sie war eine dieser Personen gewesen. Sie hatte zu denen gehört, die eine solch enge emotionale Bindung zu einem Vyncent-One hatten, dass sie sich nicht von ihm trennen wollten und die Gefahr der Konsequenzen in Kauf nahmen. Für ein künstliches Plastikwesen!

Sara setzte sich zurück aufs Sofa, zog sich die Decke über den Körper und rieb sich die kalten Finger. Sie fühlte sich wie ein nervliches Wrack. Kein Wunder, nach allem, was heute geschehen war. Sie musste zugeben, dass dieser VyO einem echten Menschen auf erschreckende Weise ähnelte. Sie dachte an seine Augen, an seinen angsterfüllten Blick ... Es war kein Wunder, dass diese Geschöpfe so viele Menschen täuschen konnten, die einsam oder naiv genug waren, um die Wahrheit auszublenden. Man hätte sie nicht so menschlich machen dürfen! Doch genau so hatte man sie haben wollen.

Wieder kamen ihr Tränen, und ohne es verhindern zu können, schluchzte sie. June war tot und Sara war nun wirklich allein auf der Welt. Allein in dieser Hölle. Allein mit einem Vyncent-One. Sie zog sich die Decke über den Kopf und versuchte, das Weinen zu unterdrücken. Doch bald gab sie sich ihrer Verzweiflung hin. Und während die heißen Tränen über ihr Gesicht rannen, hörte sie immer wieder diese

Stimme in ihrem Kopf. Die Stimme, die ihr sagte, dass Weinen nichts brachte. Die Stimme, die ihr sagte, dass sie handeln musste. Dass sie den Vyncent-One unbedingt loswerden musste.

## 5

Sehr früh am Morgen hörte Sara Schritte auf dem Flur, das leise Klappen der Badezimmertür und kurz darauf die Toilettenspülung. Künstlich erschaffene Kreaturen mit einem menschartigen Verdauungskreislauf? Das war doch bescheuert! Aber eben diese Details waren es wohl, die den Entwicklern den sensationellen Erfolg beschert hatten, wenngleich er nur von kurzer Dauer gewesen war. Sara würde demnächst noch einiges über diese Spezies lernen, wenn sie den Vyncent-One nicht schnell wieder loswurde. Dinge, die sie nicht wissen wollte.

War er immer noch im Bad? Bald fing sie an, sich vorzustellen, wie er ihre Sachen durchstöberte. Sie überlegte fieberhaft, was es zu finden gab, ging in Gedanken die vier Schubladen des einzigen Schranks durch, in denen sich alles Mögliche befand. Frauenkram. Die Vorstellung, er könne ihre persönlichen Dinge durchwühlen, gefiel ihr nicht. Es war ihr unangenehm. Aber dann erinnerte sie sich selbst daran, dass er kein Mensch war. Es wäre eine Frechheit von ihm, in ihre Intimsphäre einzudringen, und sie hätte jeden Grund, wütend darüber zu werden. Aber peinlich musste ihr das nicht sein. *Zweifellos ist ein Vyncent-One weniger wert als ein Mensch. Er ist sogar weniger wert als jedes Tier ...* Sara dachte an ihren Freund Gibbon, der vermutlich durchdrehen würde, wenn er wüsste, dass solch ein Exemplar gerade in ihrem Badezimmer hockte. Gibbon hatte seine ganz eigene Meinung über VyOs. Für ihn waren sie Wesen mit denselben Rechten wie die Menschen. Er fand, es spiele keine Rolle, dass die Vyncent-Ones im Labor gezüchtet und erst kurz vor ihrem Verkauf aus einer Art Kälteschlaf zum Leben erweckt worden waren. Dabei hatten selbst die Erbauer der Vyncents immer betont, die Möglichkeiten, ein menschenähnliches Wesen zu erschaffen, seien begrenzt. Sie hatten es zwar vermocht, körperliche Hüllen zu entwickeln, die den Menschen auf verblüffende Weise glichen, doch es lag nicht in ihrer Macht, Seelen zu kreieren. Laut den Entwicklern waren die Vyncents letztlich nur besonders gut gemachte, lernfähige Roboterwesen. Sie konnten logische Entscheidungen treffen. Aber ganz sicher waren sie nicht in der Lage, seelischen Schmerz zu empfinden. Sie waren nicht fähig, Bauchentscheidungen zu fällen und kannten weder Empathie noch Liebe. Andererseits schien das auch auf die meisten Menschen zuzutreffen ...

Sara fühlte sich inzwischen wie eine Gefangene in ihrem eigenen Wohnzimmer. Nachdem sie die ganze Nacht wachgelegen hatte, hielt sie es jetzt nicht mehr auf dem Sofa aus. Sie schlich zur Tür und lauschte. Die Situation war grotesk. Das war *ihre* Wohnung und dieses Ding sollte sie nicht länger daran hindern, sich hier frei zu bewegen! Sie schob die Hand in die Jackentasche und spürte das kühle Metall des Messers. Dann öffnete sie die Tür.

Der Vyncent-One hockte im Flur auf dem Boden. An die gegenüberliegende Wand gelehnt sah er sie an, als hätte er bereits auf sie gewartet. Sara bemühte sich um einen kühlen Gesichtsausdruck, der dem VyO klarmachen sollte, dass sie seine Anwesenheit keineswegs berauschend fand. Als sie das Badezimmer ansteuerte, zog er die Beine an, um ihr Platz zu machen. Wortlos huschte Sara an ihm vorbei und nachdem sie endlich die Tür hinter sich geschlossen und den Riegel vorgeschoben hatte, atmete sie auf. Sie spürte, wie die Anspannung von ihr abfiel, während sie ihre zitternden Finger betrachtete. Das war das Letzte! Dieses Ding hatte dafür gesorgt, dass sie die ganze Nacht kein Auge zugemacht hatte und dass sie sich dermaßen unwohl fühlte. Wütend warf sie die Strickjacke von sich. So konnte es nicht weitergehen. Er musste weg. Und zwar noch heute.

Als Sara wieder aus dem Bad kam, war der Flur leer. Keine Spur von dem Vyncent-One. Auch seine Tasche war verschwunden. Sofort flammte die Hoffnung in ihr auf, er könne einfach gegangen sein. Er musste schließlich selbst begriffen haben, dass es nicht funktionieren würde. Junes waghalsige Idee! Mit wenigen Schritten durchquerte Sara den Flur, warf einen kurzen Blick in die leere Küche und betrat dann das Wohnzimmer.

Der VyO saß auf dem Sofa, am äußersten linken Rand. Zu seinen Füßen stand die Reisetasche. Sara schluckte schwer. Wie hatte sie nur annehmen können, er würde es ihr so leicht machen? Fast meinte sie, seinen bohrenden Blick körperlich zu spüren. Ein leichtes Brennen auf ihrer Haut. Als hätte er *Laseraugen*. Aber der Gedanke, dass er so etwas wie Laseraugen besaß, war ebenso dämlich wie ihr Verhalten, seit dieser Kerl aufgetaucht war! Gestern hatte sie unter Schock gestanden. Die Geschehnisse hatten sie völlig überrumpelt. Aber jetzt musste sie klar denken und dafür sorgen, dass dieser Albtraum nicht in einer Katastrophe endete ... Nur, was sollte sie tun? Im Augenblick wusste sie nur eins: Sie hielt es nicht länger mit ihm in einem Zimmer aus. Die Hände zu Fäusten geballt, baute sie sich vor dem VyO auf. »Das geht so nicht!«, sagte sie mit fester Stimme.

Sekundenlang sah er sie nur an. In seinen Augen meinte sie, so etwas wie Verzweiflung und Panik zu erkennen. Doch plötzlich veränderte sich sein Gesichtsausdruck und auf einmal war da ein gefährliches Funkeln in seinem Blick. Etwas Dunkles, das Sara erschreckte.

»Du solltest dir gut überlegen, was du machst. Ich kenne deinen Namen, deine Adresse. Und von June weiß ich andere Dinge über dich. Persönliche Dinge, die man nur wissen kann, wenn man dich gut kennt. Wenn sie mich finden ...«

»Was?« Sara schnappte nach Luft. Es war nicht zu fassen ... Dieser Mistkerl drohte ihr! Seine Worte hatten einstudiert geklungen. Als hätte er sie sich in den letzten Minuten zurechtgelegt oder als hätte man sie ihm eingeimpft.

»Hat June dich programmiert, das zu sagen?«

Sein Schweigen bestätigte Sara, dass sie vermutlich

richtig lag. Trotzdem zweifelte sie nicht daran, dass er seine Drohung wahr machen würde. Falls man ihn da draußen schnappte, würde er sie mit ins Unglück reißen. Selbst wenn er nicht vorhatte, ihr das anzutun. Unter Folter würden sie *alles* aus ihm herausbekommen.

Sara hatte das Gefühl, zu ersticken. Hektisch versuchte sie, sich Luft zu verschaffen, indem sie am Kragen ihres Pullovers zerrte. Sie musste hier raus! Sie warf dem VyO einen letzten wütenden Blick zu, dann wandte sie sich von ihm ab und rannte aus dem Zimmer. Sie zerrte den Mantel von der Flurgarderobe und flüchtete aus der Wohnung.

# 6

Nach dem Verlassen der Wohnung verspürte Sara kaum Erleichterung. Statt der erhofften frischen Luft umgab sie der Geruch von verbranntem Plastik. Sie blickte hinauf zum Himmel, wo die schweren, dunkelgrauen Wolken nur darauf zu warten schienen, ihren giftigen Dreck über ihr auszuschütten. Am liebsten wäre sie gleich wieder ins Haus geflüchtet, aber zurück in die Wohnung konnte sie nicht! Nicht ohne einen Plan, wie sie den Vyncent-One loswurde. Sie musste nachdenken.

Ein Windstoß wirbelte ein Stück Papier durch die Luft und ließ es gegen ihre Brust schlagen. Sie nahm das dreckige, tropfnasse Blatt in die Hand und stellte fest, dass es sich um ein Flugblatt der KLPO handelte. Was auch sonst? Die ganze Gegend war mit diesen Dingern zugepflastert. Sara blickte über das Flugblatt hinweg auf die Hauptstraße, die weiter ins Stadtinnere führte. Ein paar Meilen entfernt, verborgen in Dunst und Nebel, befand sich das Bürgerhaus, das alle anderen Gebäude überragte. Das war der Amtssitz der KLPO. Sara war froh, es von ihrer Wohnung aus nur an den wenigen klaren Tagen im Jahr sehen zu können, wenn die Luft nach einem heftigen Regenguss für eine kurze Zeit sauber genug war. Es war das imposanteste und einschüchterndste Gebäude weit und breit. Sara hatte noch nie einen Fuß hineingesetzt, doch wann immer sie davorstand und zu ihm aufsah, gab es ihr das Gefühl, dass in ihm etwas Böses vor sich ging. Die umstehenden Bauten, darunter die Schule und der Stützpunkt, an dem die Stadtbewohner ihre Versorgungsscheine einlösten, waren heruntergekommen. Sara wollte es nicht in den Kopf, wie sehr sich alles in so kurzer Zeit verändert hatte. Schulbildung, Versicherungsschutz und Grundrechte waren beinahe über Nacht abgeschafft worden. Angeblich nur vorübergehend.

Sie blickte wieder auf das Flugblatt und las die wenigen Worte, die in schwarzen Großbuchstaben darauf gedruckt waren. *Die KLPO macht deine Stadt sicher und lebenswert!* Sara stöhnte auf, ließ das Papier los und sah ihm nach, wie es vom Wind ein Stück weitergetragen wurde, bevor es in einer schwarzen Pfütze landete. Zur Sicherung der Stadt hatte die KLPO zu sehr speziellen Mitteln gegriffen. Sie hatte die Menschen dazu aufgerufen, sich zu bewaffnen, um sich selbst gegen die Gewalt auf den Straßen und gegen Plünderer zur Wehr setzen zu können, und es verging keine Woche, ohne dass wieder irgendein weiteres groteskes Gesetz erlassen wurde. Um die Einhaltung der Regeln überwachen zu können, konzentrierte sich die KLPO nur noch auf die größeren Ortschaften. Im ganzen Land hatte man die Regionen außerhalb der Städte praktisch zu Niemandsland erklärt. Dort galten weder Rechte noch Gesetze. Es stand den Menschen zwar frei, dort zu leben, aber die Konsequenzen waren verheerend: Sie erhielten keine Grundversorgungsscheine, um Nahrungsmittel zu bekommen, und verloren darüber hinaus jeden Anspruch auf medizinische Versorgung. Mittlerweile hatte man selbst einige Nebenstraßen innerhalb der Stadtgrenzen zu rechtlosem Terrain erklärt. Lediglich die Hauptstraßen galten noch als sicher. Machte man jedoch nur ein paar Schritte in die falsche Richtung, befand man sich schnell im Niemandsland. Wo es keinen Polizeischutz gab und wo sich die Müllberge auftürmten. Dort gab es nur Dreck, Selbstjustiz, Überlebenskampf und Elend.

Noch immer hatte Sara sich keinen Meter von der Haustür wegbewegt. Dabei wusste sie, dass es nicht gut war, allzu lange an einem Punkt zu verharren. Zu groß war die Gefahr, die Aufmerksamkeit irgendeines Verrückten auf sich zu lenken, der nur nach einem Grund suchte, mit jemandem Streit zu beginnen. Genauso schlimm wäre es, das Interesse eines Streifenpolizisten zu wecken, in dessen Augen sie sich allein dadurch verdächtig machte, dass sie hier stand.

Sara schob die Fäuste tief in die Manteltaschen und setzte sich in Bewegung. Beinahe trotzig – als müsste es so sein – wählte sie nicht die Hauptstraße, sondern folgte dem Weg, der nordwärts in unsichere Gefilde führte. Sie überquerte den kleinen betonierten Platz, in dessen Zentrum das riesige Mammut aufragte. Niemand wusste, wer damals auf die Idee gekommen war, ausgerechnet ein Mammut zum Wappentier der Stadt zu erklären. Sara erinnerte sich, dass sie sich als Kinder einen Spaß daraus gemacht hatten, auf dem Vier-Meter-Ungetüm aus Zement herumzuklettern. Ihr Freund Gibbon war beim Versuch, auf dem

37

Mammutrücken zu balancieren, abgerutscht und hatte sich den Arm gebrochen. Schon damals hatte das Mammut keinen Rüssel mehr gehabt. An der Stelle, wo er abgebrochen war, ragten verrostete Eisendrähte aus dem Stumpf, die das Geschöpf wie ein skurriles Fantasiewesen wirken ließ. Inzwischen hatte die Witterung ihre Spuren auf dem Tier hinterlassen. Seine von Graffitis übersäte Haut hatte Risse bekommen. Der Anblick des traurigen Riesen bedrückte Sara. Sie dachte daran, dass es nur eine Frage der Zeit sein würde, bis er in sich zusammenfiel. Er ging zugrunde, so wie die Stadt und das ganze Land zugrunde zu gehen schienen.

Innerhalb weniger Minuten erreichte Sara den alten Stadtkanal, einen gut zehn Meter breiten Graben, der den Ort durchschnitt. Wasser führte dieser Graben seit Jahrzehnten nicht mehr. Bereits in Saras frühen Kindheitserinnerungen war der Kanal mit Müll und Schutt gefüllt gewesen, und auch ihre Mutter hatte es sich damals zur Gewohnheit gemacht, die Abfälle hier zu entsorgen. Weil es eben jeder tat. Obwohl die Verbrauchsgüter in dieser Stadt seit Monaten Mangelware waren, schienen die Müllberge noch immer zu wachsen, fast so, als hätte der Unrat ein Eigenleben entwickelt. Wie ein gigantisches Unge-heuer, das eines Tages die ganze Stadt unter sich zu begraben drohte.

Es stank nach Fäulnis, Gift und Verwesung ... Ein widerwärtiger Cocktail abstoßender Gerüche. Sara ließ den Blick über die Müllmassen schweifen, während sie langsam neben dem Kanal entlangging, und bald schon bildete sie sich ein, in dem endlos erscheinenden Durcheinander Gesichter zu erkennen, die zu entsetzlichen Fratzen verzerrt waren. Der Gestank trieb ihr Tränen in die Augen. Eine Übelkeitswelle erfasste sie dermaßen heftig, dass sie sich fast aus dem Nichts heraus erbrechen musste. Sie spuckte nur brennende Flüssigkeit, weil ihr Magen so leer war, doch ein weiterer Krampf schüttelte sie, als wollte ihr Körper nicht wahrhaben, dass er nichts mehr herzugeben hatte. Sara versuchte, so flach wie möglich zu atmen, weil der Gestank ihr immer neue Übelkeitswellen bescherte.

Irgendwo in der Ferne fielen Schüsse. Warum war sie überhaupt hergekommen? Dies war die Hölle! Eine Hölle, in der sie keine Minute länger verweilen wollte. Und der VyO ... Sie konnte ihn nicht einfach fortschicken und in dieser Welt sich selbst überlassen. Aber was sollte sie tun? Der Gedanke, dass er in ihrer Wohnung auf sie wartete, war entsetzlich. Ihre Augen füllten sich schon wieder mit Tränen. So viele Tränen wie in den vergangenen zwölf Stunden hatte sie seit Jahren nicht vergossen. Sie blickte sich um. Niemand war in der Nähe. Niemand konnte sehen, dass sie weinte. Überhaupt gab es auf dem gesamten Planeten keinen Menschen, den es *kümmerte*, wenn sie weinte ... Ein starkes Gefühl von Hoffnungslosigkeit und Selbstmitleid erfüllte Sara. Sie ließ sich auf die Knie sinken, vergrub ihr Gesicht in den Händen und gab sich diesem Gefühl schluchzend hin. Doch es dauerte nicht lange, bis die innere Stimme sie daran erinnerte, dass es nichts brachte, wie ein kleines Mädchen zu jammern. Die Zeiten, in denen auf ein Unwetter wieder Sonnenschein folgte, waren vorbei. Sie konnte nicht mehr auf ihren Vater zählen, der sie auffing, wenn sie in ein finsteres Loch ohne Boden fiel. Und auch June war nicht mehr da.

Verbissen starrte sie geradeaus. Das braune, vertrocknete Gestrüpp bog sich im Wind. Sie fragte sich, ob dort im Frühjahr wieder grüne, zarte Triebe zum Vorschein kämen, aber sie konnte sich nicht vorstellen, dass an diesem Ort je wieder etwas blühen würde. Hier gab es nichts Lebendiges mehr.

Als wollte eine höhere Macht sie für diesen törichten Gedanken verhöhnen, lenkte ein ungewöhnlich großer Käfer Saras Aufmerksamkeit auf sich. Auf Knien kroch sie näher heran, um ihn anzuschauen. Fasziniert stellte sie fest, dass es sich um ein entartetes Insekt handelte. Das graue Geschöpf sah sonderbar aus. Es besaß zwei Köpfe und einen stark deformierten Leib. Dieses Wesen war wohl die groteske Antwort der Natur auf das, was die Luft und das Grundwasser verseuchte. Sara hatte gehört, dass immer mehr Insekten Fehlbildungen aufwiesen, und sie war nicht so naiv zu glauben, diese Veränderungen würden vor anderen Tieren haltmachen. Auch nicht vor den Menschen. Es hatte bereits begonnen. Hautkrankheiten, offene Wunden, die nicht mehr heilen wollten, Menschen, denen Zähne, Haare und Fingernägel

ausfielen. Und das waren nur die sichtbaren Folgen ...
Noch erschreckender waren die unsichtbaren Veränderungen, die ganz bestimmt auch mit den Giften und dem Dreck in der Luft zusammenhingen. Die Bevölkerung litt an Depressionen, und die Selbstmordrate war massiv gestiegen. Ebenso die Aggressivität. Es schien, als würden die Menschen ihre Hemmungen, ihre Güte und ihre Skrupel verlieren.

Vielleicht waren Geschöpfe wie dieser Käfer besser geeignet, um unter solchen Bedingungen zu überleben. Mit einer Mischung aus Faszination und Abscheu betrachtete Sara das Tier. Einer der Köpfe war deutlich kleiner und unterentwickelter. Bei genauerem Hinsehen erkannte sie, dass er völlig verkümmert war, während sich die Fühler des größeren Kopfes munter bewegten. Sara schob dem Tier ihre Hand entgegen, bis sie nur noch wenige Millimeter von ihm entfernt war. Sie sah zu, wie der Käfer auf ihren Finger zu klettern versuchte, dann aber den Halt verlor, zurück kippte und auf dem Rücken landete. Sara zählte die Beine des Insekts. Fünf zappelten hektisch, während einige leblos aus dem Körper zu ragen schienen. Eine Weile beobachtete sie das Tier. Es gelang ihm nicht, sich aus eigener Kraft aufzurichten, und schon bald wurden die Beinbewegungen träger. Sara ließ ihren zitternden Finger langsam auf ihn niedersinken. Der Käfer versuchte, sich an der Haut ihrer Fingerkuppe festzukrallen, doch er war zu erschöpft. Also versetzte Sara ihm einen leichten Schubs, der ihn in seine ursprüngliche Position zurückbrachte. Trotzdem rührte er sich nicht, abgesehen von der zarten Vibration der Fühler. Er schien Sara seinerseits zu beobachten. Vielleicht hielt er sie für ein ebenso seltsames Wesen wie sie ihn.

Sie erschrak, als jemand sie von hinten packte. Noch bevor sie reagieren konnte, sah sie die Hände, die sich ihrem Gesicht näherten und die wegen der Handschuhe, in denen sie steckten, wie riesige Pranken wirkten. Dann drückten sich diese Pranken auf Saras Augen und es wurde dunkel. Sie stieß einen erstickten Schrei aus. Der Kerl hielt sie fest, und der raue Stoff des Handschuhs kratzte auf ihrer Haut. Sara wand sich beim Versuch, sich zu befreien. Zeitgleich brachte sie der Gestank des Mannes, der weit schlimmer war als der der Müllkippe, erneut zum Würgen. Sie schrie, schlug um sich und trat nach hinten, in der Hoffnung, den Angreifer zu erwischen. Vielleicht hatte sie es dem Adrenalin zu verdanken, das durch ihren Körper schoss und ihr Kraft verlieh: Sie schaffte es, sich aus den Fängen des Mannes loszureißen, taumelte rückwärts und fiel zu Boden. Zum ersten Mal sah sie sein Gesicht. Es war entsetzlich … Widerwillig starrte Sara in die von dunklen Beulen und Pusteln übersäte Fratze, die ihn fast unmenschlich erscheinen ließ. Es war das typisch entstellte Gesicht eines Menschen, der sich von den giftigen Abfällen dieser Stadt ernährte. Sein übler Gestank rührte nicht nur daher, dass er dreckig war. Vielmehr, so glaubte Sara, war das der Geruch von Zersetzung. Dieser Mann verfaulte bei lebendigem Leibe. Sie schrie, als er sich auf sie stürzte wie ein wildes Tier auf seine Beute. Sein Gewicht machte es ihr unmöglich, sich zu bewegen. Sie keuchte und spürte seinen heißen Atem auf dem Gesicht. Angewidert drehte sie den Kopf zur Seite. Sein Röcheln drang in ihr Ohr. Dann spürte sie seine Zunge, die ihren Hals hinauffuhr und über ihre Wange glitt. Er ließ von ihr ab, um sie anzusehen. Dabei tropfte Schleim aus seinem zu einem gierigen Grinsen verzerrten Mund auf ihr Gesicht. Er riss am Kragen ihres Mantels und an den Stoffschichten der Kleidung darunter. Und dann schlug er seine Zähne in ihr Fleisch. Der scharfe Schmerz in ihrer Schulter ließ Sara für einen kurzen Moment verstummen. Und diesen Moment brauchte sie, um zu begreifen, was hier passierte. Dieser Unmensch war ein Wahnsinniger! Ein Obdachloser, der nichts mehr zu verlieren hatte und so hungrig war, dass er sich auf sie gestürzt hatte mit dem Ziel, sie zu zerfleischen. Der Gedanke an das Messer schoss ihr durch den Kopf, doch es steckte unerreichbar in der Strickjackentasche unter dem Mantel. Sie schaffte es, den Arm frei zu bekommen, tastete hektisch den Boden ab, griff nach dem erstbesten Gegenstand, den sie zu fassen bekam und schlug damit auf den Kopf des Kerls ein. Der Gegenstand fiel ihr aus der Hand. Sara war sicher, den Mann nicht hart genug getroffen zu haben, doch er ließ von ihr ab. Sie sah das Blut auf seiner Wange und wusste, dass sie ihm zumindest einen tiefen Kratzer verpasst hatte. Er tastete sein Gesicht ab. So fest Sara konnte, schlug sie mit der bloßen Faust auf seinen

Schädel ein. Der Mann neigte sich etwas zur Seite, um ihren Schlägen auszuweichen. Das verschaffte ihr mehr Bewegungsspielraum. Sie bekam die Füße frei. In ihrer Panik versetzte sie ihm drei, vier harte Tritte. Dann rappelte sie sich keuchend vom Boden hoch, ohne den Angreifer, der sich jammernd krümmte, aus den Augen zu lassen. Sie wankte und stolperte beinahe über einen Autoreifen. Dann rannte sie los, ohne sich noch einmal umzudrehen.

# 7

Jim kauerte seit einer Stunde im Flur auf dem Fußboden, starrte die Tür an und wartete auf die Rückkehr des Mädchens. Mit seinem dummen Erpressungsversuch hatte er alles nur schlimmer gemacht. Jetzt würde sie ihn erst recht fortschicken. Er konnte es ihr nicht verübeln. Schließlich musste sie selbst versuchen, ihr Überleben zu sichern. Sie war noch ein halbes Kind gewesen, als ihr Vater vor zwei Jahren verschwand. Seither war sie auf sich allein gestellt. Außer June hatte sie vermutlich niemanden mehr gehabt. Und die Zeiten waren gefährlich, erst recht für eine junge Frau. Um zu überleben, musste man Problemen aus dem Weg gehen. Insbesondere Problemen, wie *er* eines war.

Jim dachte an all das Elend, das er während der letzten Tage auf dem Weg hierher gesehen hatte. Bilder, die er wohl nie wieder aus dem Kopf bekommen würde. Er dachte auch an die unzähligen Plakate, die dazu aufriefen, Jagd auf seinesgleichen zu machen und jeden Befürworter der Vyncents zu lynchen. Vermutlich würde er nicht noch einmal zwei Tage da draußen durchhalten, ohne von der Polizei aufgegriffen oder von einem Wahnsinnigen ermordet zu werden. Und vielleicht wäre es sogar ein Segen, nicht lange genug zu überleben, um qualvoll zu verhungern, zu verdursten oder zu erfrieren.

Als das Mädchen zurückkehrte, erhob er sich und atmete tief durch. Er war darauf gefasst, dass nun der Moment gekommen war, zu gehen. Er würde es ihr nicht noch schwerer machen. Er würde ihr sagen, dass sie keinerlei Verantwortung für ihn trug. Dass sie weder June noch ihm etwas schuldig war. Er würde sie um Verzeihung bitten und dann aus ihrem Leben verschwinden … Doch ein Blick auf ihr Gesicht ließ die Gedanken in seinem Kopf verstummen. Die Worte, die er sich zurechtgelegt hatte, waren mit einem Schlag vergessen.

Sara war schmutzig und ihre Augen waren gerötet, als hätte sie geweint. Ihr Hals war blutverschmiert, ihr Haar zerzaust. Jim machte einen Schritt auf sie zu, öffnete den Mund, um sie zu fragen, was passiert war, doch ihr abwehrender Blick hielt ihn zurück. Sie verzog das Gesicht, als sie den Mantel abstreifte und zu Boden fallen ließ. Die Bewegung bereitete ihr offensichtlich starke Schmerzen. Jim sah, dass ihr Shirt auf Höhe der Schulter blutgetränkt war. Der Stoff war zerrissen. Hatte ein wildes Tier sie angegriffen?

Sie blickte an sich hinab, als wüsste sie selbst nicht, was genau ihr zugestoßen war. Sie stöhnte leise.

»Sara.« Mit pochendem Herzen näherte er sich ihr. »Was ist passiert?«, fragte er, aber sie wirkte so verstört, dass er nicht sicher war, ob sie ihn überhaupt verstanden hatte. Was auch immer ihr zugestoßen sein mochte, sie hatte vermutlich großes Glück gehabt, entkommen zu sein. Plötzlich hob sie den Kopf und starrte Jim beinahe trotzig entgegen. Ihre Augen füllten sich mit Tränen. Dann stieß sie ihm gegen die Brust, drängte sich an ihm vorbei, schlüpfte ins Bad und knallte die Tür hinter sich zu.

## 8

Sara schüttelte den Kopf, als könnte sie die schrecklichen Bilder auf diese Weise loswerden. Dann blickte sie in den Spiegel. »Alles ist gut«, sagte sie zu sich selbst. Ihre Augen waren gerötet. Die Wimperntusche war verschmiert, auf ihren Wangen haftete Dreck und das Blut dieses Mannes. Sie drängte die aufsteigende Übelkeit zurück, drehte den Wasserhahn auf und begann, sich das Gesicht zu waschen. Unerbittlich rieb sie sich über die Haut. Erst Minuten, nachdem der Schmutz und die Blutspuren schon längst nicht mehr sichtbar waren, hörte sie damit auf. Sie ignorierte die tropfenden Haare, die ihr Shirt durchnässten. Vorsichtig zog sie am Ausschnitt, entblößte ihre Schulter und betrachtete die Bisswunde. Mit einem Gefühl von Abscheu beugte sie sich über das Waschbecken und näherte sich dem Spiegel bis auf wenige Zentimeter. Es tat weh. Die Menge des Bluts, das auf der Haut um die Wunde herum klebte, erschreckte sie. Zitternd nahm sie das Handtuch vom Haken und befeuchtete es unter dem kalten Wasserstrahl. Mit zusammengepresstem Kiefer tupfte sie die Stelle sauber, bis sie die Bissspuren deutlich erkennen konnte. Einige Zähne waren so tief in ihr Fleisch gedrungen, dass die Blutung noch immer nicht ganz gestoppt hatte. Ein letztes Mal presste Sara das Handtuch auf die Wunde. Dann kniete sie sich vor den verbeulten Blecheimer, der neben der Tür stand und als Wäschekorb diente. Sie durchwühlte die

Schmutzwäsche, fischte die dunkelgrüne Strickjacke heraus und zog sie an. Die Bewegung sorgte dafür, dass die Verletzung heftig schmerzte. Sara verharrte kurz, bis es nachließ. Die Stelle auf der Schulter war ungünstig. Es würde wohl eine Weile dauern, bis das verheilt war, und jede Bewegung würde sie an ihre Dummheit erinnern. Welch eine idiotische Idee, in der gefährlichen Zone am Kanal herumzuspazieren! In Anbetracht dessen hatte sie das, was ihr passiert war, wohl verdient.

Wenigstens schien sie ansonsten unverletzt zu sein. Sie zog den Rock hoch und betrachtete die zerrissene Strumpfhose. Das war die letzte noch halbwegs intakte gewesen, aber nun war sie völlig kaputt. Sara seufzte. Unterm Strich hatte sie verdammtes Glück gehabt. Der Kerl hätte sie genauso gut umbringen können.

Sie blickte in ihr nasses Gesicht. Die dunklen Schatten unter den Augen erinnerten sie daran, dass sie seit dem Auftauchen des VyOs nicht eine Minute geschlafen hatte. Sie war die ganze Zeit angespannt gewesen. Und jetzt dieser Überfall ... Verbissen starrte sie sich selbst entgegen. Letztlich war an allem der VyO schuld! Der Gedanke, das Badezimmer zu verlassen und ihn gleich wieder sehen zu müssen, war ihr unerträglich.

Wütend zerrte sie die restliche Schmutzwäsche aus dem Eimer und warf sie ins Waschbecken. Sie füllte es mit Wasser und griff nach der Seife. Als ein beißender Schmerz ihre Handfläche durchzog, ließ sie das Seifenstück augenblicklich wieder los. Sie betrachtete ihre zitternde Hand und entdeckte eine winzige Schnittwunde, die sie bisher gar nicht wahrgenommen hatte. Sie war nicht tief, aber sie brannte furchtbar. Vielleicht hatte sie, als sie gefallen war, in etwas Scharfkantiges gegriffen.

Trotzig nahm Sara das Seifenstück erneut in die Hand, ignorierte das Brennen, das die Lauge verursachte, und begann, die Wäschestücke damit einzureiben. Sie keuchte vor Schmerzen, und bald trat ihr der Schweiß auf die Stirn. Doch selbst diese Qual vermochte es nicht, die Verzweiflung aus ihrem Kopf zu verdrängen. »Schuld an allem ist *er*«, murmelte Sara ihrem Spiegelbild entgegen. »Ich muss ihn mir vom Hals schaffen.«

Außerdem wollte sie sich nicht länger wie ein Geist in ihrer eigenen Wohnung bewegen. Sie gab etwas von dem Orangenduschgel ins Wasser und knetete die Wäschestücke ein letztes Mal durch. Dann blickte sie auf die Kleider hinab, die sich in der schaumigen Flüssigkeit zu einem einzigen dunklen Stoffklumpen zusammengeballt hatten. Nun musste sie das Zeug wohl oder übel trocknen. Nur wo? Im Wohnzimmer über der Heizung war es am unauffälligsten. Aber sie konnte die Sachen auch genauso gut hier über der Badewanne aufhängen, wie sie es immer tat. Allein die Vorstellung, dass der VyO ihre tropfnasse Unterwäsche und Strumpfhosen sah, war ihr zuwider. Trotzdem! Mit der unversehrten Hand griff sie ins Wasser und zog das erste Wäscheteil heraus. Der Anblick des knappen Slips ließ sie seufzen. Es gefiel ihr nicht, dass der Vyncent-One wissen würde, was für Unterwäsche sie trug ... Widerwillig hängte sie den Slip über die Wäscheleine. Es ist nur Wäsche, sagte sie sich. Und *er* ist nur ein blöder Vyncent-One. Ein Ding! Entschlossen hängte sie auch die übrigen Teile über die Leine. Anschließend knöpfte sie ihre Strickjacke zu und vergewisserte sich, dass sie ihr blutiges Shirt vollständig verhüllte. Noch einmal ging ihr Blick zur Wäscheleine. Missmutig betrachtete sie die Wassertropfen, die sich aus den Kleidungsstücken lösten und in die Wanne fielen. Sara atmete tief durch. »Mir wird schon irgendwas einfallen, ihn beiseite-zuschaffen«, murmelte sie. »Und bis dahin räume ich ihn eben auf andere Weise aus dem Weg!«

Es gab nur eine Stelle innerhalb ihrer Wohnung, die infrage kam. Sara würde ihn einfach hinter dem Flurschrank verbannen! Wenn sie den Schrank ein Stück vorrückte, hätte der VyO genug Platz, um sich zu verkriechen. Es würde niemandem auffallen, dass der Schrank nicht ganz am Ende des Flurs stand. Und falls doch, würde man dahinter wahrscheinlich nur ein paar Kisten vermuten, in denen sie ihre Weihnachtsdekoration oder anderen Krempel verstaute.

# 9

Jim hatte die Badezimmertür während der letzten halben Stunde nicht aus den Augen gelassen. Als sie sich endlich öffnete, ging Sara an ihm vorbei, als wäre er unsichtbar. Sie steuerte auf den Schrank am Ende des Flurs zu, umklammerte dessen Korpus und begann, an dem schweren Teil herumzuzerren. Was hatte sie vor? Der Schrank bewegte sich ruckartig um ein paar Zentimeter, bevor das Mädchen von dem Möbelstück abließ. Keuchend vor Anstrengung lockerte sie die Armmuskeln. Jim fragte sich, was es so dringend machte, den Schrank abzurücken. Sie umklammerte ihn erneut und zog daran.

»Ich helfe dir.« Jim war bereits neben ihr und packte den Schrank. Im selben Moment ließ Sara los. An der Stelle erkannte Jim einen verschmierten Blutfleck auf der Holzoberfläche. Erschrocken fuhr er zu Sara herum und sah das blutige Shirt im Bereich ihrer Schulter, dort, wo die Jacke ein wenig verrutscht war. Schnell verbarg sie die Wunde unter dem Stoff. Dann wischte sie das Blut mit dem Ärmel von der Schranktür weg und warf Jim einen aggressiven Blick zu, der wohl bedeutete, er solle sich nicht in ihre Angelegenheiten einmischen. Als Jim sich nicht rührte, stieß sie ihn mit dem Arm weg. Deutlicher konnte sie ihm nicht zeigen, dass sie seine Hilfe nicht wollte. Jim trat zurück und machte ihr Platz. Er sah, wie sie mit großer Kraftanstrengung und einer unfassbaren Verbissenheit gegen den Schrank ankämpfte und ihn schließlich ein weiteres Stück in ihre Richtung bewegte. Ihr Atem ging schnell. Vermutlich hatte die Anstrengung auch die Blutung ihrer Wunde noch verstärkt. Und die Schmerzen. Aber sie ignorierte die Tatsache, dass sie verletzt war, trat vom Schrank zurück, begutachtete dessen neue Position und prüfte den seitlichen Abstand zur Wand. Jim nahm an, dass sie durch den Spalt hindurchkriechen wollte, um irgendetwas hervorzuholen. Stattdessen lief sie ins Wohnzimmer.

Er begriff ihren Plan erst, als sie mit der Wolldecke zurückkehrte. Wortlos drückte sie sie ihm in die Hand. Jim betrachtete die enge Lücke zwischen rechter Schrankseite und der Wand. Sie war vermutlich gerade breit genug, dass er hindurchschlüpfen konnte. Und genau das erwartete das Mädchen von ihm. Ungeduldig riss sie ihm die Decke wieder aus den Fingern und warf sie durch den Zwischenraum hinter den Schrank. Dann ging sie aus dem Weg, um Jim Platz zu machen. »Es ist sicherer, wenn du dich versteckst.« Sie schien unter großer Anspannung zu stehen, und das vermutlich nicht allein seinetwegen. Ihr war an diesem Morgen etwas passiert. Sie hatte womöglich einen Schock, aber sie würde sich nicht von ihm helfen lassen. Wenn er versuchte, mit ihr zu reden, regte sie das wohl nur noch mehr auf. Das Beste, was er im Moment machen konnte, war zu tun, was sie verlangte. Er hatte ein wenig Mühe, sich durch den Spalt zu zwängen. Hinter dem Schrank war es so dunkel, dass er sich an den Wänden entlang tasten musste, um die Größe dieses Verstecks festzustellen. Er spürte Spinnweben unter seinen Fingern und wischte sie an der Hose ab. Der Raum zwischen Wand und Schrankrückseite betrug etwa einen Meter. Dank des Lichts im Flur konnte er zumindest die Decke über sich sehen. Er ging auf die Knie und tastete den Boden ab. Er war staubig. Bestimmt hatten unter dem Schrank jede Menge Spinnen gehockt, die jetzt aufgescheucht hier herumkrochen. Jim fand die Wolldecke, erhob sich wieder und schüttelte sie aus. Er wartete noch einen Moment, um den Krabbeltieren die Möglichkeit zu geben, sich in die Ecken zu verkriechen. Dann breitete er die Decke aus und setzte sich. Seine Augen gewöhnten sich langsam an die Dunkelheit und so konnte er seine neue Umgebung, diesen winzigen Verschlag, schemenhaft erkennen.

Von Zeit zu Zeit hörte er, wie sich Sara in der Wohnung bewegte: das Rauschen des Wassers in der Küche, das leise Klappern von Geschirr, das Geräusch zuschlagender Schranktüren, das Scharren eines Stuhls über den Küchenboden. Es klang, als ginge sie einfach zur Tagesordnung über. Anscheinend versuchte sie, seine Anwesenheit zu ignorieren. So, wie sie ihre Verletzung ignorierte. Vielleicht war dieses seltsame Verhalten eine Art Selbstschutz, der sie davor bewahrte, an der Situation zu verzweifeln.

Es mussten zwei oder drei Stunden vergangen sein, bevor er sich wieder hinter dem Schrank hervorwagte. Er fand Sara im Wohnzimmer. Sie stand vor dem

Fenster und sah hinaus.

»Ich hole nur meine Tasche«, erklärte er, als sie sich zu ihm umdrehte. Sie trug frische Kleidung und hatte sich das Blut von der Haut gewaschen, doch selbst aus der Distanz erkannte er jetzt die Hämatome auf ihrem Hals. Wer ihr das angetan hatte, war brutal vorgegangen. Jim verspürte eine starke innere Wut auf diesen Unbekannten.

Sara hatte sich längst wieder von ihm abgewandt und blickte hinaus ins triste Grau. Sie wirkte so verloren und einsam, dass es Jim drängte, sie zu fragen, was passiert war. Sie zu fragen, ob es ihr gut ging. Aber er ahnte, dass es zu nichts führen würde. Außerdem war es möglich, dass sie gerade fieberhaft darüber nachdachte, wie sie ihn loswurde.

Endlich löste er sich von ihrem Anblick und ging zum Sofa, um seine Sachen zu holen.

»Nimm die Taschenlampe. Auf dem Tisch.«

Sie hatte so leise gesprochen, dass er sie fast nicht verstand. Jims Blick wanderte über die Dinge, die auf dem Tisch lagen. Er nahm die Lampe an sich und hob die Tasche auf. Noch einmal sah er zu Sara. Sie schlang die Arme um sich, als würde sie schrecklich frieren.

Er verließ das Wohnzimmer, zwängte das Gepäck am Schrank vorbei und platzierte es so, dass es ihm als Kopfkissen dienen konnte. Er ließ sich wieder auf dem Boden nieder und schaltete die Lampe ein. Sie erzeugte nur einen schwachen Schein. Es war noch immer dunkel, aber nun konnte Jim besser erkennen, was ihn umgab, und das Verlies verlor ein wenig seinen

Schrecken. Und zum ersten Mal empfand er in dieser kleinen Kammer so etwas wie einen Hoffnungsschimmer. Sie war ein Kompromiss, den das Mädchen eingegangen war. Und vielleicht, wenn er vorsichtig war, würde sie ihn doch nicht fortschicken. Er erinnerte sich daran, was June ihm gesagt hatte. *Wenn du es schaffst, in ihre Wohnung zu kommen, ist das die halbe Miete. Und wenn ihr zwei die ersten 24 Stunden zusammen durchsteht, ohne dass sie die Nerven verliert, bist du in Sicherheit.* Jim ahnte, dass Junes Worte hauptsächlich darauf abgezielt hatten, ihm Mut zu machen. Bisher hatte es nicht danach ausgesehen, dass sie recht behalten sollte, aber nun verspürte er ein wenig Zuversicht, dass Sara ihn doch nicht wegschicken würde.

## 10

Der VyO hockte bereits seit Stunden in dem Versteck und Sara war froh, dass er sich, abgesehen von dem einen Mal, als er seine Tasche aus dem Wohnzimmer geholt hatte, nicht zeigte. Wenn sie ihn nicht sah, so hoffte sie, würde es ihr leichter fallen, seine Anwesenheit aus ihrem Bewusstsein zu verdrängen. Doch es gelang ihr nicht eine Minute, ihn aus dem Kopf zu bekommen. Sie gab sich alle Mühe, ihm die Schuld an ihrer misslichen Lage zuzuschieben. Denn June konnte sie schließlich nicht mehr beschuldigen. Aber sie wusste auch, dass er selbst in weit größerer Gefahr schwebte als sie. Sie würde vielleicht mit einer kurzen Haftstrafe davonkommen, wenn die Sache aufflog. Man würde zudem ganz sicher ihre Versorgungsscheine dezimieren, sodass sie mit einer geringeren Lebensmittelration auszukommen hätte. Aber *ihn* würde man hinrichten. Unweigerlich musste Sara an die entsetzlichen Darstellungen auf den Propagandaplakaten und an die Berichte über die Tötung gefasster VyOs denken. Jim würde durch die Hölle gehen, wenn sie ihn fanden. Egal, auf welche Weise sie ihn umbringen würden. Sara presste sich die Faust gegen die pochende Stirn. Das waren doch dumme Gedanken! Ein *Mensch* würde durch die Hölle gehen. Aber dieser Jim war ein Vyncent-One und als solcher war er ja wohl kaum in der Lage, seelischen Schmerz zu empfinden. Insgeheim hoffte Sara für ihn, dass es stimmte. Doch dann dachte sie an den

Ausdruck in seinen Augen. Er hatte ausgesehen, als hätte er unheimliche Angst davor, dass sie ihn fortschicken würde. Als hätte er Angst um sein Leben. Aber vielleicht war das nur Fassade. Die Entwickler hatten die Vyncent-Ones so real erscheinen lassen, so menschlich, dass es schwierig war, sich nicht von ihnen täuschen zu lassen. Er war nun mal kein Mensch, nur weil er in der Haut eines Menschen steckte! Doch auch, wenn Sara diesen Satz noch so oft in ihrem Kopf wiederholte, sie fühlte sich nicht besser.

Sie betastete ihre wie Feuer brennende Schulter und zuckte zusammen, als sie sich dem Bereich der Bisswunde näherte. Wieder musste sie daran denken, was ihr hätte passieren können. Der grauenvolle Mann hätte sie getötet, ihr das Fleisch von den Knochen genagt und ihren Kadaver anschließend einfach liegen lassen. Vorerst hätte niemand sie vermisst. Außer dem VyO. Für ein paar Wochen hätte er wahrscheinlich mit ihren Nahrungsvorräten überleben können, bevor sie aufgebraucht wären ... Erst jetzt fiel Sara ein, dass er seit einer Ewigkeit nichts gegessen hatte. Waren Vyncent-Ones im selben Maße wie Menschen auf Nahrung angewiesen? Wenn ja, musste er kurz vor dem Verhungern sein, sofern er nicht noch Proviant in seiner Reisetasche dabeihatte.

Sara legte sich die Hand auf den Bauch. Sie selbst hatte zuletzt gestern Vormittag etwas gegessen, doch trotz ihres leeren Magens verspürte sie keinen Hunger.

Sie schlich in die Küche und setzte Wasser auf. Dann öffnete sie die Schublade, in der sie die

Instantsuppen aufbewahrte. Die einzelnen Sorten unterschieden sich weder im Geschmack noch in ihrem Farbton. Lediglich die Beschriftungen auf den Tüten variierten. Sie versprachen entweder besonders sättigend oder energiespendend zu sein. Einige eigneten sich angeblich zur Stärkung der gesundheitlichen Abwehrkräfte, zur Deckung des Vitaminbedarfs, ja sogar zur Beruhigung der Nerven. Wenn man zum Nahrungsmittelstützpunkt ging, um seine Versorgungsscheine einzulösen, hatte man keinen Einfluss darauf, welche Suppensorten man erhielt. Völlig willkürlich schienen die Mitarbeiter der Ausgabestation die Päckchen zu nehmen und sie den Leuten auszuhändigen, was Sara in ihrer Vermutung bestärkte, dass die Inhalte identisch waren. Es kümmerte sie nicht. Längst hatte sie sich an die fade, immergleiche Speise gewöhnt. Für ihre Versorgungs-marken standen ihr jeden Monat exakt 90 Suppentüten zu. Das entsprach drei Mahlzeiten pro Tag, wobei nicht berücksichtigt wurde, dass einige Monate 31 Tage hatten. Mit den Suppen kam man durchaus über die Runden. Man wurde nicht wirklich satt, aber man verhungerte auch nicht und anscheinend steckte in diesen Instantpulvern tatsächlich alles, was der Körper zum Überleben brauchte. Dennoch war Sara froh, dass Gibbon ihr manchmal ein paar Extrarationen vorbeibrachte, die er auf dem Schwarzmarkt besorgte. Besonders jetzt. Wie es aussah, musste das Essen demnächst für zwei reichen.

Schließlich zog sie zwei Tüten aus der Schublade, wie Lose aus einem Lotterietopf. Dann schüttete sie den staubigen Inhalt in kleine Schüsseln.

»Jim?« Es fühlte sich merkwürdig an, ihn bei seinem Namen zu nennen, und sie hatte ihn so leise gerufen, dass sie zunächst glaubte, der VyO hätte sie gar nicht gehört. Aber nach ein paar Sekunden kam er hinter dem Schrank hervorgekrochen.

»Isst du?...Ich meine, bist du hungrig?«

Jetzt, wo er im schmalen Türrahmen stand, der sich im Laufe der Jahrzehnte unter dem Druck der schiefen Wände immer mehr verzogen hatte, erschien er Sara noch größer als zuvor. Und obwohl er sichtlich unterernährt wirkte, waren seine Schultern breit. Über seine Lippen huschte ein nervöses Lächeln. Er nickte zurückhaltend, blieb aber auf der Türschwelle stehen. Sara ging durch den Kopf, dass er ziemlich gut aussah mit seinen hellen Augen und den dunkelblonden, zerzausten Haaren. Wäre er ein Junge an ihrer Schule gewesen, in einer der höheren Klassen, hätte er sicher vielen Mädchen den Kopf verdreht. Hatte sich June damals auf den ersten Blick für ihn entschieden, nachdem sie ihn unter all den anderen VyOs auf der Vyncent-One-Website entdeckt hatte? Oder war ihr die Wahl schwergefallen?

Sie kippte etwas von dem kochenden Wasser in die Schüsseln. Während sie das Pulver mit der Flüssigkeit verrührte und weiteres Wasser nachschüttete, fiel ihr ein, dass June den VyO gar nicht auf legalem Weg gekauft haben konnte. Sie hatte ihren Gefährten natürlich schwarz erworben. Er war nicht auf ihren Namen registriert. Nur deshalb war er der KLPO noch nicht ins Netz gegangen.

## 11

Schweigend sah Jim Sara dabei zu, wie sie die Suppen umrührte. Aus den Schüsseln stieg leichter Dampf auf, und nach und nach verwandelte sich die Flüssigkeit in eine breiartige Masse. In der grünen Wollstrickjacke, die mindestens zwei Nummern zu groß war, wirkte das Mädchen verloren. Haarsträhnen hatten sich aus ihrem Zopf gelöst und fielen ihr ins Gesicht, sodass er ihre Augen nicht sehen konnte.

Sie stellte das Rühren ein und drückte Jim eine der Schüsseln in die Hand. Sie schien nicht zu wissen, ob sie ihm gestatten sollte, sich an den Tisch zu setzen oder ob sie von ihm verlangen sollte, seine Mahlzeit hinter dem Schrank einzunehmen. Schließlich bedeutete sie ihm mit einer winzigen Kopfbewegung, Platz zu nehmen, und ließ sich ihm gegenüber auf den Stuhl sinken. »So ein Mist«, fluchte sie leise, als sie die Schüssel abstellte und etwas von der Suppe über den Rand schwappte.

Die Strickjacke hatte sie bis auf den letzten Knopf geschlossen. Trotzdem konnte sie die Druckspuren an ihrem Hals nicht vollständig verdecken. Jim fragte sich, ob sie unter den Kleiderschichten noch weitere Verletzungen verbarg. »Deine Wunde ... Hast du sie desinfiziert?«

Sara ließ den Löffel in die Schale fallen, sodass erneut etwas von der Suppe auf die Tischplatte spritzte. »Was geht dich das an?«

Jim zuckte entschuldigend mit den Schultern.

Sichtlich genervt schob sie die Schüssel ein paar Zentimeter zur Seite, um den Suppenfleck zu verdecken. Jim versuchte nachzuvollziehen, warum sie so aggressiv auf die Frage reagiert hatte. Vermutlich war sie längst selbst auf die Idee gekommen, die Wunde zu reinigen, aber möglicherweise hatte sie überhaupt kein Desinfektionsmittel im Haus. Es drängte ihn, sie noch einmal zu fragen, woher die Verletzung stammte, doch im Moment war das wohl zwecklos.

Er neigte den Kopf über die Schüssel und schnüffelte an der grauen Suppe. Sie war völlig geruchlos. Während er umrührte, sah er sich unauffällig in der Küche um. Es gab ein Fenster, aber das war mit Spanplatten verbarrikadiert worden. Sicher war die Scheibe zerbrochen und die Vorrichtung schirmte den Raum vor der Kälte ab. Jim hätte es auch nicht gewundert, wenn dieses Mädchen irgendwann aus einer düsteren Laune heraus beschlossen hätte, das Tageslicht für immer aus ihrer Küche auszusperren.

Sein Blick fiel auf die Herrenarmbanduhr, die an einem Nagel an der Wand hing. Sie schien alt zu sein und hatte vielleicht einst Saras Vater gehört. Direkt darunter auf dem Boden stand ein kleiner Vogelkäfig, der vollgestopft mit Stofftieren war.

»Lebst du schon immer in dieser Wohnung?« Jim bereute die Frage, als er sah, wie sich ihre Miene verfinsterte.

»Wir müssen keinen Smalltalk führen, als wären

wir Freunde oder so etwas. Seit wann ich hier wohne, interessiert dich doch überhaupt nicht!« Ihr wütender Gesichtsausdruck wirkte erzwungen, als versuchte sie mit aller Kraft, ihren Ärger und das Misstrauen ihm gegenüber aufrecht zu halten. »Aber wenn du es unbedingt wissen willst, ich lebe seit meinem vierten Lebensjahr in dieser Wohnung. Nach dem Tod meiner Mutter brauchten wir nicht mehr so viel Platz. Also sind mein Vater und ich hier eingezogen.«

Es überraschte Jim, dass sie sich doch noch zu einer Antwort durchgerungen hatte, aber ihr abweisender Blick machte ihm klar, dass er sich vorerst mit weiteren Fragen zurückhalten sollte. Er versuchte, sich vorzustellen, wie sie und ihr Vater über Jahre zu zweit in dieser engen Wohnung gelebt hatten, und er fragte sich, ob Sara sich während dieser Zeit auch manchmal hinter dem Schrank im Flur verkrochen hatte. Vielleicht war es ihr Zufluchtsort gewesen, an dem sie für sich sein konnte.

Er tauchte den Löffel in die Suppe und kostete sie. Sie war heiß und schmeckte salziger, als er erwartet hatte. Aber nach der langen Zeit, in der er nur Haferflocken mit Wasser gegessen hatte, war es wunderbar, wieder einen derart intensiven Geschmack auf der Zunge zu spüren. Er legte die freie Hand an die Schüssel und genoss die wohltuende Wärme. Das Leben war schon eigenartig ... Gestern hatte er mit der Welt bereits fast abgeschlossen gehabt. Er hatte kaum zu hoffen gewagt, dass Junes Plan funktionieren würde. Und nach den Stunden des Wartens im Keller hatte er nicht mehr daran geglaubt, dass ihre Nichte ihn dort herausholen würde. Mit Junes Tod hatte er alles verloren. Er vermisste sie, sobald er einen Gedanken an sie zuließ. Das alles war so schmerzvoll und traurig. Aber dieses Mädchen hatte ihm einen Platz zum Schlafen und etwas Warmes zum Essen gegeben. Er war immer noch am Leben. Und es fühlte sich nicht mehr ganz so hoffnungslos an wie gestern.

»Danke. Für das Essen«, sagte er leise.

Wieder verfinsterte sich ihre Miene. Es beunruhigte ihn, wie quälend die Situation für sie zu sein schien. Vielleicht sollte er es ihr leichter machen und ihr aus den Augen gehen? Ihr etwas Zeit geben? Aber er wollte noch nicht wieder zurück hinter den Schrank.

Erst nachdem er ein paar Löffel von der Suppe genommen hatte, spürte er, wie ausgehungert er gewesen war, und der intensive Geschmack weckte in ihm das Verlangen, die Portion hastig hinunterzuschlingen. Doch sobald er aufgegessen hatte, musste er zurück in sein Versteck. Immer wieder warf er verstohlene Blicke zu Sara, aber er wagte es nie, sie länger als zwei oder drei Sekunden anzusehen. Das Mädchen übte eine seltsame Faszination auf ihn aus. Einerseits erschien sie ihm einsam und verletzlich, gleichzeitig stark und tapfer.

Plötzlich erhob sie sich so unvermittelt, dass Jim im ersten Moment glaubte, sie würde seine Gegenwart nicht länger ertragen. Doch statt die Küche zu verlassen, ging sie zum Schrank und streckte sich dem oberen Regal entgegen. Auf Zehenspitzen versuchte sie, an eines der Gewürzgläser zu gelangen. Jim stand auf, und nahm das Gläschen für sie herunter. Saras Blick ließ es ihn sofort bereuen. Wütend wollte sie ihm das Glas entreißen, doch kaum, dass sie Jims Haut gestreift hatte, wich sie zurück. Für ein paar Sekunden blickte sie auf seine Hand und wirkte irritiert.

»Was?«, fragte er zögerlich.

Sara verschränkte die Arme vor der Brust. »Nichts. Gar nichts. Ich bin nur ... überrascht.«

Jim hatte keine Ahnung, wovon sie sprach.

»Ich hatte geglaubt, deine Haut fühlt sich anders an. Eher wie Plastik oder Kunstleder.«

Jim musste schmunzeln. Er stellte das Gläschen auf den Tisch und streckte ihr seine Hand entgegen. »Wenn du willst, kannst du sie anfassen.«

Sara sah auf den Arm. Jim versuchte, in ihrer Miene zu lesen, was in ihrem Kopf vorging.

»Kein Bedarf!«, sagte sie und setzte sich wieder an den Tisch. Auch Jim ließ sich zurück auf den Platz sinken. Was hatte dieses Mädchen für ein Bild von ihm? Offenbar hielt sie VyOs für Plastikpuppen. Und für gefährliche Kreaturen, die man sich lieber vom Hals hielt.

Sie wischte den Staub von der Verschlusskappe des Gläschens und schraubte das Gefäß auf. Behutsam, als wollte sie kein Gramm verschwenden, schüttete sie etwas von dem Inhalt, ein feines Granulat, in die Suppe. Vermutlich handelte es sich um eine Gewürzmischung zur Geschmacksintensivierung oder um irgendein Vitaminpräparat. Nachdem sie das Gefäß wieder zugeschraubt hatte, schob sie es in die Mitte des Tischs. Mit einem kurzen Blick gestand sie Jim offenbar zu, sich ebenfalls an dem Pulver zu bedienen. Aber sicher war er sich dessen nicht. Außerdem fand er, dass die Speise keine weiteren Gewürze nötig hatte.

Die Suppe kühlte sich rasch ab. Trotzdem nahm Jim nur winzige Mengen auf seinen Löffel, um den Zeitpunkt hinauszuzögern, wo er zurück hinter den Schrank musste. Wenn er dort hockte, spürte er die Einsamkeit noch wesentlich stärker als jetzt. Und obwohl Sara sich so abweisend verhielt, machte es die Situation für ihn erträglicher, sie um sich zu haben.

Im Gegensatz zu ihm schien sie sich zum Essen zwingen zu müssen und das Pulver hatte wohl nicht dazu beigetragen, ihren Appetit anzuregen. Es rührte ihn, wie sie da auf ihrem Stuhl saß und über die Schüssel gebeugt in der Suppe stocherte. Sie sah ebenso verloren aus, wie *er* sich fühlte.

»Es war bestimmt schwer für dich in den letzten Jahren«, sagte er leise. »Allein, ohne deinen Vater.«

Sie blickte ihn an, als hätte er sie zutiefst beleidigt. »Die KLPO hat das Volljährigkeitsalter auf vierzehn Jahre herabgesetzt. Ich bin also längst reif genug, auf eigenen Füßen zu stehen. Mein Vater wusste, dass ich zurechtkomme, und hat einen Tag nach dem Beschluss dieses Gesetzes die Chance ergriffen, zu verschwinden. Ich nehm's ihm nicht übel. In die Vaterrolle ist er nie reingewachsen. Keine Ahnung, ob er heute noch irgendwo da draußen lebt. Die KLPO hat ihn längst aus der Einwohnerdatei gelöscht und offiziell für tot erklärt.«

Jim nickte. »Ich schätze, die KLPO hat das Leben von uns allen ziemlich stark beeinflusst.«

Einen Moment wirkte sie nachdenklich. Dann hellte sich ihre Miene auf. »Wusstest du, dass ich seit einem Jahr nicht mehr zur Schule muss?«, fragte sie, als wäre das etwas Gutes.

»Warum wurden die Schulen geschlossen?«, wollte Jim wissen.

»Aus demselben Grund, warum man das Internet eingeschränkt und fast das gesamte öffentliche Leben zum Erliegen gebracht hat. Die KLPO will uns Bürger kontrollieren. Indem sie uns mit diesen Suppen versorgen, machen sie uns von sich abhängig. Aber was weiß ich schon?«

Sie legte den Löffel beiseite, als hätte sie beschlossen, sich nicht länger mit dem Essen zu quälen. »Bist du fertig?« Von ihrem Platz aus blickte sie in seine Schüssel. Jim kratzte eilig die letzten Reste der Suppe auf seinen Löffel.

»Wenigstens hat es *dir* geschmeckt.« Sie stand auf, zog ihm Schüssel und Löffel weg und begann, abzuspülen. »Du kannst dich freuen, von nun an wirst du das Zeug jeden Tag zu essen bekommen.«

Sie hatte es wie eine Drohung klingen lassen, aber Jim spürte, wie sein Herz schneller zu schlagen begann. *Von nun an jeden Tag.* Also hatte sie vor, ihn hierzubehalten?

»Ich kann dir helfen.« Er sprang auf, griff nach dem Geschirrtuch und dann nach der nassen Schüssel. Doch Sara riss ihm das Tuch aus der Hand. »Geh mir gefälligst nicht auf die Nerven«, fuhr sie ihn an. »Und komm mir nicht zu nah.«

Erschrocken trat er einen Schritt zurück und schuf so etwas mehr Abstand zwischen ihr und ihm. »Okay. Aber du musst dich nicht vor mir fürchten. Ich bin kein gefährliches Monster.« Er hatte versucht, seinen Worten einen scherzhaften Unterton zu verleihen, um die angespannte Situation ein wenig aufzulockern.

Sara schnaubte verächtlich. »Wenn *du* das sagst, bin ich restlos überzeugt.«

Jim musste lächeln, was dafür sorgte, dass ihre Miene sich noch mehr verdunkelte. »Außerdem hab ich keine Angst vor dir!«

»Gut.« Jim nickte. »Ich will versuchen, mich so zu verhalten, dass es okay für dich ist.«

Sara stöhnte auf. »Setz dich. Bitte.«

Er gehorchte.

»Wenn das hier eine Zeit lang funktionieren soll, musst du ein paar Dinge befolgen.« Sie rieb sich die Stirn, als hätte sie plötzlich starke Kopfschmerzen. »Erstens: Hör auf, mich andauernd so anzustarren, als würdest du mich mit deinen Laseraugen scannen. Ich hasse das.«

»Mit meinen *was*?«

»Ach, egal.« Sie nahm zwei Gläser aus dem Schrank, füllte sie mit Wasser und stellte ihm eins davon auf den Tisch. Sie wartete, bis er einen Schluck getrunken hatte, bevor sie selbst ihr Glas in einem Zug leerte. »Zweitens«, fuhr sie fort, »will ich nicht, dass du dich wie mein Sklave verhältst.«

Irritiert sah er sie an, bis ihm wieder einfiel, dass er sie nicht so anstarren sollte, also senkte er den Blick und richtete ihn stattdessen auf ihre löchrigen Pantoffeln. Sie wandte sich kurz ab, um ihr Glas erneut aufzufüllen.

»June hat dich doch auch nicht wie einen Sklaven behandelt, oder?«

Jim schüttelte den Kopf.

»Sag schon, wie war das zwischen euch? Warst du so etwas wie ein Haustier für sie? In ihren Nachrichten hat sie dich immer als ihren Hund bezeichnet. Wusstest du das?« Saras Mundwinkel zuckten.

»Nein.«

Ihr Gesicht wurde mit einem Mal wieder ernst. »Hattet ihr tatsächlich eine Art *Liebesbeziehung*?«

Die Art, wie sie das Wort ausgesprochen hatte, machte Jim deutlich, für wie abwegig sie diese Möglichkeit hielt.

»Habt ihr euch geküsst und das alles?« Sie wirkte so abgestoßen, dass es Jim nicht gewundert hätte, wenn sie davongelaufen wäre, um sich im Badezimmer zu übergeben. Sie umklammerte ihr Glas mit beiden Händen. »Du glaubst hoffentlich nicht, dass ich irgendwas von dir erwarte … in dieser Richtung.«

»In dieser Richtung?«, fragte er.

»Na ja, körperliches Zeug eben. Mit mir wird es nicht so laufen wie zwischen June und dir.«

»Ich dachte nicht eine Sekunde daran«, versicherte er ihr schnell.

Sara nickte zwar, wirkte aber immer noch so, als bereitete ihr die bloße Vorstellung, dass ihre Tante mit einem Vyncent-One intim gewesen war, heftige Übelkeit. Er sah es ihr an. In ihrer Welt ... so wie in den Köpfen der meisten Menschen ... war solch ein Verhältnis, wie June und er es gehabt hatten, abartig und falsch.

»Besonders wichtig kannst du June ja nicht gewesen sein.«

Die Worte waren wie beiläufig aus ihrem Mund gekommen, aber sie versetzten Jim einen schmerzhaften Stich.

»Ich meine, wenn du ihr wichtig gewesen wärst, hätte sie dich nicht einfach verlassen, oder?«

Jim zwang sich, tief durchzuatmen. Sein Herz pochte. Er musste Sara die Wahrheit sagen. »Du weißt nicht alles über die Gründe, die June hatte ...«

Mit weit aufgerissenen Augen starrte Sara ihm entgegen, als spürte sie instinktiv, dass es da etwas gab, das alles veränderte.

»June war krank«, sagte Jim geradeheraus. Je schneller es raus war, desto besser war es für ihn und für Sara. Hoffentlich.

»Was?«, flüsterte sie. Sie ließ sich wieder auf den Stuhl sinken.

Jim rieb sich die Schläfe und fühlte Schweiß. »Sie hat kaum darüber gesprochen. Ich weiß nicht, was für eine Krankheit sie hatte. Aber in den letzten Wochen ging es ihr immer schlechter. Es gab keine Chance, an einen Arzt oder an Medikamente zu kommen. Mit jedem Tag wurde es schlimmer. Junes größte Angst war es, eines Morgens gar nicht mehr aufstehen zu können. Nicht mehr in der Lage zu sein, Essen für uns zu beschaffen.«

Saras Augen hatten sich mit Tränen gefüllt. Sie nickte leicht, und forderte ihn auf diese Weise auf, weiterzusprechen.

»Sie war der Meinung, mich erst recht in Gefahr zu bringen, wenn sie keine Maßnahmen ergreift. Sie wollte, dass ich eine Chance habe. Diese Chance ... bist du.«

Saras Unterlippe zitterte. »Hatte sie schlimme Schmerzen?«

»Ich denke nicht«, antwortete Jim. »Sie wurde nur von Tag zu Tag schwächer.«

Sara atmete tief durch. »Danke, dass du es mir erzählt hast.«

Jim verspürte den Wunsch, ihr noch etwas zu sagen. Irgendetwas, das es ihr leichter machte. Etwas, das es ihm selbst leichter machte.

Sara trank hastig von ihrem Wasser, verschluckte sich daran und musste husten. Erschrocken sprang Jim von seinem Stuhl auf, doch sie hob die Hand zur Abwehr. Sie hustete ein letztes Mal und schluckte schwer. Dann wischte sie die Träne weg, die sich aus ihrem Augenwinkel gelöst hatte, und funkelte Jim streng an.

»Du hältst Abstand. Kein Starren, keine Berührungen. Und keine Erste Hilfe, verstanden?«

Jim nickte. Ohne es verhindern zu können, musste er lächeln. Zum Glück bemerkte sie es nicht.

Jim stand im Bad und starrte in den Spiegel, ohne sein blasses Gesicht mit den viel zu dunklen Schatten unter den Augen richtig wahrzunehmen. Die Nachricht über Junes Krankheit hatte Sara schwer getroffen, aber ihn beschäftigte noch etwas anderes. Die Art, wie sie ihn vorhin angesehen hatte ... Anscheinend hielt sie es für ausgeschlossen, dass er echte Gefühle für jemanden empfinden konnte. Und deshalb war es für sie genauso abwegig, dass jemand *ihn* liebte. In ihren Augen war er wohl nur ein gefühlloses Ding, dessen einzige Bestimmung es bisher gewesen war, June zu unterhalten und für ihre sexuelle Befriedigung zu sorgen. Es verletzte Jim, dass sie so dachte. Und es machte ihn wütend. Am liebsten hätte er sich ein Handtuch vor den Mund gepresst und laut geschrien. *Mit mir wird es nicht so laufen wie zwischen euch ...* Dieses Mädchen hatte keine Ahnung, was in ihm vorging. Dass er fast verrückt wurde vor Schmerz wegen June. Und vor Angst. Nichts lag ihm ferner, als zu glauben, zwischen Sara und ihm könne irgendetwas laufen. Schon bei ihrer ersten Begegnung hatte sie Distanz, Misstrauen und Feindseligkeit ausgestrahlt. Er hatte sie bisher ja nicht einmal *als Frau* wahrgenommen oder sich vorgestellt, wie ihr Körper wohl unter all den Schichten verrückter Kleidung aussehen mochte. Unwillkürlich glitt sein Blick zur Schnur, die sich schräg über der Badewanne von einer Wand zur anderen spannte. Dort hing ihre

Unterwäsche. Außerdem zwei Strumpfhosen, ein dunkles Shirt und der geringelte Rock, den sie gestern getragen hatte. Von der Kleidung ging ein feiner Orangenduft aus. Jim näherte sich der Badewanne, beugte sich dem Top entgegen und roch daran. Es war der Duft des Duschgels, den er liebte, seit er die Flasche gestern zum ersten Mal geöffnet und daran geschnuppert hatte. Noch nie zuvor hatte er einen solch betörenden Duft gerochen, und er fragte sich, wie unfassbar gut wohl echte Orangen riechen mochten, wenn dieses Waschgel schon so wunderbar duftete. Er hatte nur gewagt, eine winzige Menge davon zu nehmen, um sich damit zu waschen.

Auf der Leine war noch etwas Platz und Jim stellte sich unweigerlich vor, wie einer seiner Pullover dort neben Saras Kleidern hing. Aber ganz gleich, wie lange sie ihm noch Unterschlupf gewähren mochte, sein Pullover würde niemals hier hängen ... Seine Sachen würde er irgendwie hinter dem Schrank trocknen müssen, dort, wo niemand, der diese Wohnung betrat, sie sehen konnte. Er berührte die Strumpfhose und ließ das feine Stoffgewebe zwischen seine Finger gleiten. Es fühlte sich kühl an und weicher, als er es sich vorgestellt hatte.

Ein dumpfes Klopfen ließ ihn zusammenschrecken. Hastig riss er die Hand zurück. Im ersten Moment war er sicher, das Klopfen habe etwas damit zu tun, dass er es gewagt hatte, Saras Kleidung zu berühren. Doch dann wurde ihm bewusst, dass da draußen jemand an die Wohnungstür pochte. Sein Herz schlug auf einmal

75

rasend schnell. Er hastete aus dem Bad und stieß im Flur gegen Sara. Für einen Sekundenbruchteil starrten sie sich an, dann zerrte sie an seinen Armen. »Schrank.« Ihre Lippen hatten das Wort lautlos geformt. Jim beeilte sich, in sein Versteck zu gelangen.

Ein weiteres Klopfen durchdrang seinen Leib wie Stromschläge. Ihm brach der Schweiß aus. Mit angehaltenem Atem hörte er, wie Sara den Schlüssel im Schloss herumdrehte und die Tür öffnete.

»Hi, Gibbon.« Sie hatte so leise gesprochen, dass Jim nicht sicher war, ob er den Namen richtig verstanden hatte. *Gibbon?* Es vergingen Sekunden, bevor er die Stimme des Besuchers hörte. »Hast du gerade geschlafen?« Der Mann klang noch recht jung und offenbar kannten Sara und er sich. Wieder wurde es kurz still. Jim nahm an, dass sie sich umarmten. Oder küssten sie sich? Er verspürte den Drang, durch den Spalt zu blicken, um sich den Mann anzusehen, aber er durfte sich nicht rühren. Er durfte nicht riskieren, ein Geräusch von sich zu geben.

»Was ist mit deinem Haar passiert?« Sara verzog das Gesicht und blinzelte, als würde der grelle Farbton seiner Locken ihren Augen wehtun. Das sonst satte Schwarz der krausen Dreadlocks war einem giftigen Neongelb gewichen. Mit dieser Frisur glich ihr Freund Gibbon einer schrillbunten Cartoonfigur, die einem Zeichentrick entsprungen und auf wundersame Weise in die reale Welt geraten war. Sara drückte den Lichtschalter.

»Was soll der Quatsch?«, hörte sie Gibbon fragen, nachdem es stockdunkel im Flur geworden war.

»Ich wollte nur sehen, ob du im Dunkeln leuchtest. Du tust es.« Sie knipste das Licht wieder an, verschränkte die Arme vor der Brust und wartete auf eine Erklärung.

»Rex hat behauptet, ich wäre zu feige, mir die Haare zu färben«, sagte Gibbon schulterzuckend. »Das konnte ich doch nicht auf mir sitzen lassen.«

»Du hast das gemacht, nur um es diesem Trottel zu beweisen?« Sara schüttelte den Kopf.

»Natürlich nicht *nur* deshalb! Dafür, dass ich einen Monat lang herumlaufe wie ein Glühwürmchen, hat Rex mir die hier gegeben.« Er fischte drei Kondomtütchen aus der Hosentasche und fuchtelte damit vor Saras Gesicht herum. »Weißt du, was die Dinger inzwischen auf dem Schwarzmarkt einbringen? Damit mach ich das Geschäft des Jahres!«

Sara runzelte die Stirn. »Ich glaub, du spinnst. Auf

dem Schwarzmarkt wirst du dich, so wie du aussiehst, nicht mehr blicken lassen können. Die Polizei erkennt dich auf drei Meilen Entfernung trotz Nebel.« Ihre Sorge war nicht gespielt. Sie wusste, es verging kaum ein Tag, ohne dass sich Gibbon auf dem Schwarzmarkt oder in irgendwelchen zwielichtigen Gegenden herumtrieb, um Tauschgeschäfte zu machen. Er riskierte permanent, festgenommen zu werden. Hinzu kam sein nicht gerade diskretes Vorgehen. Gibbon war ein Aufrührer, der ständig darüber redete, wie wenig er von der KLPO hielt. Er mischte auf jeder Protestdemonstration mit, klebte verbotene Plakate an Häuserwände und trug T-Shirts mit regimekritischen Sprüchen. Sara kannte Leute, die wegen geringerer Vergehen verhaftet worden und nicht mehr aufge- taucht waren. Wie durch ein Wunder war Gibbon bisher nie ins Visier der Beamten geraten, aber mit diesem auffälligen Haarschopf zog er alle Blicke auf sich und war leicht wiederzuerkennen.

»Apropos Schwarzmarkt.« Er fischte eine Plastiktüte aus dem Rucksack und reichte sie Sara. »Es ist nicht viel heute, aber dafür sind ein paar Highlights dabei. Ein Glas französischer Senf und ein Döschen feinste Hummerpastete.«

»Danke.« In der Tüte steckten weder Senf noch Hummer, sondern nur die üblichen Instantsuppen. Das wusste Sara, auch ohne einen Blick hinein- zuwerfen.

»Alles in Ordnung mit dir?«, fragte er so unvermittelt, dass sie erschrak. Da war ein Unterton in seiner Stimme, der ihr verriet, wie er sich um sie sorgte. »Alles in bester Ordnung. Wieso fragst du?« Sara wich seinem Blick aus. »Ich hab nur verdammt mies geschlafen.« Die Art, wie er sie immer noch ansah, machte ihr klar, dass er sich mit ihrer Antwort nicht zufriedengeben würde. In diesem Moment wünschte sie sich nichts mehr, als ihm alles zu erzählen. Dass ihre Tante tot war und dass sich in diesem Augenblick keine vier Meter entfernt Junes Vyncent-One versteckt hielt. Es war immerhin Gibb. Ihr ältester Freund. Sie konnte ihm vertrauen. Außerdem war er so etwas wie ein Fan, wenn es um VyOs ging, und er setzte sich für ihre Rechte ein. Aber es war sicherer, ihm die Wahrheit zu verschweigen. Sicherer für ihn, für sie und für Jim.

Gibbon seufzte und machte einen Schritt auf sie zu. Unter seinem Schuh knarzte die Bodendiele. Als Sara begriff, dass er sie umarmen würde, war es bereits zu spät, zurückzuweichen. Er zog sie an sich, was einen heftigen Schmerz in ihrer Schulter verursachte. Sie presste die Kiefer zusammen und hielt die Luft an, um nicht aufzustöhnen. Sie spürte seine starken Arme und versuchte, den Schmerz auszublenden. Gibbon hatte das Kinn auf ihrem Kopf abgelegt. Er hielt sie einfach nur fest, ohne etwas zu sagen. Seine ruhigen Atemzüge und die Wärme seiner Umarmung taten ihr gut und langsam ebbten die Schmerzen ab. Sara kämpfte gegen die Tränen an, die sich bereits in ihren Augen sammelten. Ihre Freundschaft zu Gibbon bestand schon so lange. Und auch wenn sie fast nie einer

Meinung waren und sich ständig gegenseitig aufzogen, gab es diese wenigen Augenblicke, in denen sie spürte, dass er nicht der Clown war, den er immer spielte. Er war für sie da. Und sei es nur für eine Umarmung, die manchmal so viel mehr half als alles andere. Als sich seine Hand an ihrem Rücken hinab bis zu ihrem Hintern tastete, musste Sara lachen. Sie stieß ihn von sich weg und schlug ihm mit der Faust gegen die Schulter – eine Aktion, die ihr zweifellos mehr wehtat als ihm. Hastig wischte sie sich die Träne weg, die sich aus ihrem Augenwinkel gelöst hatte. Ihr fiel Jim wieder ein. Es war besser, mit Gibbon in die Küche oder ins Wohnzimmer zu gehen, statt die ganze Zeit über hier im Flur zu stehen. Andererseits hoffte sie, ihn schneller loszuwerden, wenn sie ihn nicht hereinbat. Sie fingerte an der Tüte herum, nur damit das Rascheln des Plastiks die Stille vertrieb. Das leiseste Geräusch, das Jim hinter dem Schrank machte, konnte ihn verraten. Auf einmal erschien ihr dieses Versteck überhaupt nicht mehr sicher.

»Hast du heute schon die Nachrichten gehört?«, fragte Gibbon.

Sara schüttelte den Kopf. Das letzte Mal, dass sie das Radio eingeschaltet hatte, lag Wochen zurück.

»Laut Wetterbericht steht uns in den nächsten Tagen Übles bevor.«

»Ein weiterer Jahrhundertsturm?«, riet Sara. Die Stürme waren in letzter Zeit zum Teil verheerend gewesen. Zwar hatten sie die Stadt bisher nicht dem Erdboden gleichgemacht, aber ein paar der baufälligen

Gebäude waren wie Kartenhäuser in sich zusammengefallen.

»Diesmal soll es noch schlimmer werden als die letzten Male. Wir könnten draufgehen.«

Im ersten Moment glaubte Sara, dass er ihr nur einen Schrecken einjagen wollte. Aber sein Blick verriet ihr, dass es nicht so war.

»Wann?«, brachte sie hervor und spürte, wie sich die Angst in ihrem Inneren zusammenbraute.

»Noch zwei Tage bis zur Apokalypse«, antwortete er flapsig. »Ungefähr.«

Sara nickte und sah auf die Tüte hinab. »Dann kann ich mir vorher wenigstens noch einmal so richtig den Bauch vollschlagen.«

Gibbon grinste. »Ich trinke mir einen Rausch an, damit ich nicht mitbekomme, wenn um mich herum die Lampen ausgehen. Komm doch zu mir. Zusammen saufen, zusammen sterben.«

»Wir werden nicht sterben«, antwortete Sara gereizt. »Außerdem ... Du weißt, dass bei Sturm strengste Ausgangssperre gilt.«

Gibbon lachte auf. »Selbst kurz vor dem Verfall der Menschheit bist du noch gefolgstreu.«

»Idiot«, brummte Sara. Dabei hatte er recht. Diese Ausgangssperre diente einzig dem Zweck, dass die Behörden es nach einem Unwetter leichter hatten, die Zahl der Opfer zu bestimmen. Stürzte ein Gebäude ein, so strich man einfach sämtliche Bewohnernamen aus der Einwohnerdatei.

Gibbon seufzte und kratzte sich am Hinterkopf.

»Noch ist es ja nicht so weit.«

Sara umschloss die Tüte noch fester und suchte mit der freien Hand Halt am Rand der Kommode. Ihre Beine fühlten sich auf einmal butterweich an. Sie hasste diese Stürme! Ihre Unberechenbarkeit machte sie zu einem noch viel bedrohlicheren Monster als die KLPO und all die gefährlichen Zombies, die da draußen herumliefen. Gibbon hingegen wirkte nicht sonderlich aufgewühlt. Vielleicht war er insgeheim zuversichtlich, dass sie den Sturm ebenso überstehen würden wie die letzten Male.

»Ich geh dann mal wieder.«

»Gibb ...« Er war bereits an der Tür und drehte sich noch einmal zu Sara um. In diesem Moment war der Drang, ihm alles zu sagen, übermächtig. Die Gedanken überschlugen sich in ihrem Kopf. Natürlich war es sicherer, je weniger von dem VyO wussten. Aber wenn es auf dieser Welt einen Menschen gab, dem sie von Jim erzählen konnte, dann Gibb. Außerdem würde sie bestimmt bald durchdrehen, wenn sie das Geheimnis nicht mit ihm teilte.

»Was ist?«

Sara zögerte. »Was steht heute auf deinem T-Shirt?«

Gibbon grinste sie an, zog den Reißverschluss seiner Sportjacke auf und schob den Stoff beiseite, sodass Sara die Worte lesen konnte, die er wie immer selbst mit Tinte auf das Shirt geschrieben hatte. »KLPO = Seelenfresser«.

Sie nickte, nachdem sie die Bedeutung der krakeligen Lettern erfasst hatte. Gibbon zog den

Reißverschluss wieder hoch und legte die Hand auf die Türklinke.

Sara holte Luft. Sie musste es ihm einfach sagen. Sie musste das Risiko eingehen. Wenn der Sturm sie alle ins Jenseits beförderte, spielte das sowieso keine Rolle mehr. »Hinter dem Schrank ist ein Vyncent-One«, sagte sie dann unvermittelt. Das Grinsen in Gibbons Gesicht fror ein. Anscheinend dachte er nicht einen Moment daran, dass sie ihn nur aufziehen wollte. Er wusste, dass es stimmte. Langsam machte er einen Schritt auf Sara zu, dann blickte er an ihr vorbei zu dem Schrank am Ende des Flurs.

Vor Erstaunen war ihm die Kinnlade heruntergeklappt. »Und … wie? Ich meine … ist er okay?« Es war wohl das erste Mal, dass Sara Gibbon zum Stottern gebracht hatte.

»Ja. Er ist okay«, sagte sie leise. »Meine Tante … Sie hat ihn zu mir geschickt. Vor zwei Tagen.«

»Ich glaub, ich spinne.« Gibbon schob sich an Sara vorbei und näherte sich dem Schrank.

»Jim, du kannst rauskommen«, sagte Sara.

»Ich hoffe, Sara behandelt dich gut, Kumpel«, sagte der hünenhafte Kerl mit dem seltsamen Namen. *Gibbon.* Er war dunkelhäutig, aber sein Haar leuchtete neongelb.

Jim nickte. Dann sah er zu Sara und versuchte, in ihrer Miene zu lesen, ob es ihr recht war, wenn er mit ihrem Freund redete.

»Gib's ruhig zu, sie ist eine grauenvolle Gastgeberin.« Gibbon lachte und wandte sich an Sara. »Warum erzählst du mir erst jetzt von ihm?«, schimpfte er und zog spielerisch an ihrem Zopf. Sie schlug nach ihrem Freund, aber er war auf den Angriff vorbereitet und wich ihr geschickt aus. Die beiden wirkten auf Jim wie zwei Kinder, die sich neckten. Sie schienen vertraut miteinander zu sein. Dabei hatte June Sara doch als eine unverbesserliche Einzelgängerin beschrieben. Trotzdem ließ sie diesen Gibbon in ihre Wohnung, er versorgte sie mit Lebensmitteln, durfte sie anfassen und umarmen. Und sie teilten Geheimnisse. Jim verspürte ein gewisses Misstrauen ihm gegenüber.

»Du benutzt ihn doch nicht als deinen Sexsklaven?«

Jim sah, wie Sara die Gesichtszüge entglitten. »Spinnst du?«, empörte sie sich und diesmal versetzte sie ihrem Freund einen kräftigen Stoß gegen die Brust. Dann presste sie die Lippen aufeinander und verzog schmerzlich das Gesicht. Die Schulterwunde schien definitiv schlimmer als ein kleiner Kratzer sein. Dieser

Gibbon hatte nichts davon bemerkt. Er lachte rau, wandte sich an Jim und legte ihm die Hand auf die Schulter. »Junge, lass dir von ihr nichts gefallen. Egal, zu welchen abartigen Praktiken sie dich zu überreden versucht, du musst das nicht tun. Außer natürlich, du willst es auch.«

Jim spürte, wie sich sein Puls beschleunigte. Der Kerl machte wohl nur Spaß, aber seine Worte waren ihm dennoch unangenehm.

»Jetzt hör doch mal mit dem Blödsinn auf, Gibb!«, herrschte Sara ihn an. Sie sah zu Jim und zuckte entschuldigend mit den Schultern. »Bitte ignorier ihn einfach. Gibbon ist ein Idiot.«

»Das stimmt. Ich bin ein Idiot«, pflichtete er ihr grinsend bei. Dann wurde er plötzlich ernst und blickte Jim fest in die Augen. »Hab nur Spaß gemacht ... Bei Sara bist du gut aufgehoben. Aber egal, was du bisher erlebt hast ... und egal, wo du in Zukunft noch landen magst: Du bist kein Sklave für irgendeinen Menschen, klar? Du hast dieselben Rechte wie ich und Sara und wie die ganze kaputte Gesellschaft. Ende der Ansprache.«

Jim hatte noch immer kein Wort gesagt. Dieser Gibbon zwinkerte ihm verschwörerisch zu und beugte sich ihm entgegen. »Sara ist ein bisschen seltsam. Bezieh das bloß nicht auf dich, sie war schon immer so.«

Diesmal wagte es Jim nicht, zu nicken. Im Augenwinkel sah er, wie Sara aufs Sofa sank. Sie seufzte. Gibbon zog die Jacke aus, ließ sie auf den Teppich fallen und setzte sich auf die Tischkante. Offenbar hatte er nicht vor, allzu schnell wieder zu gehen. »Erzähl doch mal ... Du kommst also von Saras Tante. Die wohnt außerhalb, oder? Muss hart sein. Die Gebiete jenseits der Stadt gelten mittlerweile als nahezu ausgeräuchert. Die paar Menschen, die dort noch immer ausharren, hungern und sind komplett auf sich allein gestellt.«

Jim suchte erneut den Blickkontakt mit Sara, als bräuchte er ihre Erlaubnis, dem Jungen zu antworten. Aber sie hatte den Kopf zurückgelehnt, die Augen geschlossen und rieb sich die Stirn.

»Ich habe zwei Jahre bei Saras Tante gelebt«, sagte Jim. Er hielt es für besser, Junes Tod nicht zu erwähnen.

»Respekt.« Gibbon wirkte beeindruckt. »Nicht viele von euch haben es geschafft, sich so lange an einem Ort zu verstecken.« Er musterte Jim mit ernster Miene. »Du siehst abgemagert aus. Ich werde zusehen, dass ich demnächst etwas Essbares für euch auftreiben kann, das nahrhafter ist als die gottverfluchten Suppen. Und ich hoffe, dass der ganze Spuk nicht mehr allzu lange dauert. Es sieht ganz schön übel da draußen aus, aber im Untergrund braut sich etwas zusammen.«

Jim war nicht sicher, worauf Gibbon hinauswollte.

»Du kannst sie nicht sehen, doch es gibt Hunderte, Tausende, die die KLPO und deren Machtspielchen satthaben. Die meisten sind zu demotiviert oder haben zu große Angst, um etwas zu verändern. Aber es werden immer mehr. Und es zeichnet sich ab, dass die kommende Wahl anders ausgehen wird, als es sich unsere ach so großartige KLPO erhofft.«

»Du denkst ...«

»Ja«, fiel Gibbon ihm ins Wort. »Wir verteilen Flugblätter und kleben Plakate, um die Bürger wachzurütteln. Da draußen sind so viele Menschen, die nur einen Schubs brauchen. Einen Funken Hoffnung, damit sie endlich den Mund aufmachen. Am Sonntag findet eine Demo gegen die KLPO und gegen die Unterdrückung der Freiheit statt, und ich wette mit euch, dass es die größte Protestaktion seit Jahren sein wird.«

Jim konnte das Feuer förmlich spüren, das in der Brust dieses Jungen brannte.

»Keine Ahnung, wie du es geschafft hast, nicht entdeckt zu werden, Kumpel«, sagte Gibbon nachdenklich. »Seit zwei Jahren ist die Hetzjagd auf euch in vollem Gange. Sie haben fast alle VyOs aufgespürt. Und die Strafen für jeden, der sie schützt, sind ... sagen wir ... abschreckend.« Nachdem er den letzten Satz beendet hatte, warf er Sara einen ernsten Blick zu. Aber in ihrer Miene erkannte Jim weder Zweifel noch Angst.

Gibbon sah auf seine Uhr, schüttelte das Handgelenk und starrte ein weiteres Mal auf das Ziffernblatt. Dann schoss er hoch, als hätte er es auf einmal eilig. Er hob die Jacke auf und streifte sie sich wieder über. »Was du durchgemacht hast, mag ich mir gar nicht vorstellen«, sagte er zu Jim. »Auch nicht, was sie mit dir tun würden, wenn sie dich fänden. Du und Sara, ihr müsst beide vorsichtig sein.«

Er verzog den Mund zu einem Grinsen und entblößte seine leicht schiefen Zähne. »Allerdings … Wenn wir alle vom Sturm weggepustet werden, brauchen wir uns keine Sorgen mehr zu machen!«

Sara erwiderte sein Lächeln, doch es wirkte gequält.

»Wie wär's mit einer kleinen Ende-Der-Welt-Party heute Abend?«, schlug er vor. »Das würde uns ablenken. Bessie kommt bestimmt auch. Wir betrinken uns und verabschieden uns standesgemäß von diesem Planeten.«

Jim sah Sara an, wie wenig begeistert sie von der Idee war. Doch noch bevor sie etwas erwidern konnte, machte Gibbon einen Satz auf sie zu und ließ sich schwungvoll neben sie auf das Sofa fallen. Dabei stieß er unsanft gegen ihre verletzte Schulter. Auch diesmal gelang es ihr, den Schmerz vor ihm zu verbergen. Jim wurde nicht schlau aus ihr. Sie vertraute ihrem Freund genug, um ihm zu sagen, dass sie an einen Vyncent-One geraten war. Aber gleichzeitig sollte er nichts von der Verletzung mitbekommen. War es ihr peinlich, darüber zu sprechen? Oder wollte sie nicht, dass er sich Sorgen um sie machte?

## 15

Mittlerweile hatte Sara das Gefühl, dass der Schmerz und die Angst sie innerlich auffraßen. Ständig musste sie an June denken. Die Vorstellung, was ihre Tante durchgemacht hatte, zerriss ihr das Herz. Das Schlimmste war, dass man Junes Leben mit medizinischer Hilfe vielleicht hätte retten können. Es war ungerecht! Einzig die Tatsache, dass June nicht allein gewesen war, tröstete sie ein wenig. Jim war zwar nur ein VyO, aber er war an ihrer Seite gewesen. Sara gab ihm nicht länger Schuld an Junes auswegloser Lage. Sicher, ohne ihn hätte sie sich nie im Exil verstecken und auf ihre Bürgerrechte verzichten müssen. Aber letztlich war die KLPO schuld daran, dass sie keine Hilfe bekommen hatte. Und so wie June erging es vielen da draußen.

Wenn es Sara gelang, einmal nicht an June zu denken, dann drängte sich die Furcht vor dem herannahenden Sturm in ihr Bewusstsein. Ob er wirklich so heftig werden würde, wie Gibbon sagte? Vielleicht war die Idee mit der Ende-der-Welt-Party doch gar nicht so übel. Vielleicht konnten Saras Freunde sie etwas ablenken. Wenigstens für ein paar Stunden. Und falls es tatsächlich der letzte Abend war, den sie mit ihnen verbringen würde, so wollte sie die Chance nutzen.

»Hey, Sara, lass dich drücken, kleine Hexe«, rief Bessie ausgelassen, nachdem sie geschlagene fünf Minuten damit zugebracht hatte, Jim zu begrüßen. Ihre Begeisterung, einen Vyncent-One kennenzulernen, war nicht zu übersehen. »Eine Ende-der-Welt-Party – grandiose Idee!« Bessie hüpfte auf der Stelle, als wüsste sie nicht, wohin mit ihrer Freude. Daran, dass die Welt tatsächlich untergehen würde, glaubte sie anscheinend nicht. »Du siehst echt super aus, Sara!«

»Dankeschön.« Sara zupfte an ihrem Shirt herum und rückte den Rock zurecht. Die Aussicht auf das letzte Mal gab ihr das Gefühl, dass es ein besonderer Anlass war, also hatte sie sich für ein ungewöhnliches Outfit entschieden. Ihr schwarzes Shirt mit dem glitzernden Schriftzug *Happy End* war ihr äußerst passend erschienen. Bis heute hatte sie es nie angehabt, und nun wusste sie auch wieder den Grund dafür: Es war so kurz geschnitten, dass ständig ein Teil ihres Bauchs enthüllt wurde, sobald sie aufrecht stand. Wenigstens war der Ausschnitt hoch genug geschlossen, um die Wunde ihrer Schulter zu verstecken. Außerdem trug sie die übergroße Strickjacke, die ihr fast bis zu den Knien reichte und dafür sorgte, dass sie sich nicht allzu nackt fühlte. Sie hatte die letzten Puderreste aus dem Rougepfännchen gekratzt, um sich zu schminken. Es erstaunte sie jedes Mal, wie sehr ein Hauch Rouge ihr blasses, langweiliges Gesicht veränderte. Es war jedoch aussichtslos, eine halbwegs hübsche Frisur in ihr Haar zu zaubern, deshalb hatte sie sich lieber gleich für den gewohnten Zopf entschieden.

Auch Gibbon und Bessie hatten sich für den Abend

in Schale geworfen. Besonders Gibbon wirkte wie verkleidet in seiner schwarzen Stoffhose, die völlig frei von Flicken und Löchern war, und dem hellgrauen Hemd. Bessie trug ihren weißen, superkurzen Lieblingsrock und ein rotes schulterfreies Top. Ihr dunkelblondes Haar hatte sie zu einem kunstvollen Knoten zusammengesteckt, eine Frisur, die Sara, egal wie oft sie es versuchte, niemals gelingen würde.

Gibbon hatte einige Flaschen Bier und Wein mitgebracht. Es war Sara ein Rätsel, wie er es ständig schaffte, an dieses Zeug zu kommen. Bestimmt hatte er dafür Kopf und Kragen riskiert, aber heute Abend wollte sie nicht darüber nachdenken.

Trotzdem konnte sie sich nicht entspannen, als sie bei Kerzenlicht und leiser Radiomusik neben ihren Freunden und Jim im Wohnzimmer saß. Sie lachten und tranken, sie teilten sich Bessies letzte Zigarette und redeten über alles, außer dem herannahenden Sturm. Es dauerte nicht lange, bis Gibbon und Bessie merklich angetrunken waren. Wenigstens wirkten die beiden gelöst. Und Jim? Er verhielt sich noch stiller als Sara und hielt sich die meiste Zeit an seinem Wasserglas fest. Die Gegenwart dreier Fremder, die über seine Identität Bescheid wussten, musste seltsam für ihn sein, nachdem er sich zwei Jahre lang ohne jeden Kontakt zur Außenwelt in Junes Haus versteckt hatte. Aber es sah nicht so aus, als würde er sich unwohl fühlen. Als Gibb von den jüngsten Maßnahmen der KLPO berichtete, der Stilllegung aller Arztpraxen und Apotheken, wirkte Jim so gefesselt, dass er kaum zu merken schien, wie sich Bessie immer näher an ihn drängte. Doch als sie ihm die Hand aufs Knie legte, war ihr seine Aufmerksamkeit sicher. Sara schluckte. Sie wollte die beiden nicht anstarren, aber sie konnte auch nicht wegsehen. Schnell führte sie ihr Glas an den Mund und nickte Gibbon zu, der immer hitziger über die desolaten Zustände des städtischen Gesundheitssystems schimpfte. »Sie behaupten, dass die Versorgung mit Medikamenten in Kürze wieder gewährleistet werden kann, aber das ist eine dreckige Lüge! Die lehnen sich zurück und warten ruhig ab, bis wir langsam anfangen zu krepieren. Bis wir vor ihnen auf dem Boden kriechen und um Essen, Schmerzmittel oder Antibiotika betteln.«

Im Augenwinkel sah Sara, dass Bessie Jim etwas ins Ohr flüsterte. Was es auch war, er fand es offensichtlich amüsant. Er stieß ein leises Lachen aus, das Sara einen Stich versetzte. Warum störte sie das so sehr? War sie etwa eifersüchtig? Hatte sie bereits so etwas wie einen Besitzanspruch entwickelt und fürchtete sie, Bessie könnte Hand an ihr Eigentum legen? Blödsinn! Sie war eine gute Freundin und Sara würde, wenn nötig, ihr letztes Hab und Gut mit ihr teilen. Im Moment hatte Bessie jedenfalls nichts anderes im Sinn als Jim, aber vielleicht reizte sie auch nur die Tatsache, dass er ein VyO war. Sie hatte eine Schwäche für außergewöhnliche Typen. Und was konnte exotischer sein als ein Vyncent-One? Sie nippte an ihrem Glas und rutschte noch näher an Jim heran.

Sara traute ihr zu, dass sie gleich auf seinen Schoß steigen und über ihn herfallen würde. Anscheinend legte sie es mit aller Gewalt darauf an, heute ihren Spaß zu haben. Möglicherweise lag es daran, dass das Ende der Welt drohte, und sie versuchte mit allen Mitteln die Angst vor dem Tod zu verdrängen. Aber musste es ausgerechnet Jim sein, mit dem sie sich amüsierte? Was fiel ihm überhaupt ein, so kurz nachdem June gestorben war? Hatte er nicht das Gefühl, sie zu betrügen? Eigenartigerweise kam es Sara eher so vor, als würde er *sie* betrügen. Vielleicht hatte sie wirklich Angst, dass Bessie ihn ihr wegnahm? So seltsam es war, die ganze Aufregung wegen Jim und das starke Gefühl, für sein weiteres Schicksal verantwortlich zu sein, hatte ihr gewissermaßen geholfen, nicht zusammenzubrechen. Und allein wäre sie nach Junes Tod vermutlich verzweifelt.

Sara rieb mit der verschwitzten Handfläche über ihren Rock. Auf einmal war ihr unerträglich heiß. Sie zog sich die Strickjacke aus, fächelte sich Luft zu und versuchte, sich zu entspannen. Wo lag das Problem, wenn ihre Freundin und Jim miteinander flirteten? Als Bessie die Hand unter sein Shirt schob, stellte Sara das Glas etwas zu schwungvoll auf den Tisch, aber keiner schien das Poltern zu registrieren. Sie überlegte fieberhaft, wie sie Jim aus dieser Situation befreien konnte. *Wollte er denn befreit werden?*

Gibbon schlug Sara aufs Knie und riss sie aus ihren Gedanken. Er hielt ihr die Flasche unter die Nase und wartete, bis sie ihr Glas nahm, damit er nachschenken konnte. Es kümmerte sie nicht, dass Gibb zu dem kleinen Rest Rotwein im Glas nun einen großen Schluck Bier kippte.

»Rex und ich trainieren übrigens den Nahkampf«, verkündete er und knöpfte sich das Hemd auf. Dann presste er sich die Flasche auf die nackte Brust, um sich abzukühlen. Offenbar war ihm genauso heiß wie Sara. »Wenn es hart auf hart kommt, werden wir den Bullen in die Eier treten. Auf der nächsten Demonstration werden sie zumindest auch ein paar Beulen und blaue Flecken kassieren.«

Sara dachte an Rex. Gibbons bulliger Kumpel war zwei Meter groß und sein haariger Bauch ragte stets über den Nietengürtel. Allein seine Erscheinung flößte einem Respekt ein. Sogar Gibb wirkte neben ihm schmächtig. Aber letztlich spielten Kraft und Muskeln keine Rolle. Die Demonstrationen waren gefährlich für jeden. Es beunruhigte Sara, dass Gibbon von Mal zu Mal waghalsiger wurde. Wenn er jetzt auch noch darauf abzielte, die Polizisten direkt anzugreifen, war das übel.

»Ich möchte bei der nächsten Demonstration dabei sein«, sagte sie mit fester Stimme. Ein wenig überraschte sie die Äußerung selbst. Sie war aus einem Impuls heraus entstanden, aber in diesem Augenblick war es ihr Ernst. Sie verspürte einen starken inneren Widerstand gegen die KLPO, einen Hass, den sie bis vor ein paar Tagen nicht gekannt hatte. Die KLPO war schuld an Junes Verzweiflung gewesen. Sie war schuld an ihrem Tod.

Sara wusste, Gibbon würde versuchen, ihr die Demonstration auszureden, obwohl er immer wieder predigte, wie wichtig es war, seine Stimme zu erheben. Er beäugte sie mit kritischer Miene und schlug sich mit dem Flaschenhals ein paar Mal gegen die Unterlippe.

»Doch, ich werde kommen«, schob Sara nach. Ihr Blick huschte rüber zu Jim. Bessies verdammte Hand war noch immer unter seinem Shirt und ging dort offenbar auf Erkundungstour. Mit der Linken fuhr Bessie Jim durchs Haar, während sie flüsternd auf ihn einredete, als wollte sie ihn in Trance versetzen.

»Wenn du unbedingt willst, dann kannst du im Pulk mitlaufen«, hörte sie Gibbon sagen. Er lallte bereits ein wenig. Sara brauchte einen Moment, bis ihr wieder einfiel, worüber sie eben gesprochen hatten. Die Demonstration ... Gibbons Lächeln erschien ihr auf einmal herablassend. Und obwohl sie wusste, dass er sich ehrlich um sie sorgte, verletzte es sie, wie er sie ansah und mit ihr redete.

»Vielleicht will ich aber ganz vorn dabei sein«, erwiderte sie trotzig.

Gibbon lachte laut auf und schlug Sara so grob aufs Knie, dass etwas von dem braunen Weinbiergemisch aus ihrem Glas schwappte. »*Du* könntest niemals in der ersten Reihe mitmischen!«

»Warum nicht?« Weil er immer noch lachte, starrte Sara ihn wütend an.

»Weil du zu niedlich bist. Die Bullen würden dich nicht ernst nehmen. Wenn sie dich sehen, legen sie den

Kopf schief und streicheln dir übers Haar.« Gibbon hob den Arm, um sie zu streicheln, aber Sara schlug seine Hand weg, was ihn erneut zum Lachen brachte. »Okay, bei *diesem* Blick könnten sie doch Angst vor dir bekommen!«

Sara seufzte. Es war sinnlos, mit Gibbon zu diskutieren. Bisher hatte sie noch nie demonstriert oder sich auf andere Weise engagiert. Politik und die Welt außerhalb ihrer kleinen Wohnung interessierte sie nicht. Sie hatte nur zu Hause herumgesessen, sich rausgehalten und gehofft, irgendwann werde alles besser. Um der Diskussion mit Gibb ein Ende zu setzen, erhob sie sich, ging zur Kommode, suchte nach einem anderen Radiosender und drehte die Lautstärke höher. Gibbon sprang plötzlich auf, hob die Arme in die Luft und sang den alten Metallica-Song mit tiefbrummiger Stimme mit, ohne einen Ton zu treffen. Erschrocken über den Lärm, den er machte, fuhr Sara herum und sah gerade noch, wie Bessie durch die Tür nach draußen schlüpfte. Auch Jim war verschwunden. Gibb beendete seine kurze Showeinlage, enttäuscht darüber, dass die anderen das Zimmer verlassen hatten, statt mit einzustimmen. Ein Blick auf Sara machte ihm wohl klar, auch sie würde nicht mit ihm tanzen. Er ließ sich erneut aufs Sofa sinken, streckte sich angesichts der neu gewonnenen Armfreiheit und seufzte wohlig. Die Tatsache, dass Jim und Bessie zusammen weg waren, schien ihn nicht weiter zu bekümmern. Doch Sara konnte an nichts anderes mehr denken. Was hatten die beiden vor? Am liebsten wäre sie ihnen gefolgt.

Als Gibbon eine halbe Minute später schon wieder versuchte, aufzustehen und dabei das Gleichgewicht verlor, musste sie ihn stützen, damit er nicht nach vorn fiel. Schwerfällig plumpste er zurück in die weichen Polster.

»Schon gut, Sara. Ich komm zurecht«, kicherte er, während sie ihren Arm unter seinem Körper hervorzog und sich dann die Hand auf die pochende Schulter presste. Sie musste nicht länger aufpassen, dass Gibbon nichts von der Verletzung bemerkte. Er hatte einen Punkt erreicht, an dem er offenbar nicht mehr viel von dem mitbekam, was um ihn herum passierte.

»Was hast du vor?«, fragte sie ihn, obwohl sie sich die Antwort denken konnte. Sicher musste er zur Toilette. Das konnte sie ihm schlecht abnehmen. »Ich brauch noch mehr zu trinken. Ich glaube, in der Küche war noch eine Pulle.«

»Gut. Bleib sitzen. Ich hole sie dir!« Sara war bereits aufgesprungen.

Auf dem Flur war es vollkommen still. Sie hatte sich darauf gefasst gemacht, Jim und Bessie hier vorzufinden. Eng umschlungen. Aber vielleicht war Bessie auch einfach nur zur Toilette gegangen und Jim hatte beschlossen, sich den Rest des Abends in seinem Versteck zu verkriechen. Es war das Vernünftigste, das er tun konnte. Aber dann sah sie, dass die Tür zum Bad einen Spalt offen stand und es drinnen dunkel war. In dieser Sekunde hörte sie ein gedämpftes

Lachen. Doch es kam weder aus dem Badezimmer noch aus der Küche. Sara begriff, dass Bessie zu ihm hinter den Schrank gekrochen war. Wie gelähmt stand sie da und wusste nicht, was sie tun sollte. Einen Moment war es absolut still, und sie hoffte sogar, sich das Lachen nur eingebildet zu haben. Sie hatte sich bestimmt geirrt. Die beiden waren ganz sicher *nicht* zusammen hinter dem Schrank ... Aber dann hörte sie ein Rascheln, leises Keuchen, wohliges Stöhnen. Die Geräusche waren eindeutig. Bessie und Jim waren dabei, eine Nummer zu schieben, und doch suchte Saras Verstand immer noch nach einer anderen Möglichkeit. Vielleicht küssten sie sich ja nur ... aber welchen Unterschied machte das? Sara verspürte Wut. Wut auf ihre Freundin, die Jim gerade mal zwei Stunden kannte. Vor dem bevorstehenden Ende der Welt wollte sie die Zeit, die ihr noch blieb, offenbar nutzen. Erst der Schmerz machte Sara bewusst, wie fest sie sich auf die Unterlippe biss. Dieser verfluchte Vyncent-One! Er sollte sich besser unauffällig verhalten, statt sich auf die erste Frau einzulassen, die seinen Weg kreuzte.

Ein neuerliches Stöhnen ließ Sara zusammen-schrecken. Automatisch hielt sie die Luft an und machte einen Schritt zurück. Das Keuchen wurde lauter und schneller. Sara widerstand dem Drang, sich die Hände auf die Ohren zu pressen. Ihr war heiß und die Enge des Flurs verstärkte ihre Beklemmung nur noch mehr. Sie musste hier weg!

## 16

Sara war im Begriff, zurück ins Wohnzimmer zu flüchten, als ein lautes Türklopfen sie stoppte. Sie spürte, wie eine weitere Welle Adrenalin durch ihren Körper schoss. Die Geräusche hinter dem Schrank waren augenblicklich verstummt.

Es klopfte erneut. War das ein später Partygast? Rex oder irgendein anderer Kerl aus Gibbons Freundeskreis, dem er von der kleinen Weltuntergangsfete erzählt hatte und der jetzt mitfeiern wollte? Vielleicht war es auch ein Nachbar, der gekommen war, um sich wegen des Lärms zu beschweren. Sara brach der Schweiß aus. Sie hastete zur Tür und starrte durch den Spion, doch was sie sah, war schlimmer als ihre Befürchtungen. Sie fuhr herum und erblickte Bessie, die hinter dem Schrank hervorgekrochen kam, an ihrem Rock herumzupfte und zurück ins Wohnzimmer huschte.

Sara holte tief Luft. Dann öffnete sie die Tür und blickte dem Mann in der Grauuniform entgegen. Er war bleich und sein Haar, das fast dieselbe Farbe hatte wie sein Gesicht, war streng zurückgekämmt. Er wirkte im ersten Moment überrascht, als hätte er nicht mehr damit gerechnet, dass ihm jemand die Tür öffnen würde. Sein kalter Blick glitt an Saras Körper hinab und verharrte kurz auf der Höhe ihres nackten Bauches. Sara verkrampfte automatisch und sehnte sich nach ihrer Strickjacke, in der sie sich jetzt gern vor dem Mann verhüllt hätte.

»Name?« Das Echo seiner harten Stimme hallte durch das Treppenhaus.

»Sara Davis«, antwortete sie kleinlaut.

»Beweisen!«

»Was?« Sie sah den Mann irritiert an.

»Ausweis«, erwiderte er ungeduldig.

Sara fuhr herum und wühlte sich hektisch durch die Stoffbahnen der Jacken, die übereinander am Kleiderhaken hingen, bis sie endlich ihren Mantel fand. Der Ausweis steckte so tief in der Seitentasche, dass sie ihn nicht sofort zu fassen bekam und sie fürchtete, der Beamte könnte jeden Moment die Geduld verlieren und hereinkommen. Dann würde er Bessie und Gibbon erwischen, die aufgrund der Sperrstunde überhaupt nicht hier sein durften. Und womöglich würde er auch Jim entdecken.

Schnell reichte sie dem Beamten das Dokument und hoffte, dass er ihr verräterisches Zittern nicht bemerkte. Der Mann warf nur einen flüchtigen Blick auf den Ausweis und scannte ihn mit dem kleinen Apparat, der wie eine gewöhnliche Armbanduhr um sein Handgelenk geschnallt war. Dann öffnete er seine Umhängetasche, zog einen mattschwarzen Briefumschlag hervor und hielt ihn Sara entgegen. Kaum hatte sie ihn an sich genommen, machte der Mann auf der Türschwelle kehrt und stieg die Stufen wieder hinab.

Sara schloss die Wohnungstür und atmete auf. Ihre Knie waren weich. Das Gelächter von Bessie und Gibbon aus dem Wohnzimmer nahm sie nur entfernt wahr. Sie konnte sich denken, warum man ihr diesen Brief zugestellt hatte. Zitternd riss sie den Umschlag auf und überflog die wenigen Zeilen, die ihre Ahnung bestätigten. Diesmal hatte sie wirklich Mist gebaut.

Sie erschrak, als Jim plötzlich neben ihr stand und fragend zwischen ihrem Gesicht und dem Brief hin und her blickte.

»Später«, sagte sie nur, faltete das Papier zusammen und schob es in ihre Rocktasche. Dann drängte sie sich an Jim vorbei.

»Wer war an der Tür?«, wollte Bessie wissen, kaum dass Sara das Wohnzimmer betreten hatte. Sie wirkte aufgekratzt und hoffte vielleicht auf weitere Party-gäste. Sara behauptete, es sei ein Nachbar gewesen, der darum gebeten hatte, die Fete nicht die ganze Nacht über auszudehnen. Bessie und Gibbon kauften ihr die Lüge ab und machten Witze über den vermeintlichen Spießer.

Sara musterte ihre Freundin. Dass ihr das Erlebnis mit Jim hinter dem Schrank gefallen hatte, stand ihr deutlich ins Gesicht geschrieben. Noch immer hatte Sara ihr lustvolles Stöhnen im Ohr. Es trieb ihr einen kalten Schauer über den Rücken. Bessie zupfte immer noch an ihren Sachen herum. Ihre Wangen waren leicht gerötet, ihre Haare ein wenig zerzaust. Auf ihren Lippen lag ein zufriedenes Lächeln. Jeden Gedanken an den bevorstehenden Orkan schien sie komplett aus ihrem hübschen Kopf verbannt zu haben. Sara fragte sich, ob sie und Jim sich geküsst hatten. Oder war es einer dieser stürmischen Quickies gewesen, bei dem sich die Beteiligten nicht die Zeit für Küsse nahmen?

Gibbon räkelte sich bequem auf dem Sofa. »Was ist? Gibt's noch was zu trinken oder nicht?«, rief er, hob seine Bierflasche in die Luft und drehte sie um, um Sara zu demonstrieren, dass sie leer war. Ein letzter Schluck sickerte in ihren Teppich.

»Nichts mehr da. Tut mir leid, Leute«, antwortete sie genervt. Ihr Magen verkrampfte sich. Ihr fielen die beiden Weinflaschen ein, die seit einem Jahr ganz hinten in ihrem Küchenschrank standen. Sie wusste selbst nicht, für welchen Anlass sie sie aufgehoben hatte, doch *jetzt* war sicher nicht der richtige Moment, sie hervorzuholen.

»Zuhause hab ich noch was«, meinte Gibbon. Er sah aus, als würde er demnächst einschlafen, aber anscheinend wollte er den Abend noch nicht beenden. »Wenn euch die Rattenplage nichts ausmacht, feiern wir in meiner Bude weiter. Wo steckt Jimmy?«

Gibbon brauchte zwei Versuche, um sich aus den Sofapolstern zu erheben. Weil er wankte, stützte Bessie ihn, bis er sicher auf den Beinen stand.

»Jim und ich kommen besser nicht mit«, sagte Sara. Bessie wirkte enttäuscht, während Gibbon nur nickte und sich daranmachte, die Reste aus sämtlichen herumstehenden Flaschen auszutrinken. Als er fertig war, sah er Sara in die Augen und hob den Zeigefinger, als wollte er eine wichtige Ansprache halten.

»Über deine Schnapsidee mit der Demo müssen wir aber noch reden. Vorausgesetzt wir überleben den

Sturm.«

»Ja. Das müssen wir«, antwortete sie, »denn ich werde auf jeden Fall hingehen.«

Gibbon rollte mit den Augen und seufzte. »Das ist kein Spaß, kann ich dir sagen. Auf den Demos geht es dieser Tage verdammt rau zu. Wenn es richtig schlimm läuft und die Sache eskaliert, gehen Menschen sogar dabei drauf.«

Sara war überrascht, dass es ihm gelungen war, die Sätze flüssig von sich zu geben.

»Hast du schon mal eine Leiche gesehen?«, wollte er wissen.

Sara presste die Lippen aufeinander. Gibbon wusste genau, dass sie noch nie einen toten Menschen gesehen hatte.

»Und es ist etwas anderes, eine Leiche zu sehen, als zu beobachten, wie ein Mensch vor deinen Augen stirbt, Sara.« Er strich ihr über die Wange und sah ihr fest in die Augen, so klar, als hätte er an diesem Abend keinen Tropfen Alkohol getrunken. »Wenn du mit ansiehst, wie jemandem der Schädel eingetreten oder ihm das Gesicht weggeschossen wird ...«

Bessie zog ungeduldig an seinem Arm, sodass Gibbon für einen Moment wieder das Gleichgewicht verlor und wankte.

»Bess, erklär ihr, dass sie auf den Demos nichts verloren hat!«

Bessie bedachte Sara mit einem anerkennenden Blick. »Nun ja ... Wir können jeden brauchen. Gerade jetzt.«

Gibbon schlug sich mit der flachen Hand gegen die Stirn. »Du bist eine enorme Hilfe!«

Sara starrte ihn herausfordernd an. »Ich werde zur nächsten Demonstration gehen! Auch ohne deine Erlaubnis.«

Bessie machte eine Daumen-hoch-Geste und Gibbon seufzte. »Freunde, jetzt lasst uns doch erst mal diese Nacht überleben.«

## 17

Jim verspürte eine extreme Wut auf sich selbst. Er zerbrach sich den Kopf darüber, wie es an diesem Abend zum Geschlechtsverkehr mit Saras Freundin hatte kommen können. Diese Bessie hatte ihn überrumpelt, so viel stand fest. Sie war attraktiv und forsch und es war schneller passiert, als er sein Hirn einschalten konnte. Es lag bestimmt an dieser Endzeitstimmung wegen des drohenden Unwetters. Oder hatte er es unbewusst nur getan, weil es ihm in der Situation sicherer erschienen war, mitzuspielen? *Verhalte dich, wie man es von dir erwartet. Nur nicht negativ auffallen. Wenn dieses fremde Mädchen mit dir schlafen will, ist es möglicherweise ratsam, sie nicht zurückzuweisen. Immerhin weiß sie, was du bist.* Aber Jim war klar, dass er sich etwas vormachte. Er war auf Bessies Avancen eingegangen und hatte sich von ihr hinter den Schrank ziehen lassen, weil er es selbst wollte. Für ein paar Minuten hatte er alles andere um sich herum verdrängt. June, Sara, den Sturm, die KLPO und all die Menschen, die seinen Tod wollten. Aber jetzt …

Sara hatte es bemerkt. Beim Gedanken daran kniff Jim die Augen zu und drückte sich die Faust gegen die Stirn. Sein weiteres Überleben stand auf Messers Schneide. Seine einzige Hoffnung war Sara. Sie war der Strohhalm, an den er sich klammerte. Es grenzte an ein Wunder, dass sie ihn noch nicht weggeschickt hatte, aber wie lange würde sie das noch aushalten?

Für Jim fühlte es sich an, als hätte er sie betrogen. Für einen kurzen Moment der Ablenkung. Sein Verhalten war abstoßend. Und Sara hatte jetzt erst recht Grund, ihm zu misstrauen.

Als er das Wohnzimmer betrat, stand sie vor der großen Kommode und wandte ihm den Rücken zu, während sie die oberste Schublade durchwühlte. Ein paar Sekunden lang betrachtete Jim ihren zarten Nacken und die leicht gekringelten Haarsträhnen, die sich aus dem Zopf gelöst hatten. Sie trug noch immer ihr Partyoutfit. Das Shirt war so kurz, dass er einen Teil ihrer Hüfte sehen konnte, wenn sie sich vorbeugte. Aus ihrer Rocktasche ragte die Spitze des Briefs hervor. Jim fragte sich, was es mit dem Schreiben auf sich hatte. War es hier in der Stadt normal, zu so später Stunde Briefe zugestellt zu bekommen?

Plötzlich fuhr sie herum, als hätte sie seine Nähe gespürt.

»Verflucht!«, keuchte sie erschrocken. »Musst du dich so anschleichen?«

»Tut mir leid.«

Ihr Gesichtsausdruck, eine Mischung aus Wut und Schrecken, machte ihm klar, dass es wohl kein guter Moment war, mit ihr zu reden.

»Du machst mir eine Gänsehaut«, murmelte sie, bevor sie ihm wieder den Rücken zukehrte. Anscheinend hatte sie beschlossen, ihn zu ignorieren, und widmete sich erneut der Schublade.

Obwohl es vermutlich klüger gewesen wäre, ihr erst einmal aus dem Weg zu gehen, entschied sich Jim dagegen. Sein nagendes Schuldgefühl wurde mit jeder Minute schlimmer. Er musste *jetzt* mit Sara sprechen. Doch was sollte er ihr sagen?

Er machte ein paar Schritte in den Raum, ohne ihr dabei zu nahe zu kommen. Aus der Distanz von etwa zwei Metern betrachtete er ihr Profil. Sie wirkte verbissen, angespannt, ernst … Sein Blick wanderte zu ihren Fingern. Sie hielt eine Pillenschachtel in der Hand und studierte die Packungsaufschrift.

Jim erschrak. »Was hast du vor?« Er machte einen Satz auf Sara zu und war ihr plötzlich so nahe, dass sie entsetzt zu ihm aufblickte und die Schachtel fallen ließ. Jim hob sie auf, um zu lesen, was das für ein Mittel war, aber Sara riss sie ihm aus der Hand, warf sie in die Schublade und versetzte ihr einen Stoß, der sie krachend zuschlagen ließ. Jim wich zurück.

»Glaubst du, dass ich mich mit einer Überdosis Schlaftabletten ins Jenseits befördern will?«, herrschte sie ihn an. »Ich bin nicht June!«

Jim starrte Sara an. Er hatte plötzlich ein flaues Gefühl im Magen. Durch seinen Kopf hallten die Worte, die June zum Abschied gesagt hatte. *Man hat das Recht, Schluss zu machen, wenn keine Aussicht auf Besserung besteht.*

»Eben, als du die Tablettenschachtel in der Hand hattest, hab ich einfach rot gesehen.«

Sara verschränkte die Arme vor der Brust und wich seinem Blick aus, als ertrüge sie es nicht, ihm in die

Augen zu sehen. »Es geht dich zwar nichts an, aber ich bin auf der Suche nach einer Schmerztablette.«

»Ist es wegen der Verletzung?«, fragte Jim alarmiert. Ihr Shirt verhüllte die Wunde. Sara zupfte dennoch an dem Stoff herum, als wollte sie verhindern, dass Jim auch nur einen winzigen Blick darauf werfen konnte. »Ich hab nichts weiter«, antwortete sie mürrisch. »Nur Kopfschmerzen. Für die allein *du* der Grund bist.« Dann seufzte sie und rieb sich die Stirn.

Jim nickte. Ihr Groll ihm gegenüber war verständlich. Erst recht nach diesem Abend ... Schlimmer konnte es jetzt nicht mehr werden, also warum sollte er nicht offen aussprechen, was ihn quälte?

»Deine Freundin Bessie ... wir ...«, begann er, wusste dann aber nicht, wie er den Satz weiterführen sollte. Saras Gesichtsausdruck nach hatte sie nicht erwartet, er würde sie direkt mit der Sache konfrontieren.

»Es war nicht zu überhören«, antwortete sie nur.

»Das ist einfach passiert. Es ging so schnell. Ich hab nicht nachgedacht.« Seine Erklärungsversuche waren jämmerlich. Und vermutlich hatte er sich geirrt und machte es doch mit jedem Wort noch schlimmer. Sara musterte ihn, aber der feindselige Ausdruck in ihrer Miene war schwächer geworden. Vielleicht spürte sie, wie sehr das schlechte Gewissen ihn plagte.

»Dein Verhalten war extrem leichtsinnig. Aber keine Sorge, Bessie wird nicht überall herumerzählen, dass sie es mit einem Vyncent-One getrieben hat.«

»Ich komm mir schlecht vor, weil ...«

»Ist mir egal«, platzte es aus ihr heraus. »Was du und Bessie gemacht habt, ist eure Sache. Ich hab andere Probleme und keinen Nerv, mich mit dir über euer romantisches Kennenlernerlebnis auszutauschen!«

»Was ist los?«, fragte er geradeheraus. Allein die Frage schien ihre Wut aufs Neue zu entfachen. Wieder rieb sie sich die Stirn. Er sah ihr an, wie sie mit sich rang. Ein Teil von ihr wollte wohl, dass dieses Gespräch keine Sekunde länger andauerte. Aber sie schien auch den Drang zu verspüren, ihm zu erzählen, was ihr auf der Seele brannte.

»Ich wünschte, du würdest mich in Ruhe lassen und dich still in eine Ecke verkriechen«, murmelte sie so leise, dass er sie kaum verstand. »Ich hab ziemlichen Ärger am Hals, aber damit muss ich allein klarkommen. Du solltest mir aus dem Weg gehen und nur dann einen Ton von dir geben, wenn du gefragt wirst. Aber seit du hier bist, führst du dich auf wie ein … Mensch.« Nachdem sie den Satz beendet hatte, presste sie die Lippen aufeinander. Vielleicht bereute sie die Worte. Langsam ging Jim auf sie zu. Er stoppte erst, als er ihr so nahe war, dass sie sich beinahe berührten. Ihr Körper verkrampfte sich, als müsste sie sich zwingen, nicht vor ihm zurückzuweichen. Sie sah ihm nicht in die Augen, fixierte stattdessen irgendeinen Punkt auf seinem Shirt. »Es ist wegen meines jährlichen Meldetermins beim Amt«, sagte sie. »Du weißt, was das für ein Termin ist?«

»Nein.« Jims Sorge verstärkte sich. Sara atmete tief durch. Offensichtlich kostete es sie große Überwindung, weiterzusprechen.

»Seit kurzem ist jeder Bewohner dieser Stadt verpflichtet, sich einmal jährlich beim Amt einzufinden. Es ist reine Schikane oder dient der Volkszählung ... Ich weiß es nicht.«

Jim nickte und wartete, dass sie fortfuhr.

»Vor vier Tagen hatte ich dort meinen ersten Termin.«

»Und weiter?«

Sara zögerte.

»Du hast den Termin vergessen?«, riet Jim, aber sie schüttelte den Kopf.

»Nein. Ich bin absichtlich nicht hingegangen. Es war mir egal, ob sie mir eine Strafe aufbrummen. Ehrlich gesagt, habe ich während der letzten Tage überhaupt nicht mehr daran gedacht. Kein Wunder, nach allem, was passiert ist ... Dass ich den Termin boykottiert habe, war unvernünftig. Ich hab es aus einer Laune heraus getan, ohne über die Konsequenzen nachzudenken. Durch diese Dummheit bin ich ins Visier der Beamten geraten. Und das bringt dich nur noch mehr in Gefahr.«

»Vor vier Tagen konntest du noch nicht ahnen, dass ich auftauchen würde«, sagte Jim, doch die Worte schienen sie gar nicht zu erreichen.

Sie zog den Brief aus ihrer Rocktasche und reichte ihn ihm. Jim faltete das Papier auseinander und las die wenigen Zeilen.

»... sind Sie dem Meldetermin unentschuldigt ferngeblieben. Um das Strafmaß festzulegen, fordern wir Sie auf, zu den Gründen für die Verfehlung Stellung zu nehmen. Finden Sie sich dazu am 7. November um 8 Uhr 45 im städtischen Hauptquartier der KLPO ein. Ein erneutes Fernbleiben oder eine Verspätung wird mit sofortiger Inhaftierung und dem Entzug Ihrer Bewohnerrechte geahndet.«

Jim blickte von dem Brief auf und sah Sara in die Augen. »Wenn du ihnen erklärst, dass du den Termin einfach vergessen hast oder krank warst, kommst du vielleicht mit einer Verwarnung davon.« Er hatte versucht, optimistisch zu klingen, aber es war ihm nicht gelungen. Trotzdem huschte ein flüchtiges Lächeln über ihre Lippen. Dann nickte sie tapfer.

»Das Amt muss sich doch bestimmt um verdächtigere Bürger kümmern als um ein junges Mädchen, das einen Meldetermin versäumt hat.«

Wieder nickte Sara. Sie senkte den Kopf, ihr Haar fiel nach vorn und verdeckte ihre Augen. »Die Sache mit Bessie«, sagte sie so unvermittelt, als wollte sie nur das Thema wechseln. »Es wäre gut, wenn du dich unauffälliger verhältst. Ich meine damit, dass du nicht in der Gegenwart eines Menschen, den du gerade mal dreißig Minuten kennst, die Hosen herunterlässt.«

»Natürlich«, antwortete Jim rasch.

»Gut.«

Gut? Es hatte geklungen, als wollte sie die Angelegenheit damit tatsächlich abhaken. Als hätte sie ihm verziehen. Aber für Jim war die Sache keineswegs gut. Er hasste den Gedanken, dass Sara ihn für triebgesteuert und verantwortungslos halten musste.

Sie bot ihm Unterschlupf. Trotz ihrer Bedenken und ihres Argwohns hatte sie sich dazu überwunden, ihn zu verstecken. Und er hatte mit seinem fahrlässigen Verhalten darauf herumgetrampelt.

»Ich werde jetzt versuchen, noch ein bisschen zu schlafen«, hörte er sie sagen. »Mach bitte die Tür hinter dir zu.« Sie ging zum Sofa und setzte sich. Jim fand, dass sie verloren wirkte, und die bloße Vorstellung, sie jetzt alleinzulassen, tat ihm weh. Es blieben noch sieben Stunden, bis sie zum Amt gehen musste. Sieben Stunden, in denen sie sicher kein Auge zumachen würde.

Bevor er das Zimmer verließ, wandte er sich noch einmal zu ihr um. Aber sie hatte sich bereits aufs Sofa gelegt, sich in die Decke eingehüllt und ihm den Rücken zugedreht.

Jim kroch hinter den Schrank, wissend, dass auch er in dieser Nacht keinen Schlaf finden würde.

## 18

Kaum hatte Sara einen Fuß vor die Haustür gesetzt, fühlte sie sich den Gefahren dieser Welt ausgeliefert. Den Schal hatte sie sich mehrfach um den Hals und um ihr halbes Gesicht geschlungen und die Kapuze des Mantels tief über den Kopf gezogen, doch all das half nicht, um sich unsichtbar zu fühlen. Sie sah sich um, um auszuschließen, dass irgendjemand auf sie aufmerksam geworden war. Dann richtete sie den Blick geradeaus und setzte einen Fuß vor den anderen. Ihr blieb schließlich keine Wahl. Sie musste den Termin beim Amt hinter sich bringen und wenigstens *dieses* Problem aus der Welt schaffen.

Nach ein paar Minuten erreichte sie die Haltestelle. Sie betete, dass sich die Bahn nicht verspätete, denn mit jeder Minute, die sie länger hier auf der Straße ausharren musste, würde sie nur nervöser zu werden. Es wehte ein kalter Wind, aber vom Sturm, der laut jüngster Meldungen heute Abend die Stadt erreichen sollte, war noch nichts zu spüren.

Doch in der Ferne, keine hundert Meter entfernt, konnte Sara sehen, wozu solche Naturgewalten fähig waren. Die Vorderfront des viergeschossigen Gebäudes fehlte. Einer der Stürme im Frühjahr hatte sie einfach weggerissen. Zwölf Menschen waren damals ums Leben gekommen. Seither brach der verbliebene Rest des Hauses Stück für Stück auseinander.

Unfähig, stillzustehen, umrundete Sara das Haltestellenschild und die Mülltonne, die schon lange nicht mehr geleert worden war. Die Abfälle häuften sich auf dem Boden. Sara beobachtete die wenigen umstehenden Menschen, ohne einen direkten Blickkontakt zu riskieren. Zum Glück schien sich niemand für sie zu interessieren.

Die Minuten, bis die Bahn sich näherte, erschienen ihr wie eine Ewigkeit und als sie endlich im Waggon saß, hatte sich ihre Nervosität längst zu eiskalter Angst gesteigert. Vielleicht hätte sie doch zu Fuß gehen sollen? Der Marsch wäre eine Ablenkung gewesen, aber es waren über drei Meilen bis zum Amt, und in der Bahn war es sicherer, als allein durch die Stadt zu streifen. Jedenfalls, solange kein Verrückter unter den Fahrgästen war. Die Menschen, die vereinzelt auf den Sitzen im Bahnabteil hockten, wirkten allesamt lethargisch. Es beruhigte Sara, dass die meisten von ihnen recht alt waren und nicht den Anschein erweckten, als könnten sie ihr gefährlich werden. Aber dann sah sie das deformierte Gesicht eines weißhaarigen Mannes, der ein paar Reihen entfernt saß. Die typischen Beulen, die infolge der dauernden Vergiftung durch schmutziges Trinkwasser bei immer mehr Menschen zu beobachten waren, verliehen dem Greis eine gewisse Ähnlichkeit mit dem Kerl, der sie überfallen hatte. Die Erinnerung an den Mann trieb Sara eine Gänsehaut über den Körper. Sie konnte nicht anders, als sich noch einmal umzusehen und das Gesicht des Alten zu betrachten. Sie sagte sich, dass ihr Angreifer sicher nicht in Straßenbahnen herumfuhr. Vermutlich bestand sein ganzer Lebensinhalt darin, die Müllberge zu durchwühlen, auf der ständigen Suche nach etwas Essbarem. Sie verspürte eine gewisse Wut auf sich selbst. Wut wegen dieser massiven Angst, die sie in dieser Form bisher nicht von sich gekannt hatte. Das Erlebnis hatte sie mehr mitgenommen, als sie wahrhaben wollte. In Gedanken verfluchte sie den Kerl. Tränen stiegen ihr in die Augen, und sie wischte sie schnell weg. Um sich abzulenken, begann sie, die ausgeschlachteten Autowracks zu zählen, die in unregelmäßigen Abständen den Straßenrand säumten, doch nach kurzer Zeit konnte sie nur noch an den bevorstehenden Termin denken. Jetzt bereute sie es, sich Gibbons Geschichten über die Praktiken des Amts angehört zu haben. Sie konnte nur hoffen, dass nichts davon der Realität entsprach. Denn wenn es in dem Gebäude nur halb so schlimm zuging, wie Gibb berichtet hatte, konnte es für sie unangenehm werden. Sara fragte sich, was geschehen würde, wenn sie auch *diesen* Termin nicht wahrnahm. Wenn sie einfach an der nächsten Haltestelle ausstieg und zurück nach Hause lief. Vermutlich würde sie dann noch heute von bewaffneten Beamten abgeholt werden.

Wie eine schlimme Prophezeiung zogen sich die Wolken drohend und unheilvoll über Saras Kopf zusammen. Alles in ihr sträubte sich dagegen, das Amtsgebäude zu betreten, aber es führte kein Weg daran vorbei. Sie hatte Mühe, die schwere Eichentür aufzustemmen und fragte sich, wie eine ältere oder schwächere Person es schaffen sollte, in das Haus zu gelangen.

Die Tür fiel mit einem ohrenbetäubenden Krachen ins Schloss und Saras Angst verwandelte sich mit einem Schlag in Panik. Sie stand im Halbdunkel. Nur die matten, kleinen Türfenster, die hoch genug waren, dass von außen niemand hineinsehen konnte, ließen ein wenig Licht herein. Rechts von Sara befand sich ein Glaskasten, aus dem ihr ein streng aussehender Mann mit ungeduldiger Miene entgegen starrte. Hektisch durchsuchte Sara ihre Handtasche nach dem Brief mit ihrer Vorladung. Sie erschrak, als sie sah, wie zerknittert das Dokument war. Zitternd schob sie das Papier durch den schmalen Spalt unter der Glasabschirmung hindurch. Sie rechnete mit einer Zurechtweisung, aber der Mann schien sich für den Zustand des Papiers nicht zu interessieren. Er knallte einen grotesk großen Stempel darauf, sodass das Echo des Schlags durch die Eingangshalle hallte. Dann betätigte er einen Schalter und deutete nach rechts. »Dem Hauptgang folgen. Melden Sie sich im letzten Büro, links am Ende des Flurs.« Seine Stimme hatte so harsch und kalt geklungen, wie Sara sie sich vorgestellt hatte. Sie blickte in die Richtung, in die der Beamte gezeigt hatte, und spürte, wie Übelkeit in ihr hochstieg. Diesem düsteren Flur wollte sie ganz sicher nicht folgen, aber jetzt konnte sie nicht mehr zurück. Sie nickte dem Mann zu, um ihm zu signalisieren, dass sie verstanden hatte, und machte sich auf den Weg. Es würde schon gut gehen! Sie würde sich bei ihrem Sachbearbeiter melden und vermutlich eine

Verwarnung bekommen. Vielleicht würde man sie beschimpfen, um sie einzuschüchtern. Und wenn schon! Anschließend konnte sie wieder nach Hause gehen. Die Mitarbeiter dieses Amts hatten schließlich keine Ahnung, dass sie seit zwei Tagen einen Vyncent-One in ihrer Wohnung versteckte.

Nachdem Sara ein Stück gegangen war, versperrte ihr eine Glaswand den Weg. Links sah sie dicht nebeneinander zwei runde Öffnungen für die Hände in der Wand. Auf dem Schild darüber las sie in großen Lettern die Worte »Zutritt erst nach Scan«. Sara schob die Mantelärmel zurück und betrachtete ihre zitternden Finger. Sie verspürte eine innere Sperre, die Hände durch diese Löcher zu stecken. Als wenn Fallbeile herabstürzen und sie ihr abschlagen würden. Sie hielt die Luft an und schob die Hände in die Öffnungen. Ein paar quälende Sekunden lang passierte nichts, dann blinkte ein gelbes Lämpchen auf, das Sara zuvor nicht aufgefallen war. Fast rechnete sie damit, dass jeden Moment ein lautes Signal ertönen würde, weil die Datenbank ihre Fingerabdrücke wiedererkannte und sie als Verbrecherin für irgendein Delikt entlarvt hatte. Womöglich würden sich auf der anderen Seite der Wand gleich Handschellen um ihre Gelenke schließen. Sie erschrak, als sie plötzlich den nasskalten Nebel auf den Händen spürte. Das musste das Antiseptikum sein. Gibbon hatte einmal erwähnt, man sei als Besucher des Amts verpflichtet, sich zu desinfizieren, um keine Seuchen in das Gebäude einzuschleppen. Und wenn dieses Zeug nun eine ätzende Säure war, die ihre Finger innerhalb der nächsten Minuten verstümmelte? Panisch riss sie die Hände zurück und betrachtete sie. Sie waren von einem feuchtschmierigen Film überzogen. Sara nahm einen scharfen Geruch wahr, der ihr in den Augen brannte. Sie zog die Ärmel wieder herunter und wischte sich die Handflächen am Mantel ab. Die Glastür öffnete sich geräuschlos. Sara beeilte sich, hindurchzugehen, aus Angst, sie könnte sich innerhalb weniger Sekunden wieder schließen. Sie presste die kleine, vollgestopfte Handtasche an sich, als könnte sie ihr irgendeine Form von Schutz bieten. Heute Morgen hatte sie noch rasch einen Satz Unterwäsche und Strümpfe eingesteckt. Nur für den Fall, dass man sie länger hier festhielt. Nun war der Gedanke daran einfach nur noch zermürbend. Ihre Angst erschien Sara selbst überzogen. Bis jetzt war nichts Schlimmes geschehen. Aber sie konnte nichts dagegen machen.

Von den schmucklosen Wänden ging ein muffiger Geruch aus. Die Decken waren so hoch, dass das Echo jedes Schritts, den Sara machte, durch den Flur hallte. Sie versuchte zwar, leise aufzutreten, aber es war nicht möglich, den Lärm zu vermeiden. Der Flur wirkte unfassbar lang. Es gab keine Fenster, dafür jede Menge Türen, die rechts und links abgingen. Als sich der Gang mit einem weiteren Flur kreuzte, überflog Sara die Beschriftung des Hinweisschildes. MATERIAL-LAGER, ANGESTELLTENTOILETTEN, ARCHIV-RÄUME. Aber sie las auch die Worte BEUGEHAFT und ISOLATIONSZELLENTRAKT. Sara nahm an, dass dieses Schild allein die meisten Besucher genug einschüchterte, um sie gefügig zu machen.

Der dumpfe Geruch wurde immer unangenehmer. Sie hatte den Eindruck, als würde der Sauerstoffgehalt in der Luft mit jedem Meter abnehmen, den sie weiter in den Flur vordrang. Die Atmosphäre innerhalb des Gebäudes schien von jahrelanger Angst und den Ausdünstungen verängstigter Menschen getränkt. Sie fragte sich, welche Schicksale hier ihren Lauf genommen hatten. Wie viele Bürger waren bedroht und verurteilt worden? Für Verbrechen, die womöglich weniger schlimm waren als das, was Sara getan hatte.

Unter den dicken Kleiderschichten war sie schweißgebadet. Sie fror, ohne zu wissen, ob es an der Temperatur oder an ihrer Angst lag. Inzwischen waren einige der Türen, an denen sie vorbeikam, mit gläsernen Sichtfenstern ausgestattet. Automatisch ging Sara langsamer und warf verstohlene Blicke in die Büroräume. Sie sah eine Frau, die mit verbissener Miene etwas in ihren Computer tippte. Im darauffolgenden Zimmer durchblätterte ein Mann einen Stapel Dokumente. Im nächsten Raum sah sie zwei Beamte, die vor einem mit hunderten Aktenordnern gefüllten Regal standen. Offensichtlich trug hier jeder diese dunkelgraue Uniform. Außerhalb der Büros hatte Sara jedoch noch keine Menschenseele erblickt. Fast erschien es ihr, als wäre sie die einzige Besucherin an diesem Tag. Als würden all die Mitarbeiter nur damit beschäftigt sein, über *ihr* Schicksal zu entscheiden.

Sie zwang sich, wieder zügiger zu gehen. Der Mann am Empfang hatte ihren Besuch sicher angekündigt und der Sachbearbeiter wartete bestimmt schon auf sie. Es wunderte Sara nicht, dass es ausgerechnet das letzte Büro des Flurs war, in das man die Bürger schickte. Auf diese Weise hatten sie Zeit, sich Gedanken über den bevorstehenden Termin zu machen und den einschüchternden Ort auf sich wirken zu lassen.

Sie war angekommen. Die Tür besaß kein Sichtfenster, durch das man ins Innere spähen konnte. Es gab auch kein Schild, das einem irgendetwas verriet. Ein letztes Mal atmete Sara durch, dann klopfte sie an. Sie achtete darauf, dass es kein allzu zögerliches Klopfen war. Aber auch kein übertrieben selbstbewusstes, das den Schluss zuließ, sie hätte etwas zu verbergen. Da auch Sekunden später niemand reagierte, öffnete sie vorsichtig die Tür.

Der Beamte saß hinter einem Ungetüm von Schreibtisch und blickte nicht einmal auf, als sie sich ins Zimmer schob. Er hatte schütteres, braun gelocktes Haar und war von kräftiger Statur. Im Gegensatz zu seinen Kollegen trug er keine Uniform, sondern ein dunkelblaues Jackett, das über seiner Brust spannte.

»Platz nehmen«, befahl er, ohne den Stift abzusetzen, mit dem er in energischem Tempo auf seinen Briefbogen kritzelte. Sara setzte sich schnell auf den Besucherstuhl, dessen Beine ein Stück abgesägt zu sein schienen, sodass sie sich winzig vorkam. Ihr Kinn befand sich auf derselben Höhe wie die Tischkante. Diese Sitzordnung spiegelte wohl gezielt ihre Rangordnung und die des Beamten wider. Auch wenn Sara solche Details durchschaute – sie waren ja unmöglich zu übersehen – verfehlten sie ihre Wirkung nicht. Es wäre nicht verwunderlich gewesen, wenn man sie gezwungen hätte, sich zu entkleiden, um den Termin noch entwürdigender zu machen. Der Gedanke versetzte sie stärker in Panik. Sicher gab es hier zuweilen auch Leibesvisitationen. Gibbon zufolge schreckten die Beamten vor nichts zurück. Und auch wenn Sara sein Gerede immer für völlig überzogen gehalten hatte, glaubte sie nun, dass all die Geschichten stimmten.

Sie gab sich Mühe, so aufrecht wie möglich zu sitzen. Der Stuhl kippelte stark. Offenbar hatte man beim Absägen der Beine keinen Wert darauf gelegt, dass sie dieselbe Länge hatten. Oder war auch das Absicht gewesen?

Sie las das Namensschild auf dem Jackett des Mannes. *G. Benner.* Als er aufblickte, hielt Sara die Luft an. Er lächelte ein wenig. Seine Augen waren dunkelbraun und von zahlreichen Lachfältchen umsäumt. Trotzdem erschien er ihr eiskalt. Nicht der Hauch von Güte lag in seinem Gesicht.

»Unter normalen Umständen sind Termine dieser Art eine Sache von zwei Minuten, Sara Davis«, begann er. »Normal heißt, dass es keine Diskrepanzen gibt, die es zu ergründen und gegebenenfalls zu bereinigen gilt.« Seine Stimme klang hart, obwohl er langsam und ruhig sprach. Nachdem er verstummt war, blickte er Sara für einige endlos erscheinende Sekunden an. Sie fühlte, wie ihr der Schweiß den Rücken hinab lief, und hoffte, dass dieser Benner sie nicht auffordern würde, den Mantel abzulegen. Inzwischen hatten sich bestimmt riesige, verräterische Schweißflecken auf ihrem Pullover gebildet. Sie spürte, dass sie etwas sagen musste, um die grausame Stille zu beenden. »Es tut mir leid ... dass ich den ursprünglichen Termin verpasst habe«, brachte sie hervor und war erleichtert, dass ihre Stimme noch funktionierte.

Der Mann reagierte nicht. Reglos, wie bei einem Roboter, dessen Mechanismus eben den Geist aufgegeben hatte, ruhte sein durchdringender Blick auf ihr. Vermutlich wartete er auf eine triftige Begründung für ihre Verfehlung. Erst jetzt kam ihr die Idee, den Überfall am Stadtkanal als Grund vorzuschieben. Immerhin hatte sie eine Bissverletzung und blaue Flecken, die ihre Behauptung untermauerten. Aber dann würde man sie womöglich untersuchen. Das wollte sie auf keinen Fall. Vielleicht stellten sie dabei fest, dass die Hämatome jünger waren und nicht zu dem Termin passten. Sara war überzeugt, dass sie jeder ihrer Ausreden mit Sorgfalt nachgingen.

»Es tut mir leid«, wiederholte sie. Das Gefühl sagte ihr, dass es diesem Mann gefiel, wenn man sich reumütig und unterwürfig zeigte. Weitere Sekunden verstrichen, ohne dass er etwas sagte. Das Ganze verlief nicht gut! Sara versuchte vergeblich, in der Miene des Beamten zu lesen. Vielleicht war es aber auch besser, nicht zu wissen, woran er gerade dachte.

Der Mann zog eine Akte aus der Schreibtischschublade und blätterte darin. Sara war nicht sicher, ob dieses Dokument etwas mit ihr zu tun hatte. Möglicherweise wollte er sie einfach noch länger schmoren lassen. Unvermittelt knallte er die Papiere auf die Tischplatte. Der Schreck ließ Sara zusammenzucken, was er mit einem zufriedenen Grinsen registrierte.

»Ich weiß nicht, ob Sie sich darüber im Klaren sind, Sara Davis, aber Sie sind nun vorbestraft. Das bedeutet, wir legen fortan besonderes Augenmerk auf Sie. Ein weiteres Vergehen – ganz egal, welcher Art – wird streng geahndet. Ich spreche von einer garantierten Haftstrafe, haben Sie das begriffen, Sara Davis?«

Das dauernde Wiederholen ihres Vor- und Zunamens wirkte wie ein weiteres Instrument, sie einzuschüchtern. Es sollte ihr wohl suggerieren, dass er alles über sie wusste. Dabei hatte dieser Mann keine Ahnung ...

»Lassen Sie uns die Formalitäten erledigen. Zunächst bestätigen Sie mir, ob die persönlichen Angaben, die uns über Sie vorliegen, noch korrekt sind. Sara Davis ist Ihr vollständiger Name?« Sara nickte, was er nicht sehen konnte, weil er den Blick auf die Akte gerichtet hielt. Als er wütend hochschaute, antwortete sie schnell mit »Das ist richtig.« Als Nächstes verlas er ihre Wohnanschrift und ihre Geburtsdaten, gefolgt von Angaben zu ihrem Gewicht und ihrer Körpergröße sowie zu ihrer Haut-, Augen-

und Haarfarbe. Schließlich nannte er die Namen und die offiziellen Sterbedaten ihrer Eltern. Sara bestätigte die Richtigkeit der Angaben.

»Das war's. Ich sehe keine Veranlassung, Sie länger festzuhalten. Allerdings wird die Meldefrequenz angesichts Ihres Vergehens auf drei Monate herab- gesetzt. Wir sehen uns demnach in drei Monaten wieder. Dieses Mal werden Sie den Termin nicht vergessen.«

Sara nickte eilig. Die Aussicht, gehen zu dürfen, erschien ihr wie die Rettung. Sie musste sich zwingen, auf dem Stuhl sitzen zu bleiben. Gleichzeitig war die Nachricht, dass sie künftig alle drei Monate her- kommen musste, niederschmetternd.

»Ich muss Sie noch darauf hinweisen, dass Sie bis auf Weiteres keinen Anspruch mehr auf jegliche medizinische Versorgung haben. Keine ärztliche Behandlung, kein Zugang zu Medikamenten. Wenn Sie sich in nächster Zeit nichts zuschulden kommen lassen, wird diese Maßnahme wieder aufgehoben.«

Sara nickte. Soweit sie wusste, war die medizinische Versorgung ohnehin ausgesetzt worden. Deshalb war diese Sanktion gegen sie vollkommen sinnlos.

»Darüber hinaus entziehe ich Ihnen das Wahlrecht für ein Jahr. Wir können nicht erlauben, dass unreife und verantwortungslose Kids wie Sie über die Zukunft unseres Landes entscheiden.«

Wieder nickte Sara, obwohl die Worte kaum zu ihrem Verstand durchdrangen.

»In Ordnung, Sara Davis. Dann sind wir hier fertig.

Folgen Sie mir noch kurz nach nebenan.«

»Nach nebenan?« Sie sah ihn irritiert an. Er warf ihr einen Blick zu, der sie sofort bereuen ließ, die Frage gestellt zu haben.

»Formalitäten«, antwortete er knapp. »Es dauert nicht lange.«

Sara spürte, wie erneute Panik in ihr hochstieg. Sie sagte sich, dass man ihr lediglich noch irgendwelche Formulare ausstellen würde. Möglicherweise einen Verwarnungsschein, auf dem ihr begangenes Delikt dokumentiert war. Aber sie konnte die Angst nicht verdrängen. Auch nicht die dunkle Ahnung, dass ihr das Schlimmste noch bevorstand.

Benner führte sie in das nächstgelegene Zimmer, doch noch bevor die Tür hinter ihr zufiel, erkannte Sara, dass in diesem engen Raum keineswegs Dokumente ausgestellt wurden. In der Mitte der fensterlosen Kammer befand sich eine Liege. Erschrocken huschten Saras Blicke über die Fessel-vorrichtungen. Stand ihr die Leibesvisitation doch bevor? Sie versuchte, ihre Panik niederzuringen. Was auch immer das alles zu bedeuten hatte ... sie durfte nichts tun, was die Situation noch schlimmer machte. Sie redete sich ein, dass die Kammer einzig der Ab-schreckung diente. So, wie dieser ganze Termin darauf ausgerichtet war, ihr Angst zu machen. In wenigen Minuten würde sie draußen sein. Doch ihr Bauch-gefühl sagte ihr etwas anderes. Es war noch nicht vorbei.

Sie wollte den Beamten fragen, warum sie hier war,

aber die Furcht vor seiner Antwort hielt sie zurück. Plötzlich traten zwei weitere Männer ein und packten Sara so unvermittelt, dass sie nicht einmal Zeit hatte, zu reagieren. Binnen weniger Sekunden wurde sie auf die Liege manövriert. Während der eine Kerl, ein Hüne mit weißblondem Haar, ihr den Schal entriss und ihre Kehle so fest hielt, dass sie würgen musste, zerrte der andere brutal an ihren Beinen. Sie nahm nur am Rande wahr, wie sich die Fesseln um ihre Hand- und Fußgelenke schlossen. Der Blonde löste die Hand von ihrem Hals. Sara schnappte panisch nach Luft und spürte dann den Gurt, der sich fest über ihre Stirn spannte und es ihr unmöglich machte, den Kopf zu bewegen. Die Panik drohte sie zu überwältigen. Sie rang nach Atem, und je mehr sie versuchte, sich freizukämpfen, desto fester zogen sich die Fesseln. Es war zwecklos. Keuchend presste sie den Kopf in die Matratze, fixierte die Decke des Raumes und versuchte, ruhig zu atmen. Ihr Herz raste. Auch wenn die Fesseln jede Bewegung unmöglich machten, suchte Sara ihr Sichtfeld nach den Männern ab. Die beiden Brutalen konnte sie nicht mehr sehen, nur Benner, der am Fußende stand. Kurz darauf tauchte der Blonde wieder auf. Sie sah die eisgrauen Augen, die böse auf sie nieder blickten. Und dann sah sie das glühende Eisen.

Sara riss die Augen auf, suchte den Blickkontakt zu dem Mann, zerrte an den Fesseln, während sich das glühende Ende des Stabs quälend langsam ihrem Gesicht näherte. Sie spürte die Hitze auf ihrer Haut, wollte schreien, brachte aber nur ein Stöhnen hervor. Mit ganzer Kraft wehrte sie sich gegen die Fesseln. Den Bruchteil einer Sekunde, bevor das Eisen sie berührte, gelang es ihr, den Kopf zu drehen. Und dann kam der Schmerz.

Er war überall. Es fühlte sich an, als habe man sie an Starkstrom angeschlossen. Ihr wurde schwarz vor Augen, und für einen wunderbaren Moment verlor sie beinahe das Bewusstsein, nur um kurz darauf durch eine neuerliche Schmerzwelle zurückgerissen zu werden. Sie kniff die Augen zu, als könnte sie sich dadurch schützen, und zum ersten Mal spürte sie, woher der Schmerz wirklich kam ... Ihre Wange brannte wie Feuer.

Nur am Rande nahm sie wahr, dass jemand den Gurt um ihren Kopf löste. Die Qual war gleißend. Jemand packte sie bei den Haaren und riss ihr Gesicht herum. Benner beugte sich über sie.

»Sie hat das Gesicht weggezogen. Wir können noch einmal ansetzen«, hörte sie die Stimme des anderen. Die Worte lösten nicht einmal mehr Panik bei Sara aus. Die Tortur hatte sie innerlich ausgebrannt.

Der Beamte musterte sie. Dann brüllte er sie an: »Sara Davis, verstehen Sie mich?« Noch immer hielt er ihren Haarschopf gepackt. Sara wäre nicht einmal dann imstande gewesen, zu nicken, wenn die

Schmerzen es zugelassen hätten. Sie schloss für einen kurzen Moment die Augen, um ihm zu signalisieren, dass sie ihn verstanden hatte.

»Wir haben Ihnen einen kleinen Stempel verpasst. Von nun an tragen Sie das Wappen dieser Stadt immer bei sich. Und es wird Sie stets daran erinnern, zukünftig keine Meldetermine mehr zu versäumen.«

Er drehte ihr Gesicht zur Seite, um die Wunde zu betrachten. Als er in der Nähe der Stelle herumfingerte, stieß sie einen Schmerzensschrei aus.

»Normalerweise platzieren wir den Stempel sichtbarer, direkt unterhalb des Auges. Da Sie den Kopf zur Seite gezogen haben, sind wir leider ein wenig abgerutscht. Aber es wird schon gehen, stimmen Sie mir zu, Sara Davis?«

Sara schloss die Augen. Irgendwann würde auch das hier vorbei sein.

»Stimmen Sie mir zu?«, schrie er so laut in ihr Ohr, dass sie sich wunderte, warum ihr Trommelfell nicht platzte.

»Ja«, presste sie hervor. Der Mann ließ endlich ihren Kopf los. Dann löste er die Fesseln. Kaum war Sara frei, rollte sie sich auf der Liege zusammen.

»Gehen Sie jetzt.«

Sie zwang sich, sich aufzurichten. Ihr war schwindlig. Sie rutschte von der Liege, und als sie mit den Füßen auf dem Boden aufkam, jagte ihr die Erschütterung eine Flammenwand durch den Schädel. Sie tastete nach ihrer Tasche und presste sie sich vor die Brust. Ihr Schal war verschwunden, aber das war ihr egal. Der Beamte hielt ihr die Tür auf. Die beiden Brutalen waren nicht mehr zu sehen. Saras Beine fühlten sich an wie Gummi. Der Raum um sie herum drehte sich und sie fürchtete, ohnmächtig zu werden. Das durfte nicht passieren! Sie musste zuerst hier raus. Dann konnte sie schreien. Weinen. Und zu Boden gehen.

Als sie dem Mann durch den Flur folgte, zwang sie sich mit aller Macht dazu, die Beine nicht unter ihr nachgeben zu lassen. Der widerliche Gestank verbrannten Fleischs von ihrer Wunde ließ sie würgen. Sie drückte sich die Faust vor den Mund und konnte gerade noch verhindern, sich zu übergeben. Der Beamte hatte es nicht bemerkt. Er öffnete die Glastür. Sie sah ihm nicht mehr ins Gesicht, ohnehin würde sie es ihr Leben lang nicht mehr vergessen. Sie spürte seinen Blick in ihrem Nacken, als sie weiterging.

Der Glaskasten, in dem vorhin der Pförtner gesessen hatte, war verlassen. Es gelang Sara, die schwere Tür zu öffnen. Draußen war die Freiheit.

## 19

Die Rückfahrt kam Sara endlos vor. In ihrem Gesicht schienen Flammen zu lodern, die ihr immer wieder Tränen in die Augen trieben. Weil niemand der anderen Fahrgäste von ihr Notiz nahm, sank sie auf ihrem Sitz zusammen und ließ den Tränen freien Lauf. Die Hitze strahlte von ihrer Wange in den gesamten Körper aus, und Sara fühlte sich zunehmend fiebrig. Ihr war so heiß, dass sie die Stirn gegen die schmutzige, kühle Scheibe presste. Der Versuch, sich abzulenken, indem sie sich auf ihre Atmung konzentrierte, machte es nur schlimmer.

Endlich konnte sie aussteigen. Sie empfand den Wind als angenehm. Nun war es nicht mehr weit bis nach Hause. Sie lief schneller und als sie das Gebäude in der Ferne sah, rannte sie, bis sie völlig außer Atem war. Die Treppenstufen hinauf zu ihrer Wohnung strengten sie so an, dass sie auf halbem Weg dachte, sie würde es nicht schaffen. Aber hier im Hausflur durfte sie auf keinen Fall stehen bleiben. Sie musste weiter. Die laute Musik, die aus einem der oberen Stockwerke drang, nahm sie wie durch Watte wahr. Durch das Haus zog ein beißender Brandgeruch, vermutlich hatte wieder jemand ein Lagerfeuer in seiner Küche entfacht. Er vermischte sich mit dem Geruch ihrer Wunde. Erneut musste Sara würgen.

In ihrer Wohnung angekommen, drohten die Beine unter ihr nachzugeben. Sie zitterte heftig, hielt sich an der Wand fest und schloss die Augen, bis der Schmerz abebbte. Als sie sie wieder öffnete, stand Jim vor ihr. Er starrte sie mit erschrockener Miene an. Sara flüchtete ins Badezimmer, verriegelte die Tür hinter sich und ließ kraftlos den Mantel zu Boden fallen. Sie holte Luft und sammelte Mut, dann trat sie vor den Spiegel. Lange starrte sie auf ihre Finger, die sich um den zerkratzten Waschbeckenrand klammerten. Es kostete sie Überwindung, endlich in den Spiegel zu sehen.

Ihr Anblick war entsetzlich. Ihre Haut war bleich und ihre Augen waren gerötet. Sie neigte den Kopf nur ein kleines bisschen, doch sofort durchfuhr ein heftiger Schmerz ihren Nacken. Vielleicht hatte sie sich beim Versuch, sich aus der Gewalt dieser Monster zu befreien, eine Zerrung zugezogen. Doch das war *nichts* gegen die lodernde Qual auf ihrer Wange. Zitternd schob sie die Haare zurück, steckte die Strähnen hinters Ohr und betrachtete die Wunde. Allein der Anblick schien das Brennen zu verschlimmern. Sara spürte wieder Brechreiz in sich hochsteigen und presste die Lippen aufeinander. Widerwillig näherte sie sich dem Spiegel bis auf wenige Zentimeter. Aus der Nähe sah es noch grausamer aus. Sie versuchte vergeblich, das Stadtwappen im Brandmal zu erkennen, von dem der Beamte gesprochen hatte.

Der brutale Mistkerl hatte das Brandeisen direkt unter ihrem Auge ansetzen wollen. Nun aber befand sich die Wunde auf Höhe ihres Wangenknochens, nah genug an der Schläfe, dass sie sie halbwegs gut unter ihren Haaren verstecken konnte. Sie hatte Grund, froh darüber zu sein. Bei dem Gedanken, dass sie diesem Schweinehund die Tour vermasselt hatte, verspürte sie eine gewisse Genugtuung. Trotzdem füllten sich ihre Augen erneut mit Tränen.

»Heule nicht«, flüsterte sie sich selbst zu. »Nicht wegen *denen*.« Sie ballte die Hände zu Fäusten, stellte sich aufrecht hin und atmete tief durch. »In ein paar Tagen wirst du die blöde Wunde kaum noch spüren!« Ihr fielen die alten Westernfilme ein, in denen ganze Rinderherden völlig selbstverständlich mit Brandzeichen markiert wurden. Der Akt war ihr immer barbarisch erschienen. Nun wusste sie, wie sich das anfühlte. Es war Folter.

Sie nahm das Handtuch, befeuchtete es mit kaltem Wasser und tupfte behutsam den Schmutz unter den Augen weg. Erst als sie sich wieder im Spiegel betrachtete, fielen ihr die roten Flecken an ihrem Hals auf, wo der Mann sie gepackt hatte. Zitternd berührte sie die Haut. Unwillkürlich erinnerte sie sich daran, wie es sich angefühlt hatte, keine Luft zu bekommen. Diese Woche war die schlimmste ihres Lebens … June, der Vyncent-One, der Kerl auf dem Müllplatz und jetzt dieses Martyrium. Sie schob das Shirt beiseite, um die Bisswunde zu betrachten. Die Rötung war von einem violetten Schimmer umgeben. Und noch immer konnte Sara die Zahnabdrücke erkennen. Sie trat einen Schritt zurück und musterte ihr Spiegelbild mit einer Mischung aus Selbstmitleid und einer Prise Galgenhumor. Sie sah aus wie ein trauriger Zombie in einem miserablen Film.

Vorsichtig löste sie die Haarsträhnen hinter dem Ohr und schob sie sich ins Gesicht. Es wäre viel weniger schmerzhaft gewesen, die Wunde freizulassen. Aber sie wollte sie unsichtbar machen.

Seit Sara gestern nach Hause zurückgekehrt war, hatte sie noch kein Wort gesprochen. Sie ging Jim aus dem Weg, und wenn sie das nicht tat, schien sie seine Anwesenheit kaum zu bemerken. Er beobachtete sie mit wachsender Sorge. Irgendetwas war auf dem Amt passiert. Er hatte sie nicht drängen wollen, hatte gehofft, dass sie sich dazu entschließen würde, mit ihm zu reden. Aber sie schien über das Erlebnis ebenso schweigen zu wollen wie über die blutige Schulterwunde, die sie sich am Tag davor, Gott weiß wo, zugezogen hatte.

Gegen Mittag hielt er es nicht länger aus. Er fand Sara in der Küche, doch statt am Tisch zu sitzen, kauerte sie darunter auf dem Fußboden. Sie blickte nur kurz zu ihm auf, starrte dann sofort wieder zu Boden und rührte sich nicht. Ihre Miene verfinsterte sich. Offenbar ärgerte es sie, dass er nicht hinter dem Schrank geblieben war. Wie sie da hockte und ihre Beine umklammerte, erinnerte sie Jim an ein verängstigtes Kind, das sich vor einem vermeintlichen Monster zu verstecken versuchte. Er näherte sich ihr und kniete sich vor sie auf den Boden. Ihr Haar war zerzaust. Auch wenn die Wellen einen Teil ihres Gesichts verdeckten, erkannte er die Verzweiflung darin. Sie starrte so verbissen auf einen bestimmten Punkt des Fußbodens, als wollte sie sich mit aller Macht davon abhalten, noch einmal zu Jim hochzusehen.

Je länger er sie betrachtete, desto mehr berührte ihn ihr Anblick. Sie wirkte so einsam und so verloren, wie er sich selbst fühlte. Aber sie hatte diese Mauer um sich errichtet, war voller Misstrauen und Feindseligkeit ...

»Geht es dir gut?«

Ihr Nicken kam etwas zu schnell. Es war *nicht* in Ordnung. Ihre Augen waren gerötet, als hätte sie stundenlang geweint. Jim verspürte den Drang, zu ihr unter den Tisch zu kriechen und sie in die Arme zu nehmen. Vielleicht hoffte sie trotz ihrer Abwehrhaltung tief in ihrem Inneren, dass er sie tröstete. Dann sah er die Hämatome an ihrem Hals und erschrak.

»Bitte, erzähl mir, was auf dem Amt vorgefallen ist.«

Jetzt blickte sie ihm fest in die Augen und wirkte so angespannt, dass er damit rechnete, sie würde gleich auf ihn einschlagen oder ihn anschreien. Stattdessen schob sie ihr Haar beiseite und entblößte ihr linkes Ohr. Und dann sah Jim, was man ihr angetan hatte. Fassungslos starrte er auf die Brandwunde. Automatisch hob er die Hand und Sara zuckte zurück. Sofort versteckte sie die Wunde wieder hinter ihren Haaren.

»Sara ...«

»Es ist nicht so schlimm.« Sie klang tapfer, als handelte es sich lediglich um eine unbedeutende Schürfwunde. »Ich habe Hunger. Was ist mit dir?«, wechselte sie abrupt das Thema. Ihre Unterlippe zitterte. Jim spürte, dass es ihr schwerfiel, ihm in die Augen zu sehen. Diese Wunde ... Es mussten entsetzliche Schmerzen gewesen sein. Wie hatte sie das nur ertragen können? Und wie ertrug sie es immer noch, ihn hier in ihrer Wohnung zu haben und ihn zu beschützen? Jetzt, nachdem sie wusste, wozu *die* fähig waren?

Jim griff nach ihrer Hand. Sie war eiskalt. Sofort riss Sara sie zurück und sah ihn an, offenbar voller Entsetzen darüber, dass er es wagte, sie anzufassen.

»Es ist das Beste, wenn ich verschwinde«, sagte er leise. Für ein paar Sekunden reagierte sie gar nicht. Dann funkelte sie ihn wütend an. »Nein.« Sie kam unter dem Tisch hervorgekrochen und Jim erhob sich schnell, um ihr Platz zu machen.

»In ein paar Stunden wird der Sturm die Stadt erreichen.«

»Aber ...«

Sie schüttelte den Kopf und verzog das Gesicht vor Schmerz. »Außerdem ... kannst du nirgendwo hin.«

»Ich werde mich irgendwie durchschlagen. Außerhalb der Stadt. Ich kann mich wieder in Junes Haus verstecken.« Er wusste selbst, dass das keine gute Option war. Sogar wenn er es noch einmal schaffte, die Strecke unbehelligt zurückzulegen, würde er dort ohne Nahrung nicht lange überleben.

»Du bleibst!« Sara öffnete eine Schranktür, griff hinter den Stapel Teller und zog eine Weinflasche hervor. Dann schob sie sich an Jim vorbei und verließ die Küche.

## 21

»Weißt du, dass ich mich dadurch strafbar mache, dass ich dir dieses Gebräu anbiete?« Sara füllte das Glas mit Wein und reichte es Jim. »Aber das ist wahrscheinlich das geringste all meiner Vergehen der letzten Tage. Also was soll's!« Ihr Lächeln war müde.

Jim konnte über den Scherz nicht lachen, aber er war erleichtert, dass es ihr besser zu gehen schien. Sie hatte den Platz unter dem Küchentisch gegen den Fußboden im Wohnzimmer eingetauscht. Nun hockte sie hinter der Couch an die Sofarückwand gelehnt, und auch, wenn diese Stelle kaum gemütlicher war als die Küche, erschien ihm Sara nicht mehr so niedergeschlagen. Jim hatte seinen Mut zusammengenommen und sich neben sie gesetzt. Sie hatte es widerspruchslos akzeptiert. Mehr noch, sie hatte ihm sogar ihr Glas überlassen, während sie sich selbst mit der Flasche zufriedengab. Sie trank einen großen Schluck und wischte sich mit dem Handrücken über die Lippen.

»Das Zeug vertreibt die Kälte aus den Gliedern«, hörte er sie sagen. »Glaub mir, in ein paar Minuten spürst du Wärme bis in deine Fußspitzen.« Sie bewegte ihre Zehen, die in der abgewetzten Strumpfhose steckten. »Das heißt ... ich weiß natürlich nicht, ob es sich für euch VyOs genauso anfühlt.«

Jim nippte an dem Wein. Er hinterließ einen bittersüßen, fremden Geschmack auf der Zunge. Bei June hatte es nie Alkohol gegeben. Nicht, weil das

Zeug für Vyncent-Ones verboten war – dieses Gesetz hätte June wie all die anderen KLPO-Vorschriften einfach ignoriert. Aber außerhalb der Stadt war es so gut wie unmöglich, an solche Dinge zu kommen.

»Kennst du den Grund für die Alkohol-Verordnung?« Er hatte versucht, die Frage so beiläufig wie möglich klingen zu lassen.

»Du meinst das Alkoholverbot für VyOs?« Sie zuckte mit den Schultern. »Luxusprodukte sind rar. Ich denke, man will verhindern, dass sie an euch … verschwendet werden.« Schnell wich sie seinem Blick aus.

»Mag sein. Aber das ist nicht der offizielle Grund«, antwortete Jim. Er zögerte. Er war nicht sicher, ob er es sagen sollte, aber inzwischen kannte er Sara gut genug. Sie würde nicht gleich in Panik verfallen.

»Es heißt, dass Alkohol einen Vyncent-One negativ beeinflusst. Dass er sich unter Alkoholeinfluss nicht mehr unter Kontrolle hat. Dass er gewisse Grenzen überschreiten und seinem Besitzer Schaden zufügen kann.«

Sara sah ihn an, nachdenklich, aber ohne Furcht in ihren Augen. »Klingt, als wäre die Wirkung auf euch dieselbe wie auf uns Menschen«, antwortete sie unbeeindruckt, stieß mit der Flasche gegen sein Glas und trank. Jim wunderte sich über ihre Reaktion. Andererseits war diese plötzliche Gleichmütigkeit angesichts dessen, was ihr zugestoßen war, irgendwie nachzuvollziehen. Vielleicht lag es auch an der Aussicht, den Sturm nicht zu überstehen. Er nahm einen weiteren Schluck und spürte schon die Wärme, die sich in seinem Inneren ausbreitete. Er schloss für einen Moment die Augen, um dieses fremdartige Gefühl noch intensiver zu spüren, aber das lauter werdende Heulen des Windes lenkte ihn ab. Er blickte hoch zum Fenster. Draußen wurde es bereits dunkel.

»Der Sturm«, flüsterte Sara.

Jim lauschte dem Brausen. Es klang gespenstisch.

»Bald werden wir wissen, ob er mächtig genug ist, die Stadt dem Erdboden gleichzumachen. Ich werde heute Nacht jedenfalls wach bleiben. Ich will nicht im Schlaf überrascht werden, falls das Gebäude zusammenstürzt.« Sie hatte so emotionslos geklungen, als wäre es ihr egal, wenn das tatsächlich geschähe.

»Der sicherste Ort ist das hier aber nicht«, gab Jim zu bedenken. »So nahe am Fenster. Die Scheibe könnte ...«

»Ich bleibe«, antwortete sie trotzig, »aber du musst mir nicht Gesellschaft leisten. Wenn du willst, geh hinter den Schrank.«

Jim betrachtete ihr Profil. Die tiefe Verzweiflung von vorhin war aus ihrer Miene verschwunden. Stattdessen wirkte sie jetzt geradezu kämpferisch. Als hätte sie in dieser Minute für sich beschlossen, allen weiteren Gefahren zu trotzen. Jim rückte ein winziges Stück näher an sie heran, damit er sich ebenfalls an die Sofarückwand lehnen konnte. Er würde nicht gehen. Er wollte an Saras Seite bleiben. Die ganze Nacht.

Ein ohrenbetäubendes Krachen ließ beide zusammenfahren. Sara schrie auf und zog vor Schreck die Beine an. Fest im Glauben, das Fenster könnte diesem harten Schlag unmöglich standgehalten haben, sprang Jim auf. Doch soweit er feststellen konnte, war das Glas intakt.

»Verflucht! Was war das?«, keuchte Sara.

»Ich weiß es nicht. Irgendein Gegenstand, der durch die Luft gewirbelt ist.« Jim berührte die unversehrte Scheibe. In diesem Moment setzte Regen ein. Die Tropfen schlugen hart wie Hagelkörner gegen das Glas. In der Ferne sah Jim einen Mann, der sich in einem grotesken Winkel mühsam dem Sturm entgegenbeugte, während er versuchte, die Straße zu überqueren. Der Himmel war dunkelgrau und die schwarzen Wolken, die mit rasender Geschwindigkeit ihre Form änderten, wirkten gespenstisch. Der Wind heulte. In einem der Häusereingänge war die Tür halb aus den Angeln gerissen worden.

Jim drehte sich zu Sara um. Sie schien den Schreck von eben schon wieder überwunden zu haben, während sein eigener Puls sich noch immer nicht beruhigt hatte. Er musste daran denken, dass sie hier in der Wohnung, in diesem maroden Gebäude schon viele Stürme miterlebt hatte. June und er hingegen hatten sich bei Unwetter stets im kleinen Keller unter dem Haus verschanzt. Dort waren sie sicher gewesen. Bei Kerzenschein hatten sie Musik gehört und sich geliebt und gegenseitig die Angst genommen, bis der Sturm vorüber war. Mit der Zeit waren die Unwetter sogar zu einem immer wiederkehrenden schönen Ritual für June und ihn geworden. All die Male war

Sara hier allein mit ihrer Angst vor dem Sturm gewesen und hatte dessen Ende herbeigesehnt.

»Du siehst aus, als würdest du immer noch damit rechnen, dass die Scheibe jeden Moment in tausend kleine Scherben zerspringt.« Sie klang amüsiert.

»Anscheinend haben wir Glück gehabt«, antwortete Jim ernst und setzte sich wieder neben sie.

Vom Boden aus blickten sie beide eine Zeit lang schweigend zum Fenster. Zuweilen sahen sie etwas durch die Luft segeln. Plastiktüten und Unrat.

»Der Sturm wird immer stärker«, sagte Sara. Die seltsame Stimmung, die Jim erfasst hatte, ließ ihn erschaudern. War das womöglich wirklich das Ende der Welt? Besorgt suchte er Saras Blick. Sie schien gefasst, aber die Anspannung konnte auch sie nicht verbergen. Sie nickte ihm zu und nahm einen Schluck aus der Flasche. Sein Blick fiel auf ihre freie Hand, die dicht neben seiner eigenen auf dem Boden lag. Wie aus einem inneren Motorismus heraus griff er danach und hielt sie fest. Sara zuckte in dem Augenblick, als er sie anfasste, als hätte seine Berührung ihr einen leichten Stromschlag versetzt. Aber diesmal zog sie die Hand nicht weg, wie sie es vorhin in der Küche getan hatte. Langsam ließ sie die Flasche sinken. Jim umfasste ihre Hand noch ein wenig fester. Er sah Sara an, dass sie nicht wusste, ob sie es geschehen lassen sollte. Und nach einer Weile spürte er, wie die Anspannung in ihrer Hand nachließ.

Wieder krachte es. Irgendwo in der Nähe musste ein Fenster zerstört worden sein. Jim hoffte, dass ihnen nicht dasselbe bevorstand. Wenn die Scheibe dieses Wohnzimmers zerbrach und Glassplitter und Gegenstände durchs Zimmer flogen, saßen sie hier tatsächlich an der denkbar ungünstigsten Stelle. Im Flur war es um einiges sicherer. Vielleicht sollte er Sara noch einmal bitten, mit ihm Schutz hinter dem Schrank zu suchen. Aber ihre Antwort wäre vermutlich dieselbe wie vor ein paar Minuten. *Ich bleibe.* Er spürte ihre Angst. Und gleichzeitig hatte sie diesen eisernen Willen, dem Unwetter zu widerstehen.

Beim nächsten Krachen ging ein Ruck durch ihren Körper. Diesmal hatte der Schlag dumpf geklungen. Vielleicht hatte es der Sturm geschafft, die Tür des Gebäudes gegenüber endgültig aus den Angeln zu reißen. Auf einmal war sich Jim sicher, sie würden dieses Unwetter nicht überleben. Sara entzog sich seinem Griff und füllte sein Glas auf. Sie zitterte und kippte es so voll, dass Jim es vorsichtig an die Lippen führen musste, um nichts zu verschütten. Nachdem er einen großen Schluck getrunken hatte, nickte sie ihm zufrieden zu. Offensichtlich fürchtete sie nicht, dass seine Funktionen wegen des Alkohols verrückt spielen könnten oder dass er ihr in irgendeiner Form gefährlich werden würde. Sie hatte in den letzten Tagen die Hölle erlebt und draußen ging die Welt unter. Ein enthemmter Vyncent-One war wohl ihre geringste Sorge.

Jim nahm wieder ihre Hand. Diesmal hatte er diesen Schritt geplant und vermutlich traute er sich das tatsächlich nur, weil der Wein seine Hemmungen bereits ein wenig abgebaut hatte. Sara schien die Berührung zunächst gar nicht zu bemerken. Verstohlen betrachtete er ihr Profil, während sie zum Fenster starrte.

»Danke«, flüsterte sie ganz leise, ohne den Blick vom Fenster zu lösen. Er verstand es kaum. Es war nur dieses eine geflüsterte Wort, aber zum ersten Mal, seit er Sara kannte, hatte er das Gefühl, sie beide verband mehr als die Tatsache, dass June sie zusammengeführt hatte. Irgendwie standen sie sich näher als noch vor ein paar Minuten. Ihm kam es vor, als könnten sie diese ausweglos erscheinende Situation gemeinsam durchstehen. Er musste daran denken, welch unfassbares Glück er hatte, nicht allein zu sein. Und gleichzeitig war er froh, dass *sie* jetzt nicht allein war. Wenn das Ende der Welt bevorstand, konnten sie es nicht verhindern. Aber die Tatsache, dass sie zusammen waren, war tröstlich.

Das Licht der Deckenlampe flackerte und für einen Moment wurde es dunkel um sie herum. Jim hielt den Atem an, glaubte schon, der Strom sei vollends ausgefallen, doch kurz darauf erhellte sich das Zimmer wieder. Sara atmete auf.

»Wir sollten eine Kerze anzünden. Nur für den Fall ...« Noch bevor er den Satz zu Ende bringen konnte, zog sie ihre Hand zurück. Sie stellte die Flasche ab und rappelte sich umständlich vom Boden hoch. Jim zog die Beine an und wollte ebenfalls aufstehen, aber mit einem sanften Druck ihrer Fingerspitzen auf seiner Schulter bedeutete Sara ihm, zu warten.

Eine Minute später kehrte sie mit einer Kerze und einem Feuerzeug zurück. Außerdem hatte sie eine weitere Flasche Wein und eine kleine bunte Schachtel bei sich. Als sie Jims erstaunten Blick sah, huschte ein Lächeln über ihre Lippen. Sie setzte sich und klemmte die Flasche zwischen ihre Knie. Dann pustete sie den Staub von der Schachtel, öffnete sie und hielt sie Jim unter die Nase. Beeindruckt betrachtete er die kleinen, runden Schokoladenpralinen.

»Viele sind leider nicht übrig«, hörte er sie sagen. »Sie schmecken fantastisch. Probier.«

Jim wählte eine Praline und hielt sie mit einer gewissen Ehrfurcht zwischen den Fingern. Er hatte noch nie Schokolade gegessen. Nachdem man aufgehört hatte, sie zu produzieren, war sie bald völlig von der Bildfläche verschwunden gewesen.

»Solche Luxusartikel sind auf dem Schwarzmarkt kaum noch zu bekommen, aber Gibbon schafft es immer wieder. Es gibt da draußen einige Menschen, die für eine von diesen Dingern töten würden.« Sara nahm eine Praline und schob sie sich in den Mund. Jim nickte. So wahnwitzig es klang – sie hatte mit dieser Äußerung vermutlich recht.

Die Praline löste eine wahre Geschmacksexplosion in seinem Mund aus. Die Schokolade war süß und zartschmelzend. Jim fragte sich, ob möglicherweise nur Vyncent-Ones den Geschmack derart intensiv wahrnahmen, denn Sara kaute auf ihrer Praline herum und wirkte recht unbeeindruckt. Sie leerte die angebrochene Weinflasche, öffnete die zweite und füllte Jims Glas noch einmal auf.

Er ermahnte sich insgeheim, langsamer zu trinken. Obgleich er sich im Moment gut fühlte, wusste er nicht, wie sein Körper reagierte, wenn er es mit dem Zeug übertrieb.

Die Praline auf seiner Zunge hatte sich noch nicht vollständig aufgelöst, als Sara ihm die Schachtel erneut hinhielt. Er schob sich das zweite Stück in den Mund und bedankte sich.

Der Regen peitschte noch immer gegen das Fenster und inzwischen war der Himmel pechschwarz. Von Zeit zu Zeit flackerte er auf, wenn ihn ein Blitz erhellte. In das Rauschen des Windes und des Regens mischte sich leises Donnergrollen.

»Jetzt auch noch Gewitter.« Jim seufzte. Als er wieder zu Sara sah, lächelte sie. Ohne es verhindern zu können, starrte er auf ihre Lippen. Wie zart sie aussahen, war ihm bisher nicht aufgefallen, und er verspürte Lust, mit dem Finger über ihre Unterlippe zu streichen, um diese Zartheit zu fühlen.

»Worüber denkst du nach?«, fragte er schnell.

Ihre Hand umklammerte den Flaschenhals, als fürchtete sie, der Orkan könnte jeden Moment das Fenster aufbrechen, durch das Zimmer wüten und ihr den Wein entreißen.

»Du musst zugeben, die Situation ist schon irgendwie komisch«, antwortete sie.

Jim hob fragend die Augenbrauen.

»Du und ich sitzen hier zusammen und reden übers Wetter«, sagte sie kopfschüttelnd und lächelte erneut.

In diesem Augenblick konnte Jim nur daran denken, dass es das hübscheste Lächeln war, das er je gesehen hatte. Erst Sekunden später, als ihre Worte zu seinem Verstand vorgedrungen waren, lachte er ebenfalls. Sie hatte recht. Die Situation war tatsächlich höchst eigenartig. Doch von einem Moment auf den nächsten wurde Sara wieder ernst.

»Ich hoffe, Gibbon und Bessie sind in Sicherheit.« Ihre Finger, die die Flasche zum Mund führten, zitterten. Jim schwieg. Ihm fiel nichts ein, das er ihr sagen konnte, um ihre Sorge zu lindern.

Inzwischen machte sich der Alkohol in seinem Blut deutlicher bemerkbar. Ihm war heiß. Und langsam begann sich das Zimmer um ihn herum zu bewegen. Sollten sie diese Nacht überstehen, würde es ihm morgen früh vielleicht so schlecht gehen, dass er sich wünschte, die Welt wäre tatsächlich untergegangen. Sara rechnete zweifellos mit dem Allerschlimmsten. Sonst würde sie sicher nicht so viel trinken, und sie hätte es auch nicht so eilig, diese Pralinen aufzuessen, die sie wohl schon eine Weile wie einen kleinen Schatz hütete und von denen sie sich ganz offensichtlich nur selten ein Stück gegönnt hatte. Es rührte ihn, dass sie sie mit ihm teilte.

Nach einer Stunde legte sich der Sturm ebenso schnell, wie er gekommen war. Das Gewitter war weiter-gezogen und der Regen hatte nachgelassen. Jim stand am Fenster und sah nach draußen. Dort war es stockfinster. Die Straßenlaternen, die die Hauptstraße säumten, waren ausgefallen. Der Strom schien in einem Großteil der Stadt nicht mehr zu funktionieren. Fast hatte es den Anschein, als wäre dieses Gebäude das einzige, das der Sturm übrig gelassen hatte. Jim blickte über seine Schulter zu Sara. Vor ein paar Minuten war sie eingenickt und schien nun fest zu schlafen. Er hatte ihr vorsichtig die Flasche aus der Hand genommen und eine Decke über sie gelegt. Auch er war müde. Und er fror. Die Wärme, die ihm der Wein beschert hatte, war viel zu schnell aus seinem Körper gewichen und hatte einer unangenehmen Kälte Platz gemacht.

## 22

Sara schlug die Augen auf. Der Boden unter ihr war hart und kalt. Sie blinzelte benommen und brauchte ein paar Sekunden, bis sie wusste, dass die Wand vor ihr zu ihrem Wohnzimmer gehörte. Ihr Blick huschte zum Fenster. Draußen war es stockdunkel. Das Pfeifen des Windes klang wie das Heulen einer Schar hungriger Wölfe, aber der Sturm schien vorüber zu sein. Fröstelnd zog sie die Decke höher. Sie hatte nicht mitbekommen, wie Jim sie zugedeckt hatte. *Wo war er hin?* Innerhalb ihres Sichtfelds konnte sie ihn nicht entdecken, also lauschte sie, um auszumachen, ob er sich noch im Zimmer aufhielt. War er auf das Sofa ausgewichen? Doch abgesehen vom Geräusch des Windes konnte Sara nichts hören.

Trotz der Decke hatte die Kälte des Bodens ihre Glieder taub gemacht. Vorsichtig bewegte sie die Beine. Als sie sich langsam aufrichtete, überkam sie ein heftiges Schwindelgefühl. Sie suchte Halt an der Lehne, bis es nachließ. Trotzdem hörte das Zimmer nicht auf, sich um sie zu drehen. Kein Wunder, sie hatte ziemlich viel Wein getrunken.

Das Sofa war leer. Also war Jim wohl doch zurück hinter den Schrank gekrochen. Sara konnte es ihm nicht verübeln. In seinem Versteck war das Heulen des Windes bestimmt kaum zu hören und er hatte die Chance, diese Nacht noch etwas Ruhe zu finden. Sie sah zur Uhr. Die Erkenntnis, dass es erst kurz nach drei war, überraschte sie. Lange hatte sie demnach nicht geschlafen, auch wenn sich ihr steifer Körper anfühlte, als hätte sie die ganze Nacht auf dem Boden gehockt. Sie sehnte sich nach einem heißen Schaumbad. Um diese Zeit war es zwar ungewiss, ob überhaupt noch ein paar Liter warmes Wasser aus der Leitung kamen, aber vielleicht hatte sie Glück. So leise wie möglich öffnete sie die Wohnzimmertür. Im Flur war es dunkel und still. Sara war schwindelig, als sie am Schrank vorbei in Richtung Bad schlich. Wie viel hatte Jim in dieser Nacht eigentlich getrunken? Sie erinnerte sich vage daran, sein Glas mehrfach aufgefüllt zu haben. Wahrscheinlich war es völlig unnötig, zu schleichen, um ihn nicht zu wecken. Bestimmt schlief er gerade so fest wie nie zuvor in seinem Leben und würde es nicht einmal mitkriegen, wenn sie laut singend den Flur entlang stampfte. Doch dann sah sie, dass im Bad Licht brannte. Den Blick auf den schmalen Lichtstreifen gerichtet, der unter dem Türspalt hindurchschien, lauschte sie. Sie zögerte einen Moment, spielte mit dem Gedanken, umzukehren und in ein paar Minuten wiederzukommen. Aber dann klopfte sie doch an die Tür. Keine Antwort. Sofort regte sich ein ungutes Gefühl in Sara. Was, wenn es ihm nicht gut ging? Was, wenn der Wein ihm Schaden zugefügt hatte? Das Alkoholverbot für Vyncent-Ones existierte womöglich doch aus gutem Grund! Wieder einmal verfluchte sie sich selbst dafür, viel zu wenig über VyOs zu wissen. In ihrer Panik schoss ihr ein schrecklicher Gedanke durch den Kopf. Was, wenn er ins Koma gefallen war und auf der anderen Seite der

Tür gerade ums Überleben kämpfte? Andererseits hätte Jim sicher nicht so viel getrunken, wenn Alkohol tatsächlich derart riskant für ihn wäre. Es sei denn, ihr dämliches Ende-der-Welt-Gerede hatte ihn so beeinflusst, dass er sämtliche Bedenken über Bord geworfen und die Gefahr einer Selbstzerstörung in Kauf genommen hatte. Sara rieb sich die Stirn und versuchte, sich zu beruhigen. Sicher war alles in Ordnung. Sie atmete tief durch und klopfte erneut. Diesmal lauter, fünf oder sechs Mal, und mit jedem Schlag wurde sie panischer. Sie hielt die Luft an, lauschte für ein paar Sekunden, die ihr wie eine Ewigkeit vorkamen, doch Jim antwortete noch immer nicht. Womöglich hatte er sich auf dem Badvorleger zusammengerollt und schlief seinen Rausch aus? Aber der Gedanke beruhigte sie kein bisschen. Sie rüttelte an der Klinke. Sara wusste, dass es möglich war, das marode, ausgeleierte Schloss zu bezwingen. Man musste nur Gewalt anwenden. Erst vor ein paar Wochen war es Gibbon gewesen, der sich mit irgendeinem selbstgebrannten Schnaps betrunken und dann in ihrem Bad das Bewusstsein verloren hatte. Noch einmal stemmte sie sich mit ganzer Kraft gegen die Tür und drückte gleichzeitig die Klinke herunter. Sie ignorierte das Schwindelgefühl und ihre schmerzende Schulter und setzte zu einem weiteren Versuch an. Endlich sprang die Tür auf.

Zuerst erblickte Sara seine Kleidungsstücke auf dem Boden. Dann sah sie Jim. Er lag in der Badewanne und rieb sich benommen die Augen, als wäre er eben aus dem Tiefschlaf erwacht. Die Wanne war fast bis zum Rand mit Wasser gefüllt. Weiße Schaumblasen bedeckten die Oberfläche. Nur Jims Kopf, seine Schultern und die Knie ragten aus dem Wasser.

Saras Erleichterung darüber, dass er offensichtlich nicht tot war, schlug innerhalb einer Sekunde in Wut um. »Was soll der Mist?«, herrschte sie ihn an. Das Zittern ihres Körpers hatte ihre Stimme beben lassen.

Jim machte ein Gesicht, als wüsste er nicht, was los war. Erst als Sara ein paar Schritte auf ihn zu ging und dabei auf seine Kleidung trat, wurde sie sich der Tatsache bewusst, dass er nackt war. Doch die Wut in ihr ließ es nicht zu, sich einfach von ihm abzuwenden, um schnellstmöglich das Bad zu verlassen. »Du willst mich unbedingt in Schwierigkeiten bringen, was?«

Verwirrt blickte er an sich hinab, als versuchte er noch, sich daran zu erinnern, wie er in die Wanne gekommen war.

Sara stöhnte genervt auf. »Wenn du nun im Schlaf ertrunken wärst! Wie hätte ich der Polizei erklären sollen, dass ein toter Vyncent-One in meiner Badewanne schwimmt?«

»Es geht mir gut. Ich war nur für einen Moment weggetreten.«

Doch Sara hörte kaum, was er sagte. »Mir ist das eindeutig zu viel Aufregung mit dir!«, fuhr sie ihn an. Sie war zu laut. Wenn um drei Uhr nachts irgendwer im Treppenhaus herumlungerte, konnte er sie womöglich hören. Sie dämpfte ihre Stimme und schimpfte weiter.

»Du platzt einfach in mein Leben und ich soll mit allem klarkommen!« Sie rieb sich mit der Hand über die heiße Stirn.

»Ich weiß ... Ich packe meine Sachen und gehe«, hörte sie ihn sagen. Sie machte noch einen Schritt auf die Wanne zu und stemmte die Hände in die Hüften.

»Hast du einen Kurzschluss erlitten? Dann könntest du dich auch gleich der Polizei stellen. Du bleibst hier.«

Jim wirkte irritiert. Sara konnte es ihm nicht verübeln. Ihr war klar, dass sie endlich aus diesem Bad verschwinden sollte. Sie hatte sich davon überzeugt, dass er am Leben war. Jetzt war der Moment gekommen, ihn wieder allein zu lassen. Aber andererseits ... Sie ballte ihre kalten Finger zu Fäusten. Das war *ihr* Bad! Und das war *ihr* warmes Badewasser, das sie so dringend gewollt hatte.

Ohne zuvor auch nur eine Sekunde über ihr Handeln nachgedacht zu haben, hob sie ein Bein und tauchte es ins Wasser. Automatisch zog Jim seine Knie enger an den Körper. Gleichzeitig starrte er Sara verwundert an, was sie mit einer gewissen Genugtuung registrierte. Damit hatte er nicht gerechnet. Sie zog das zweite Bein hinterher und ließ sich ins Wasser sinken. Der Wasserspiegel stieg um ein paar Zentimeter an, sodass ein Teil der Flüssigkeit über den Rand schwappte. Sara ignorierte das. Die Wärme, die ihren Körper umfing, ließ sie wohlig aufseufzen. Noch war es Jim nicht gelungen, die Verwunderung aus seiner

Miene zu verdrängen. Sara zupfte sich einen imaginären Fussel von der Schulter, als wäre es das Normalste der Welt, mit Kleidung zu einem Fremden in die Badewanne zu steigen. Sie bemerkte ein kurzes Lächeln, das über Jims Lippen huschte. Fand er das etwa lustig?

Sara schwirrte der Kopf. Was tat sie hier? Er musste sie ja für geisteskrank halten. Trotzdem, sie staunte über sich. Hätte man ihr vor ein paar Tagen erzählt, dass sie einmal zu einem nackten Vyncent-One in die Wanne steigen würde, hätte sie diese Person für verrückt erklärt. Aber nun hatte sie den Eindruck, selbst verrückt geworden zu sein. Auf jeden Fall konnte sie diese dumme Aktion jetzt nicht mehr rückgängig machen. Sie konnte nur noch versuchen, irgendwie ihr Gesicht zu wahren.

Jim war stumm. Er schien abzuwarten, was als Nächstes passieren würde. Sara lehnte sich mit dem Rücken gegen das Wannenbecken und sah ihn mit einer Miene an, die ihm Überlegenheit und Selbstvertrauen signalisieren sollte. Die Wärme des Wassers sorgte dafür, dass ihre Anspannung sich ein wenig legte. Sie spürte ein wohliges Kribbeln in ihren Fingern und in den Beinen, als wären sie halb erfroren gewesen und tauten nun langsam wieder auf. Das Kribbeln breitete sich über ihren gesamten Körper aus.

Auf einmal war sie unfassbar müde. Am liebsten wollte sie den Kopf zurücklehnen, die Augen schließen und sich dem angenehmen Gefühl hingeben. Um sich davon abzuhalten, lenkte sie ihre Konzentration wieder auf Jim. Fahrig bewegten sich seine nassen Finger über den Badewannenrand, glitten über das Stück Seife und schließlich über den ziegelsteingroßen Schwamm. Dann nahm er den wie einen Schneemann geformten Flaschenöffner, der seit mindestens einem Jahr dort lag und bereits Rost angesetzt hatte. Er betrachtete ihn, bevor er ihn vorsichtig zurücklegte. »Du hast eine Schwäche für ausgefallene Gegenstände, genau wie June«, stellte er fest. Dabei schien er sich nicht darüber zu wundern, was ein Flaschenöffner in ihrem Badezimmer verloren hatte. Anscheinend hatte er nur etwas sagen wollen, um das Schweigen zwischen ihnen zu beenden, das die ohnehin peinliche Situation noch schlimmer machte.

»Der ausgefallenste Gegenstand, den June sich je zugelegt hat, bist du, nehme ich an.« Kaum waren die Worte über ihre Lippen gekommen, bereute Sara sie. Auch wenn sie nicht verstand, wie man Vyncent-Ones und Menschen gleichsetzen konnte, wie June es getan hatte, hielt sie Jim inzwischen keineswegs mehr für einen leblosen Gegenstand. Aber genau so hatte ihr dummer Spruch eben geklungen. Sie wich Jims Blick aus, presste die Lippen aufeinander und hoffte, dass er ihre Äußerung nicht ernst nahm. Sie fixierte seine Knie und zog ihre Beine an den Körper, um nicht Gefahr zu laufen, ihn zu berühren. Bisher hatte sie immer gefunden, dass die Badewanne viel zu groß war. So groß, dass ein Schaumbad jedes Mal einen enormen Wasserverbrauch bedeutete. Aber nun hatte sie das Gefühl, mit diesem *Mann* in einer Nussschale gefangen zu sein. Sie holte Luft und suchte nach einem Gesprächsthema, das nüchtern genug war, um die höchst seltsame Situation weniger eigenartig zu machen.

»Hast du gewusst, dass June ein hölzernes Ruderboot hatte?«, kam Jim ihr zuvor. Erleichtert, dass er ihr wegen des Spruchs von eben offenbar nicht böse war, schüttelte sie den Kopf.

»Sie hatte das Boot gegen einen Sack Haferflocken getauscht. Die Familie stand kurz vor dem Verhungern und besaß nichts mehr, das sie tauschen konnte. Nur dieses löchrige Boot. June hatte überhaupt keine Verwendung dafür, aber sie hat sich dennoch auf den Handel eingelassen, weil diese Menschen noch schlimmer dran waren als wir.«

Sara nickte. Sie sah das Gesicht ihrer Tante vor sich. Die wilden, rostbraunen Locken, die leuchtend grünen Augen, ihr strahlendes Lachen.

»Wie war es, mit ihr zu leben? Sie war chaotisch, oder?«, fragte sie zögerlich.

Jim lächelte, doch gleichzeitig wirkte er auf einmal tieftraurig. »Ich hatte es gut bei ihr.«

Sara hätte gern mehr erfahren. Sie hätte gern ein paar Geschichten über June gehört. Darüber, wie ihr Leben während der letzten zwei Jahre ausgesehen hatte. Ob sie glücklich gewesen war oder ob die Angst sie mürbe gemacht hatte. Sara vermisste June. Natürlich war sie auch neugierig, was die Beziehung zwischen den beiden betraf. War es eine echte Liebesbeziehung gewesen?

»June hat dich wie einen richtigen Menschen behandelt?« Auch diese Frage hinterließ einen bitteren Geschmack auf Saras Zunge. *Wie einen richtigen Menschen ...* Sie stand eindeutig noch immer unter dem Einfluss des Alkohols. Dieses Teufelszeug war schuld daran, dass sie anscheinend nicht mehr nachdachte, bevor sie den Mund aufmachte ... oder bevor sie dumme Dinge tat.

»June war ...« Jim zögerte. »Ich hab ihr viel zu verdanken«, antwortete er dann ausweichend.

Sara hoffte, er würde weitersprechen. June war ein Freigeist gewesen und hatte sich fast immer der gängigen Meinung widersetzt. Und bis eben war Sara fest davon überzeugt gewesen, dass sie Jim als einen hundertprozentigen Menschen betrachtet hatte. Als ihresgleichen. Aber jetzt regten sich Zweifel. Trotzdem beschloss sie, Jim nicht weiter zu drängen. Junes Tod ... Das alles war noch zu nah. Sie musste ihm Zeit geben, etwas Abstand zu gewinnen. Vielleicht redete er irgendwann von sich aus.

Als sie sicher war, er würde nichts mehr sagen, räusperte er sich. Er schien nach den richtigen Worten zu suchen. »Sie war der einzige Mensch in meinem Leben, verstehst du?«

Sara nickte. Der Schmerz in seinen Augen versetzte ihr einen Stich. Ihr ging durch den Kopf, dass er das traurigste Wesen auf der Welt sein musste. Der einzige Mensch, dem er je vertraut hatte, hatte ihn einer ungewissen Zukunft überlassen. Der Gedanke, dass nun alles von *ihr* abhing, schnürte Sara die Kehle zu.

Plötzlich erlosch das Licht. Von einem Moment auf den nächsten war es pechschwarz um sie herum. Für Sekunden war Sara wie gelähmt und es war so still, als hätte Jim genau wie sie das Atmen eingestellt.

»Ich geh dann mal.« Es war ihr gelungen, einigermaßen ruhig zu klingen. Dabei wollte sie jetzt nur noch verschwinden. Die Dunkelheit erschien ihr wie eine glückliche Fügung und sie hoffte, dass der Stromausfall lange genug dauerte, damit sie Gelegenheit hatte, dieser Situation zu entfliehen. Sie erhob sich aus dem Wasser und stieg unbeholfen aus der Wanne. Blind tappte sie über den Boden und tastete nach der Türklinke.

Das Licht war nach ein paar Minuten zurückgekehrt. In eine Decke gehüllt wartete Sara im Wohnzimmer, bis sie Jim aus dem Bad kommen hörte. Als sie sicher war, dass er sich hinter dem Schrank befand, warf sie die Decke von sich, griff den Stapel trockener Sachen, die sie sich zurechtgelegt hatte, und huschte zurück ins Bad. Die Wanne war leer und auch Jims Kleider lagen nicht mehr auf dem Boden. Die Pfützen hatte er weggewischt. Abgesehen von der hohen Luftfeuchtigkeit und dem Geruch des Badezusatzes deutete nichts mehr darauf hin, was hier eben passiert war. Die Erinnerung daran verursachte ein unangenehmes Ziehen in Saras Magengegend. Sie hatte heute Abend eine ziemliche Show abgezogen! Sie schüttelte den Kopf über ihr absurdes Verhalten und begann, sich das feucht auf ihrer Haut klebende Kleid auszuziehen. Sie hielt kurz inne, um sich zu versichern, dass sie die Tür abgeschlossen hatte. Nach ihrer Einbruchsaktion war die Verriegelung nun noch wackliger als zuvor. Zum Glück war das Schloss nicht vollends kaputt gegangen. Nachdem Sara komplett ausgezogen war, stieg sie in die Wanne. Sie wollte das, was sie vorhin begonnen hatte, zu Ende bringen. Wie befürchtet war das Wasser, das nun aus der Leitung floss, deutlich kühler. Sie presste die Lippen aufeinander, während sie sich tapfer abduschte und die Haare wusch. Dann trocknete sie sich eilig ab und schlüpfte in den warmen Wollpullover. Die nassen Kleider wrang sie aus und hängte sie über die Wäscheleine.

Wie spät mochte es wohl sein? Die Sonne musste demnächst aufgehen. Obwohl Sara in dieser Nacht, wie schon in den Nächten davor, kaum geschlafen hatte, war sie jetzt kein bisschen müde. Vielleicht lag es an der kalten Dusche. Vielleicht auch an der Aufregung.

Sie blickte in den Spiegel. Ihr blasses Gesicht erinnerte sie an ihr kindliches Ich. Ungeschminkt und mit den feuchten Haaren sah sie aus wie damals, als sie zwölf oder dreizehn gewesen war. Und irgendwie passte dieses Gesicht zu ihrem kindischen Verhalten von heute Nacht.

Sie entriegelte die Tür, öffnete sie einen Spalt und rief nach Jim. Es dauerte keine fünf Sekunden, bis er vor ihr stand.

## 23

Jetzt, wo Saras Haare nass waren, verdeckten sie die Brandwunde auf ihrer Wange nicht mehr vollständig. Jim fand, dass die Schwellung inzwischen etwas nachgelassen hatte, aber die Rötung war ebenso intensiv wie Stunden zuvor.

Weil Sara merkte, dass er die Verletzung musterte, schob sie sich die Haare weiter ins Gesicht. »Das heilt wieder«, sagte sie mit gespielter Gleichmütigkeit. Jim war trotzdem sicher, dass die Schmerzen noch immer heftig waren.

»Und wie geht es deiner Schulter?« Er sah ein kurzes Aufflackern in ihrem Blick. Etwas, das ihm zeigte, dass ihr die Frage nicht gefiel. Aber dann zerrte sie am Ausschnitt ihres Shirts und entblößte die Schulter. Jim erschrak. Auf ihrer blassen Haut zeichneten sich die Hämatome deutlich sichtbar blau-violett ab. Doch das, was Jim erschaudern ließ, war die Form, in der die Blutergüsse angeordnet waren. „Du bist ... gebissen worden." Entsetzt und ungläubig starrte er auf die Verletzung.

„Ein Obdachloser. Er ist aus dem Nichts aufgetaucht und hat mich angegriffen. Aber ich konnte mich losreißen. Glück gehabt", sagte Sara, als wäre es keine große Sache.

»Tut es noch weh?«, fragte Jim, nachdem er zu seiner Sprache zurückgefunden hatte.

Sie zog ihr Shirt wieder zurecht. »Kaum.«

Vermutlich war auch das eine Untertreibung. Jim

sah sie besorgt an. Er hatte einmal irgendwo gelesen, dass Bisswunden, verursacht von einem Menschen, ebenso gefährlich sein konnten wie Tierbisse. Was, wenn es sich entzündete? Was, wenn Sara eine Blutvergiftung bekam?

Sie wandte sich dem Spiegel zu und betrachtete sich seufzend. »Es ist seltsam. In den letzten Tagen ist so viel passiert. Dinge, von denen ich nie gedacht hätte, sie aushalten zu können. Doch jetzt stehe ich hier, frisch gebadet, bin ein wenig angetrunken und trage meinen Lieblingspulli. Ich bin immer noch da, verstehst du, was ich meine?«

Jim nickte.

Die Sara im Spiegel sah ihm in die Augen. »Kannst du mir mal helfen?« Sie holte eine Schere aus der obersten Schublade des Schränkchens und streckte sie ihm entgegen. Verwirrt nahm Jim sie an sich. »Du möchtest, dass ich dir die Haare schneide?«

Sara positionierte sich wieder vor dem Spiegel und hielt sich am Waschbeckenrand fest. »Ja, fang an.«

Weil er sich nicht rührte, stöhnte sie auf. »Sei kreativ! Du kannst mit meinen Haaren anstellen, was du willst. Überrasch mich«, forderte sie ihn auf.

Jim sah das Blitzen in ihren Augen. Anscheinend meinte sie es ernst. »Ich bin ... dafür nicht ausgebildet«, stammelte er.

»Macht nichts«, rief sie. »Leg los!«

Für ein paar Sekunden betrachtete Jim Saras Haar. Weil es feucht war, wirkte es glatter. Lediglich die Spitzen kringelten sich leicht.

»Eigentlich finde ich es schön, wie es ist.«

Sara lachte. »Blödsinn. Mach einfach *irgendwas*. Bitte!«

Jim seufzte resigniert. »Gut. Kannst du dich zu mir drehen?«

Als sie dicht vor ihm stand, wurde ihm bewusst, dass er ihr nie zuvor so nahegekommen war. Und wenn, war sie sofort zurückgewichen oder hatte ihn weggestoßen. Kurz blieb sein Blick auf ihrer Wange hängen, dort, wo unter einer dunklen Strähne die Brandwunde hervorschien. Um Sara nicht wieder wütend zu machen, zwang er sich, nicht länger dorthin zu starren.

Behutsam strich er ihr den Pony aus dem Gesicht.

»Nun mach schon«, drängte sie erneut. Er sah die Entschlossenheit in ihren Augen. Und er sah Angst, Verzweiflung, Hoffnung und Stärke – all die Gefühle, die sie vor ihm zu verbergen versuchte. Jim fühlte sich auf eine seltsame Weise mit dem Mädchen verbunden, wenn er ihr in die Augen sah. Und es waren wunderschöne Augen. Wunderschöne Augen, die viel zu oft hinter den Haarsträhnen verborgen blieben. Er begann, ihren Pony glattzustreichen. Als sich seine Fingerspitzen seitwärts bewegten und sich ihrer Schläfe näherten, zuckte Sara zurück. Sofort ließ Jim die Hand sinken. »Tut es sehr weh?«, fragte er besorgt. Was für eine dämliche Frage ... Natürlich tat es weh.

Aber Sara winkte ab. »Es ist nicht schlimm. Ich sagte doch, ich merke es nur, wenn ich dagegen stoße«, behauptete sie. Er sah ihr an, dass sie gelogen hatte.

»Du bist hart im Nehmen«, antwortete er leise. Es brachte sie zum Lächeln.

»Jammern bringt nichts. Und Mitleid hilft mir auch nicht.«

Da war das Zittern in ihrer Stimme. Es tat ihm weh, wie dieses Mädchen mit aller Kraft versuchte, stark zu sein.

»Die Welt geht anscheinend den Bach runter. Die Menschen verlieren nach und nach ihren Mut und dann ihren Verstand. Ich gebe mir Mühe, nicht an alldem zu verzweifeln. Ich spiele mir selbst die Tapfere vor, weil es mir hilft, tatsächlich tapfer zu sein. Ich weiß nicht, ob das für dich einen Sinn ergibt?« Sie sah ihn fragend an. Ihr Mund lächelte ganz leicht, während ihre großen Augen unendlich traurig wirkten.

Jim nickte langsam. Und dann tat er etwas, das ihn selbst überraschte. Er legte die Schere auf den Waschbeckenrand und umarmte Sara.

Er hatte sie damit überrumpelt. Er spürte, wie sich ihr Körper versteifte. Trotzdem versuchte sie nicht, sich aus seiner Umarmung zu befreien. Ganz allmählich entspannten sich ihre Muskeln. Sie atmete aus. Jim fühlte ihre Hände leicht auf seinem Rücken. Für ein paar Sekunden verharrten sie auf diese Weise, bis Sara ihn sanft, aber bestimmt von sich schob. Jim löste sich von ihr. Weil sie verlegen wirkte und seinem Blick auswich, nahm er schnell wieder die Schere in die Hand und räusperte sich.

Noch einmal strich er über ihren Pony, doch diesmal achtete er darauf, der Verletzung nicht zu nahe zu kommen. Sara schloss die Augen. Sie vertraute ihm. Behutsam setzte Jim die Schere an. Sara zuckte ein bisschen, als das kalte Metall ihre Stirn berührte. Vorsichtig machte er den ersten Schnitt, dann einen weiteren. Er bemühte sich, etwas fransig zu schneiden, denn ein gerader, akkurater Pony hätte nicht zu ihr gepasst. Zwischendurch trat er einen Schritt zurück und betrachtete sein Werk. Weiche Wellen umspielten ihr blasses Gesicht, das zum ersten Mal nicht hinter Haarsträhnen verborgen war. Je länger Jim Sara ansah, desto schöner fand er sie. Warum war ihm das bisher nicht aufgefallen? Sein Blick glitt über die zarte Linie ihrer Wangenknochen zu ihren leicht geschwungenen Lippen. Sein Herz klopfte und er fühlte sich eigenartig ... Er schob es darauf, dass dies für ihn eine ganz ungewohnte Situation war ... menschliche Nähe. Die Nähe zu jemandem, der nicht June war.

Saras Schmunzeln lenkte ihn ab. »Du machst vielleicht eine Wissenschaft daraus«, sagte sie. »Du solltest deinen hochkonzentrierten Gesichtsausdruck sehen.«

Wahrscheinlich ging ihr das alles nicht schnell genug. Sicher hoffte sie, dass sich die Situation nicht in die Länge zog. Aber Jim wollte sich nicht drängen lassen. Es war ihm wichtig, sich Mühe zu geben. Leise seufzend schloss Sara wieder die Augen. Jims Blick glitt zu ihren zarten Wimpern, die leicht zitterten. Er verfehlte die Haarsträhne, die er angepeilt hatte, um ein paar Millimeter. Sein Puls raste und noch während er sich über diese heftige Körperreaktion wunderte, merkte er, wie heiß ihm war. Er atmete tief ein, um sich zu beruhigen. Saras Duft ... Sie roch so gut.

Schnell legte er die Schere beiseite und schob die Fäuste in die Hosentaschen. »Fertig.«

Sofort fuhr Sara herum, betrachtete sich im Spiegel und machte ein enttäuschtes Gesicht, als sie das Ergebnis sah. »Das ist alles? Du hast ja nur den Pony gekürzt. Ich hatte gehofft, dass du etwas mutiger an die Sache herangehst ... aber trotzdem danke.«

Jim nickte, erleichtert darüber, dass sie nicht von ihm verlangte, weiterzumachen. Außerdem würde sie es morgen vielleicht bereuen, wenn sie heute, ermutigt vom Alkohol, allzu wilde Entscheidungen über ihre Frisur traf. Das Kürzen ihres Ponys war ein guter Kompromiss, fand Jim. Und auch wenn Sara es nicht zugeben wollte, war die Veränderung deutlich erkennbar.

Sie wuschelte sich durchs Haar. Dann zupfte sie an den Ponyfransen herum, als versuchte sie, sie wie gewohnt über ihre Augen zu ziehen. Doch dafür waren die Strähnen nun zu kurz.

»Vielleicht schneidest du mir demnächst auch mal die Haare«, sagte Jim so beiläufig wie möglich, und allein die Vorstellung, dass sich diese Situation schon bald wiederholen könnte, sorgte für ein Kribbeln in seinem Bauch.

Sara starrte ihn mit großen Augen an. »Aber ...

funktioniert das denn? Ich meine, wächst dein Haar nach, wenn man es schneidet?«

»Was?«, entgegnete Jim irritiert. Glaubte sie tatsächlich, dass sein Haar nicht wuchs? Glaubte sie, er wäre so, wie er jetzt vor ihr stand, erschaffen worden und dass sich sein Körper, ähnlich dem einer Puppe, niemals veränderte? Als er das Zucken ihres Mundwinkels sah, wusste er, sie hatte ihn nur aufgezogen. Weil er wohl noch immer ein dummes Gesicht machte, konnte sie sich ein Lachen nicht verkneifen. Zum ersten Mal sah er sie lachen. Und es war noch schöner, als er es sich vorgestellt hatte.

## 24

Unruhig lief Jim im Wohnzimmer auf und ab. Seit er Sara im Bad alleingelassen hatte, waren erst ein paar Minuten vergangen, und doch verspürte er etwas tief in seinem Inneren, das sich wie Sehnsucht anfühlte. Was war nur los mit ihm? Vermisste er Sara, weil sie in getrennten Zimmern waren? Vielleicht reagierte er nur so, weil er erleichtert darüber war, dass sie langsam ein wenig Vertrauen zu ihm zu fassen schien. Eben im Bad hatte sie ihn ein paar Mal angesehen wie einen Menschen. Es hatte sogar Wärme und Mitgefühl in ihrem Blick gelegen. Oder bildete er sich das ein, weil er es sich so sehr wünschte? War es unsinnig, zu glauben, dass sie sich ihm annäherte? Vielleicht war es tatsächlich unsinnig! So unsinnig wie dieses fremdartige schmerzhaft brennende Sehnsuchtsgefühl. Wahrscheinlich hatte die ganze Aufregung einen Defekt in ihm verursacht. Deshalb konnte er jetzt keinen klaren Gedanken mehr fassen. Keinen Gedanken, der Sara nicht einschloss ... Jim trat ans Fenster, doch statt in der Finsternis da draußen irgendetwas zu erkennen, sah er nur sein eigenes undeutliches Spiegelbild, das so verzerrt und bizarr wirkte, wie er sich gerade fühlte. Er wünschte sich, Sara würde ins Zimmer kommen, und gleichzeitig fürchtete sich davor. Er atmete tief ein, aber seine Kehle war wie zugeschnürt. Er atmete schneller, saugte Luft in seine Lungen, doch das verstärkte sein Gefühl, ersticken zu müssen, nur noch mehr. In einem Anflug von Panik riss er das Fenster auf und beugte sich weit hinaus. Ein scharfer Windzug fegte ins Zimmer. Hinter sich hörte Jim Papierseiten rascheln. Vielleicht wirbelte der Luftzug die Zeitschriften vom Tisch, aber das nahm er kaum wahr. Die Kälte auf seiner Haut war angenehm. Erst jetzt wurde ihm bewusst, wie erhitzt sein Körper war.

War das eben eine Art Panikattacke gewesen? Wenn ja, wie schlimm musste sich Panik erst für einen richtigen Menschen anfühlen? Vyncent-Ones, so hieß es, hatten zwar die Fähigkeit, menschliche Gefühle zu imitieren, was mit der Zeit dazu führte, dass diese sich real anfühlten. Aber angeblich existierte die Gefühlswelt eines VyOs, verglichen mit der eines Menschen, nur in abgeschwächter Form. Jim zweifelte schon lange daran, dass das stimmte. Vielleicht hatten seine Entwickler bei ihm ja einen Fehler gemacht. Seine Empfindungen waren so stark. Die ewige Sorge um June, die Angst um sich selbst und vor dem, was ihn erwartete, wenn man ihn eines Tages erwischte. Die Zuneigung, die er für Sara empfand, obwohl er sie kaum kannte. Wenn all das nur schwache Schatten der Gefühle waren, die echte Menschen ertragen mussten, dann konnten sie ihm nur leidtun. Wie war es ihnen möglich, das auszuhalten?

»Verdammt, was machst du da?«

Jim fuhr herum und blickte in Saras entsetztes Gesicht. Ein Windstoß wehte ihr durchs halbtrockene Haar und entblößte das Brandmal. Sie kam auf ihn zu, stoppte auf halbem Weg, kehrte noch einmal zur Tür zurück und schaltete das Licht aus. Im Dunkel konnte er sie einen Moment lang nicht mehr sehen, doch plötzlich war sie bei ihm und drängte ihn grob beiseite. Sie schloss das Fenster und zerrte die Gardine vor. »Was fällt dir ein?«, herrschte sie ihn an. »Bist du nicht bei Verstand? Willst du um jeden Preis Aufmerksamkeit erregen?«

Jim zögerte. Ihm kam der hoffnungsvolle Gedanke, dass ihre Wut nur gespielt sein könnte. Im schwachen Licht versuchte er, ihre Gesichtszüge zu deuten. Sie sah eindeutig wütend aus.

»Ich denke nicht, dass mich jemand sehen konnte. Der Nebel«, startete Jim einen Erklärungsversuch. Sara verschwand für einen kurzen Moment hinter dem dicken Vorhangstoff, um sich selbst davon zu überzeugen, dass es neblig war. »Mag sein«, räumte sie ein. »Es ist trotzdem riskant, bei eingeschaltetem Licht am geöffneten Fenster zu stehen.«

»Es tut mir leid. Ich hab nicht nachgedacht. Ich hatte gerade ...«

»Du hattest *was*?«, unterbrach sie ihn.

»Das entsetzliche Gefühl, ersticken zu müssen. Ich bin in Panik geraten. Entschuldige ...« Jim fand, dass seine Worte unfassbar dämlich klangen. Sie musste ihn für einen Spinner halten, der ihr eine fadenscheinige Ausrede auftischte, um seine Dummheit zu rechtfertigen. Doch dann entspannten sich ihre Gesichtszüge.

»Schon gut. Ich kann mir vorstellen, wie dir zumute ist. Von der Gefahr, in der du schwebst und der

Trauer um June mal abgesehen ... Die enge Wohnung macht dir zu schaffen, hab ich recht? Du kommst dir eingesperrt vor.«

Jim schwieg. Mit ihrer Vermutung lag Sara ganz und gar nicht richtig, aber wie hätte er ihr den wahren Grund für sein Verhalten erklären sollen? Er konnte ihr nicht sagen, dass anscheinend *sie* es war, die das in ihm ausgelöst hatte. Also nickte er.

Sara presste die Lippen aufeinander. Sie sah ihn mit einer Mischung aus Hilflosigkeit und Bedauern an. »Geht es dir jetzt besser?«

»Ja, besser«, antwortete Jim etwas zu schnell. Zumindest war das Gefühl, ersticken zu müssen, vorüber. Aber sein Herz klopfte noch immer so hart, dass er jeden Schlag in seiner Brust spürte. Ihm war heiß und kalt zugleich. Er blickte hinab auf seine zittrigen Finger.

Als Sara einen Schritt auf ihn zumachte und plötzlich ganz nah vor ihm stand, hielt er die Luft an. Sie nahm seine Hände und umschloss sie fest.

Sara zog Jim in den Flur. Dort schlüpfte sie in ihren Mantel und in die Stiefel. »Es ist immer noch stürmisch. Besser, du ziehst dich warm an«, sagte sie und wickelte sich den langen Schal dreimal um den Hals. Dann durchwühlte sie die untere Kommodenschublade, fischte eine schwarze Wollmütze heraus und reichte sie Jim. Er wusste nicht, was sie vorhatte, aber er war entschlossen, sich darauf einzulassen. Also setzte er sich die Mütze auf, holte Jacke und Schuhe hinter dem Schrank hervor und zog sich ebenfalls an. Sara blickte mindestens eine halbe Minute lang durch den Spion. »Sicherheitshalber sollten wir das Licht da draußen nicht einschalten. Holst du die Taschenlampe?«

Wegen der Jacke hatte Jim etwas Mühe, sich durch den Zwischenraum hinter den Schrank zu zwängen. Er fand die Taschenlampe, kehrte zurück zu Sara und gab sie ihr. Sie öffnete vorsichtig die Tür, setzte einen Schritt ins Treppenhaus und lauschte, ob die Luft rein war. Dann bedeutete sie Jim, ihr zu folgen. Kaum hatten sie die Wohnungstür geschlossen, war es so dunkel, dass Jim nicht mehr die Hand vor Augen sehen konnte. Sara schaltete die Taschenlampe ein. »Pass auf, wohin du trittst«, flüsterte sie. »Hier liegt eine Menge Gerümpel herum. Versuch, nicht zu stolpern, und mach keinen Lärm.« Jim konzentrierte sich auf den Lichtschein und blieb dicht hinter Sara. Zu seiner Überraschung führte sie ihn nicht abwärts, sondern nach oben.

Die Treppe wurde schnell unwegsamer. Eine der Stufen war völlig zerstört, als hätte sich jemand mit einem schweren Gerät daran zu schaffen gemacht. Sara stieg darüber hinweg und Jim tat es ihr gleich. Wie sie prophezeit hatte, mussten sie auch immer wieder über herumliegenden Unrat hinwegsteigen. Anscheinend hatten es sich die Leute zur Gewohnheit gemacht, ihren Müll einfach hier abzustellen. Als sie zwei Stockwerke hinter sich gebracht hatten, waren sie ganz oben angekommen. Was wollte Sara hier bloß? Er vertraute ihr, doch mittlerweile hatte Jim ein ungutes Gefühl. Er betrachtete die beiden gegenüberliegenden Türen, die zu den Wohnungen führten. Wollte Sara einem ihrer Nachbarn einen Besuch abstatten? Mitten in der Nacht? Sie hatte nicht erwähnt, dass sie mit den Hausbewohnern Kontakt pflegte. Aber dann leuchtete sie auf eine an der Wand befestigten Leiter. Jims Blick folgte dem Lichtschein, der jetzt über die Leitersprossen hoch zur Decke wanderte. Dort war eine Luke eingelassen. Sara kletterte hinauf, öffnete sie und kroch schließlich durch die Öffnung. Für einen Moment verschwand sie aus Jims Sichtfeld. Ohne das Licht der Taschenlampe wurde es vollkommen finster um ihn. Dann tauchte Sara wieder auf und gab ihm ein Zeichen, ihr zu folgen. So lautlos wie möglich stieg er die wenigen Leitersprossen hinauf. Im Gegensatz zu Sara, die eben so problemlos durch die Luke geschlüpft war, musste er sich wegen seiner breiteren Schultern hindurchzwängen. Kaum war er im Freien, spürte er den scharfen Wind. Vor ein paar Stunden, als der Sturm über die Stadt hinweggefegt war, wäre es selbstmörderisch gewesen, hier heraufzukommen. Sara schloss die Luke wieder, dann wischte sie sich die Hände am Mantel ab und sah Jim erwartungsvoll an. Er schaute sich um. Die Überraschung war ihr zweifellos gelungen. Sie befanden sich auf dem Dach des Gebäudes, hoch über der Stadt. Am wolkenverhangenen Nachthimmel gab es weder Mond noch Sterne. Jim trat näher an den Rand des Daches, doch selbst die Silhouetten der umliegenden Häuser waren kaum zu erkennen. In einigen wenigen Fenstern brannte Licht, aber wegen des Nebels erschienen sie nur als diffuser Schimmer.

Sara beugte sich über das verrostete Eisengeländer. »Ich kann noch nicht einmal den Boden erkennen, so stark ist der Nebel. Schade ... Bei besseren Wetterverhältnissen ist die Aussicht ganz gut«, sagte sie entschuldigend.

»Es ist trotzdem toll. Die Luft, der Wind. Es riecht nach Freiheit«, antwortete Jim in einem Anflug von Euphorie. Für ihn war das hier keineswegs eine Enttäuschung.

Sara machte ein skeptisches Gesicht. »Das ist nicht der Geruch von Freiheit, mein Freund. Es stinkt nach den giftigen Dämpfen, die uns aus der Verbrennungsanlage entgegenwehen. Und es riecht, als sollte man besser nicht allzu tief durchatmen.«

Jim musste angesichts ihres trockenen Kommentars lachen, obwohl sie vermutlich recht hatte.

Ein heftiger Windstoß wirbelte durch ihr Haar. »Kommt dir diese Nacht nicht auch unfassbar lang vor? Es ist, als wollte es nie wieder Morgen werden«, meinte sie leise. »Wenn es hell wäre und nicht so neblig, könntest du da drüben das Kino sehen. Gibbon, ich und die anderen Kids waren früher fast täglich dort. Viel mehr konnte man in dieser Stadt noch nie unternehmen, weißt du? Und so haben wir uns dieselben Filme oft zwei oder drei Mal angesehen.«

Jim blickte in die Richtung, in die sie zeigte.

»Heute ist nicht mehr viel von dem Kino übrig. Die Klappstühle wurden herausgerissen und sind vermutlich als Feuerholz geendet. Auch die Holzbühne und der Bodenbelag wurden Stück für Stück auseinandergenommen. Sogar der riesige rote Samtvorhang ist geklaut worden. Ich stelle mir manchmal vor, dass der Stoff nachts ein paar Obdachlosen als Decke dient und sie vor dem Erfrieren bewahrt.«

Jim konnte das alte Kino beinahe vor sich sehen. Er sah auch Sara, einige Jahre jünger als heute, wie sie mit ihren Freunden am Popcornautomaten stand und sich auf die Vorstellung freute. Ihn erfasste eine seltsame Traurigkeit. Das Bedauern, Sara nicht schon eher kennengelernt zu haben. Vielleicht würde ihre gemeinsame Zeit nur von kurzer Dauer sein. Und vielleicht war das Ende bereits nah.

»Ein Stück weiter entfernt ist ein verwilderter Park. Da gibt es viele Möglichkeiten, sich zu verstecken, falls die Polizei aufkreuzt, deshalb floriert tagsüber der

Tauschhandel. Gibbon lungert häufig dort herum. Manchmal hat er Glück und macht ein gutes Geschäft, aber inzwischen ist es schwierig geworden. Wenn Dinge zum Tausch angeboten werden, wie Decken, Jacken oder Medikamente, kann man davon ausgehen, dass sie gestohlen worden sind.«

Sara trat auf der Stelle und zog den Mantel fester zusammen. Zweifellos fror sie. Trotzdem hoffte Jim, dass sie nicht gleich wieder gehen wollte.

»Was befindet sich dort?«, fragte er und zeigte wahllos in die Dunkelheit.

Ein Lächeln legte sich auf Saras Lippen. »Du meinst links vom Kino? Das ist der beste Platz in der ganzen Stadt, wenn du mich fragst.«

Jim sah sie an und wartete darauf, dass sie weitersprach.

»Eigentlich ist es nur ein kleiner Kinderspielplatz. Nichts Spektakuläres. Ein Klettergerüst, eine Rutsche, die kaputten Überreste eines Karussells. Niemand schickt seine Kinder heute noch vor die Tür zum Spielen, also hat sich die Natur diesen Ort zurückgeholt. Das passierte unfassbar schnell. Efeu, Moos und Gestrüpp überwuchern inzwischen alles. Sieht richtig mystisch aus. Vielleicht haben wir irgendwann die Chance, dass ich es dir zeigen kann.« Ihr Lächeln wich und plötzlich sah sie traurig aus, als hätte sie mit dem Aussprechen des letzten Satzes begriffen, dass diese Chance wohl niemals kommen würde. Jim würde wohl kaum eines Tages imstande sein, wie ein normaler Mensch durch die Welt zu gehen, ohne um sein Leben fürchten zu müssen. Sara zog sich den Schal höher, bis nur noch ihre Augen zu sehen waren.

»Weißt du, es ist gar nicht so toll, durch die Stadt zu spazieren. Selbst wenn wir zwei für ein paar Stunden unsichtbar wären und sicher sein könnten, von niemandem entdeckt zu werden.«

»Warum?«, wollte Jim wissen. Der Gedanke, eine Zeit lang unsichtbar zu sein und sich in Freiheit zu bewegen, gefiel ihm.

Sara seufzte. »Was du sehen würdest, würde dich nur runterziehen«, antwortete sie resigniert. »Die Zerstörung, der Dreck, die üblen Gerüche und all das Elend. Auf jeder verdammten Parkbank vegetiert ein Obdachloser dahin, eingehüllt in ein Stück Plane oder in feuchte Lumpen.«

»Unternimmt die KLPO nichts gegen das Obdachlosenproblem?«

Sara schüttelte den Kopf. »Anscheinend erfüllen die Obdachlosen für sie sogar einen gewissen Zweck. Abschreckung. Die Bürger der Stadt sollen sehen, was ihnen blüht, wenn sie nicht parieren. Die meisten der Obdachlosen sind mehr tot als lebendig und es ist ungewiss, wie viele von ihnen durch den Winter kommen werden. Aber da draußen laufen noch andere Gestalten herum ... und einige davon sind verdammt gefährlich. Sie hocken in irgendwelchen Ecken und warten nur darauf, dass jemand kommt, den sie überfallen können. Auf den Hauptstraßen ist man tagsüber relativ sicher, dank der Polizeipräsenz. Aber du solltest besser nicht vom Wege abweichen.«

Sara beugte sich noch einmal über das Geländer. »Die meisten der Monster da draußen waren früher einmal ganz normale Bürger. Sie haben ihre Wohnung verloren, weil das Haus, in dem sie lebten, zerstört wurde. Oder weil sie wegen eines Vergehens – oder aus reiner Willkür des Stadtamts – ihr Wohnrecht eingebüßt haben. Viele von ihnen hält es trotzdem in der Stadt. Sie durchwühlen die Abfälle oder stehlen. Und das vergiftete Wasser aus der Kanalisation und aus den Pfützen macht sie krank und bringt sie um den Verstand.«

Sie machte eine Pause und sah Jim kurz in die Augen, bevor sie weitersprach. »Was ich sagen will ... wenn man da rausgeht, sollte man besser *tatsächlich* unsichtbar sein. Es kann sonst sehr gefährlich werden.«

Jim nickte nachdenklich. Saras Hände umklammerten das Eisengeländer. Als er das Geländer ebenfalls berührte, spürte er schmerzhafte Kälte.

»Du frierst.«

Sie schüttelte energisch den Kopf, als fühlte sie sich durch seine Feststellung beleidigt. »Nein. *Du* frierst.«

Jim musste schmunzeln. Gab es eine Situation, in der sie nicht die Starke spielte? »Ein wenig ... Ich hätte jetzt schon ganz gern ein Stück von diesem roten Samtvorhang aus dem Kinosaal, um mich darin einzuwickeln«, gab er zu. Erleichtert sah er Sara lächeln.

Er schob seine Hand näher an ihre, bis sie sich beinahe berührten. Fast konnte er die Wärme spüren, die von dieser kleinen Hand ausging.

»Einmal war ich hier oben, als ein Gewitter aufzog«, sagte Sara. »Die Wolken sahen aus wie Ungeheuer, die auf mich zustürmten und immer größer wurden. Das Donnergrollen, der plötzlich einsetzende starke Regen und der Sturm waren beängstigend. Ich fühlte mich den Naturgewalten ausgeliefert. Ich wusste, es war sicherer, hineinzugehen, aber ich konnte den Blick nicht von diesem Himmel lassen, bis der Wind mich fast vom Dach geweht hat.«

Jim bewegte den kleinen Finger ein winziges Stück. Die Berührung war so flüchtig, dass Sara sie womöglich gar nicht mitbekommen hatte. Aber Jim hatte sie wahrgenommen. Ein Gefühl wie warme Elektrizität durchströmte seinen Körper. »Wie oft kommst du her?«, fragte er schnell, um die Unterhaltung nicht abbrechen zu lassen. Und weil er fürchtete, sie könnte merken, was mit ihm los war. Dabei wusste er es selbst nicht ...

»Von Zeit zu Zeit«, antwortete sie. Plötzlich veränderte sich ihr Gesichtsausdruck und sie wurde ernst. »Aber ... vielleicht war es dumm, mit dir herzukommen.« Sie löste sich vom Geländer und sah sich um, als rechnete sie damit, dass irgendjemand aus dem Nichts auftauchen und sie angreifen könnte.

»Es ist viel zu gefährlich«, murmelte sie.

Jim schob die Fäuste in die Jackentaschen. »Das Haus schläft. Kein Mensch weiß, dass wir hier sind. Niemand kann uns sehen. Ich bin froh, dass du mir den Ort gezeigt hast.«

Sara nestelte an ihrem Schal herum. Statt Jim

anzusehen, starrte sie auf seine Schuhe. »Ich finde es auch schön, mal nicht allein hier zu sein. Aber dieser Ausflug sollte eine einmalige Sache bleiben, verstehst du? Es ist einfach zu riskant.«

Jim nickte. Er wusste, sie hatte recht. Und er war bereit, ab morgen wieder vorsichtig zu sein. Doch heute war er glücklich, dass sie dieses Risiko eingegangen war. Aber dann dachte er daran, wie er sich vorhin nach dieser Panikattacke aufgeführt hatte. Er musste wie ein wildes Tier auf Sara gewirkt haben, das kurz davor war, in seinem Käfig durchzudrehen. Er hatte sie dazu gebracht, dieses Risiko einzugehen. Er musste sich zusammenreißen! Wenn sie durch seine Schuld in Schwierigkeiten geriet – noch größere Schwierigkeiten als die, in denen sie bereits steckte – würde er sich das niemals verzeihen.

## 26

Gleißendes Scheinwerferlicht blendete Jim. In seinem Bauch steckten zwei Messer. Sie steckten tief, durchbohrten seinen Körper. Auf seinem weißen Shirt wuchs rasend schnell ein Blutfleck. Der Schmerz nahm ihm beinahe das Bewusstsein. Er stieß einen lautlosen Schrei aus. Die Beine gaben unter ihm nach, aber er fiel nicht. Man hatte ihn aufrecht stehend an einem Gitter fixiert. Ein paar Meter vor ihm stand eine Kamera, die auf ihn gerichtet war, und das rote Lämpchen zeigte an, dass er live auf Sendung war.

Plötzlich tauchte eine Flamme vor seinen Augen auf. Ein Mann in grauer Uniform hielt die Fackel dicht vor sein Gesicht. Jim presste vergeblich den Kopf gegen das Gitter. Er schrie, aber noch immer drang kein Laut aus seiner Kehle. Der Mann bückte sich und setzte Jims Hose in Brand. Die Flammen fraßen sich rasend schnell an seinen Beinen hinauf, verbrannten sein Fleisch. Jim zerrte an den Fesseln, hämmerte mit seinem Schädel gegen das Gitter und riss den Kopf zur Seite.

Als er Sara sah, waren die Qualen für einen Augenblick verschwunden. Sie war direkt neben ihm! Wie ihn hatte man sie an das Gitter gefesselt. Das letzte, was er wahrnahm, waren ihr durchdringender Schrei und ihre von schier unerträglichen Schmerzen weit aufgerissenen Augen, die ihn anstarrten.

Keuchend fuhr Jim aus dem Schlaf hoch. Panisch tastete er seinen Bauch ab, doch die Messer waren verschwunden. Er zerrte den Stoff des Pullovers beiseite, rieb hektisch mit der Handfläche über die Haut und hielt die Nässe im ersten Moment für Blut. Aber es war nur Schweiß ... Jim drückte auf die Stelle. Er fühlte die Rippen unter seinen Fingern. Es war ein Traum gewesen. Einer dieser Träume, die sich erschreckend real anfühlten und einem wie eine Vorahnung erschienen.

Er schob die Decke von sich. Ihm war so heiß, als wäre ein Teil der Hitze aus dem Traum in diese Welt gelangt. Fast glaubte er, die Flammen noch immer zu spüren. Er versuchte, sich zu beruhigen, doch seine Hände zitterten heftig. Er ballte sie zu Fäusten, um es zu unterdrücken. Der Traum spiegelte die Befürchtungen wider, die ihn fortwährend quälten. Natürlich war er hier bei Sara sicherer als da draußen, aber lange würde das nicht gutgehen! Ein paar Monate, wenn sie Glück hatten. Vielleicht aber auch nur eine Woche oder einen Tag. Das letzte Bild aus dem Traum tauchte wieder in seinem Kopf auf ... Ihre angsterfüllten Augen. Jim wusste nicht, welche Strafe Sara zu befürchten hatte, wenn man herausfand, dass sie ihn versteckt hatte. Er dachte an all die Plakate, die er gesehen hatte und die Vyncent-Ones als Abschaum der Welt präsentierten und jeden ihrer Beschützer auf dieselbe Stufe stellten. Vielleicht würde Sara das gleiche Schicksal erwarten wie ihn.

Jim wusste, er musste aus Saras Leben verschwinden. Und er durfte keine Spuren hinterlassen.

Hastig tastete er den Boden nach der Taschenlampe ab. Die Batterien waren inzwischen so schwach, dass sie nur noch ein müdes Licht hervorbrachte. Er beeilte sich wohl besser. Jim packte seine wenigen Besitztümer zusammen und kontrollierte jeden Winkel der Nische, um nichts zu übersehen, das einen Hinweis auf ihn geben konnte. Der Versuch, die zusammengeknüllte Decke in die Tasche zu zwängen, war ein aussichtsloses Unterfangen. Also zerrte er sie wieder heraus und rollte sie halbwegs ordentlich zusammen. Diesmal gelang es ihm, den Reißverschluss zu schließen. Noch einmal blickte sich Jim in dem engen Raum um. Das Licht der Taschenlampe flackerte. Es war absolut still. Ein Gefühl von Traurigkeit überkam ihn, das heftiger war als die Angst, die in seiner Brust tobte. Dann schaltete er die Lampe aus, schob sie ins Seitenfach der Tasche und zwängte sich vorsichtig am Schrank vorbei.

Die Tür zum Wohnzimmer war einen Spaltbreit geöffnet. Es war das erste Mal, dass Sara die Tür nachts nicht geschlossen hatte. Jim drängte es, zu ihr zu gehen, auch auf die Gefahr hin, sie zu wecken. Natürlich wäre es leichter, zu gehen, solange sie schlief ... Doch er konnte nicht einfach verschwinden, ohne sie noch einmal zu sehen. Vorsichtig setzte er die Tasche auf dem Boden ab, trat an die Tür und schob sich durch den Spalt.

In der Dunkelheit konnte er Saras Gesicht nur schemenhaft erkennen. Ihre Atemzüge gingen ruhig und gleichmäßig. Es war seltsam. Noch vor ein paar Tagen hatte seine Nähe sie in Panik versetzt. Nun schlief sie sogar bei offener Tür.

Jim verspürte den Wunsch, sie zu wecken. Er hoffte, dass sie die Augen aufschlug, ihn sah und ihn von seinem Plan abbrachte. Aber er musste auf seinen Verstand hören, auch wenn die Gewissheit, Sara niemals wiederzusehen, schmerzvoll war. Und dieser Schmerz würde noch schlimmer werden, sobald er sich gleich umdrehte und die Wohnung verließ. Er schluckte schwer. Dann wandte er sich langsam von ihr ab und schlich aus dem Zimmer. Er streifte sich die Mütze über, die er von Sara bekommen hatte, und zog sich Jacke und Schuhe an. Er sagte sich wie ein Mantra vor, dass es das einzig Richtige war, zu gehen. Er holte sich zwei Tüten Instantsuppenpulver aus der Küchenschublade und dann gab es keinen Grund mehr, den Abschied länger hinauszuzögern.

Ein letztes Mal blickte er zurück auf den Schrank am Ende des Flurs. Wenn Sara ihn wieder an seinen alten Platz schob, würde alles wie vorher sein. Als wäre er nie hier gewesen.

Jim nahm die Tasche und verließ ihre Wohnung, ohne eine Vorstellung davon, wohin er nun gehen sollte. Bald würde es hell werden. Vor Tagesanbruch konnte er nicht mehr in die sicheren Gebiete außerhalb der Stadt gelangen. Es war klüger, sich fürs Erste in der Nähe zu verstecken, vielleicht in einer der

Ruinen, und den Tag über dort auszuharren. Am Abend dann, gleich nach Einbruch der Dunkelheit, würde er aus der Stadt fliehen.

## 27

Kaum hatte Jim das Gebäude verlassen, peitschte der Regen in sein Gesicht, als wollte er ihm zeigen, wie fatal sein Handeln war. Aber auch wenn er dem sicheren Tod in die Arme lief, hier ging es nicht nur um ihn. Er durfte nicht riskieren, lebend gefasst zu werden und Sara zu verraten.

Um ihn waren Kälte, Wind und Finsternis. Die Laternen funktionierten nicht. Ein Teil von ihm wollte so schnell wie möglich aus dieser Stadt heraus. Die Versuchung war groß, einfach loszulaufen. Doch in den Randgebieten wimmelte es von Gesindel und in der Dämmerung war er ein gefundenes Fressen. Und sobald der Morgen graute, war er auch in der Stadt nicht mehr sicher. Sein Gesicht stand auf der Fahndungsliste der Vyncent-Ones, und man würde ihn erkennen. Niemand ließ sich so eine Belohnung entgehen. Jim wandte sich nach rechts und schlich dicht am Gebäude entlang. Der Trageriemen der Tasche drückte auf seinen Schulterknochen.

Er konnte kaum sehen, wohin er die Füße setzte. Überall auf dem Boden lag Müll herum. Jim machte kleine Schritte und bemühte sich, nicht zu stolpern. Er blieb stehen, als sich sein Hosenbein an etwas Scharfkantigem verfing. Anscheinend handelte es sich um ein Stück Stacheldraht. Er steckte fest und zog gewaltsam am Stoff, bis er endlich nachgab. Seine Hose war eingerissen. Ein leichtes Brennen verriet ihm, dass er sich verletzt hatte, aber es war wohl nur ein Kratzer.

Bald erkannte Jim die Umrisse eines größeren Gebäudes. In einem der unteren Fenster brannte Licht. Als er sich näherte, konnte er das Ausmaß des herumliegenden Mülls besser sehen. Er wunderte sich, dass der Sturm den Unrat nicht weggefegt hatte. Fast schien es so, als ob diese Stadt all den Dreck wie ein Magnet an sich hielt.

Jims Blick glitt über den Boden. Das Licht des Fensters spiegelte sich in einer Pfütze und als er genauer hinsah, erkannte er, dass darin eine tote Ratte lag. Angewidert wandte er sich ab. Vielleicht würde er selbst schon bald genauso enden. Vergiftet, weil er das verseuchte Wasser aus den Pfützen getrunken hatte. Er blickte hinauf zum Fenster, um sich zu vergewissern, dass ihn dort niemand beobachtete. Dann ging er weiter, bahnte sich den Weg vorbei an Müllsäcken, Schrottbergen und den verrosteten Relikten alter Fahrräder und Autos. Er ließ eine Baumgruppe hinter sich und erreichte ein verlassen wirkendes Gebäude. Natürlich konnte trotzdem jemand im Innern des Hauses sein. Aber er brauchte dringend ein Versteck, bevor es hell wurde ... Das hier wuchernde Gestrüpp reichte ihm bis zur Hüfte. Jim nahm das als ein gutes Zeichen, denn es deutete darauf hin, dass sich nicht viele Menschen hier herumtrieben. Er ließ den Blick über die Fassade wandern. Anscheinend gab es kein einziges intaktes Fenster mehr. Vielleicht war der Ort tatsächlich verlassen.

Halb versteckt hinter Gras und Sträuchern konnte

Jim ein Kellerfenster ausmachen. Es schien groß genug für ihn zu sein. Er zog die Taschenlampe hervor und hoffte, dass ihre Batterien noch ein wenig durchhielten. Es wäre Wahnsinn gewesen, blind in diesen Keller einzusteigen. Er starrte durch die Öffnung ins Innere, doch trotz der Lampe konnte er so gut wie nichts erkennen. Er lauschte. Abgesehen vom Wind, der um die Hausecken brauste und heulend durch das Gemäuer zog, war es still. Jim kniete sich auf den Boden und spähte in den dunklen Raum. Plötzlich hörte er Schritte hinter sich. Er sprang auf, stieß sich den Kopf am Kellerfenster und fuhr herum. Ein Mann in Uniform kam mit gezogener Waffe auf ihn zu. In der anderen Hand hielt er eine Taschenlampe. Das grelle Licht blendete Jim. Adrenalin schoss durch seinen Körper. Sollte er versuchen, blitzschnell durch das Kellerfenster ins Gebäude zu schlüpfen? Wahrscheinlich würde der Kerl auf ihn schießen und seine Beine erwischen. Außerdem saß er im Keller in der Falle. Die zweite Möglichkeit war, wegzulaufen. Aber er würde keine zehn Meter weit kommen, ohne über den Müll zu stolpern. Jim fragte sich, ob der Polizist allein war. Vermutlich hatte er ihn während seiner nächtlichen Streife herumschleichen sehen und war ihm schon eine ganze Weile auf den Fersen.

»Vom Haus weg«, befahl der Mann. Offenbar wollte er das Kellerfenster als Fluchtmöglichkeit ausschließen. Jim entfernte sich ein paar Schritte vom Gebäude. Der Polizist folgte ihm, bis er schließlich

dort stoppte, wo Jim eben noch gestanden hatte.
»Ausweis!«

Natürlich besaßen Vyncent-Ones keine Ausweise
wie Menschen. Dennoch tastete Jim suchend seine
Hosentaschen ab. Dann griff er in seine Jacke. Er
musste Zeit gewinnen.

»Was ist?«, drängte der Polizist ungeduldig. Er
machte ein Gesicht, als wüsste er längst, dass die Suche
erfolglos bleiben würde. Aber anscheinend ahnte er
nicht, dass Jim ein Vyncent-One war.

»Mein Ausweis ist da drin.« Jim zeigte auf das
Gepäck, das neben dem Kellerfenster zu den Füßen
des Mannes lag.

Der Polizist spuckte ins Gras und stieß mit dem
Fuß gegen die Tasche.

»Die wird konfisziert. Und du kommst auch mit.«

Panik erfasste Jim. Man würde keine fünf Minuten
brauchen, um seine Identität festzustellen. Am Ende
würden sie ihn sowieso hinrichten. Selbst wenn ihm
der Kerl auf der Flucht in den Rücken schoss, war das
die bessere Alternative zu dem, was ihm in Gefangen-
schaft blühte.

Jim holte tief Luft. Sein Blick glitt über den Boden.
Er spannte die Muskeln an.

»Wenn du einen falschen Schritt machst, schieß ich
dir die Knie weg!«

Kaum hatte der Polizist das letzte Wort ausge-
sprochen, stieß er einen dumpfen Laut aus. Die
Taschenlampe polterte zu Boden und Jim sah eine
Bewegung im Kellerfenster. Die Klinge eines großen

Messers blitzte auf, als sich das Taschenlampenlicht darauf spiegelte. Der Polizist sackte in sich zusammen. Jim stolperte seitwärts und duckte sich hinter ein verrostetes Fass. Der Beamte stöhnte, als hätte er starke Schmerzen. Er versuchte vergeblich, aufzustehen. Fassungslos sah Jim, wie die Gestalt aus dem Kellerfenster kroch und sich am Körper des Mannes zu schaffen machte, wahrscheinlich auf der Suche nach etwas Brauchbarem. Seine Waffe, Wertscheine ... Dann richtete sich der Angreifer auf und zog Jims Tasche über den Boden in Richtung Fenster. Er warf sie durch die Öffnung.

Das war die Chance, auf die Jim gehofft hatte. Er musste verschwinden, bevor sich der Polizist wieder aufrappelte oder die dunkle Gestalt sich entschied, als Nächstes auf *ihn* loszugehen. Aus dem Augenwinkel sah er, wie der Unbekannte nun auch den Beamten zum Fenster schleifte. Der Polizist stöhnte leise und war anscheinend nicht mehr imstande, sich zu bewegen. Und dann erkannte Jim eine weitere Gestalt im Fenster. Gemeinsam zerrten sie den Körper in den Keller. Jims Puls raste. Er rannte los, stolperte und stieß im Lauf gegen herumliegende Gegenstände. Doch jedes Mal, wenn er fiel, rappelte er sich sofort wieder auf und lief weiter. Erst nach Minuten erlaubte er sich, langsamer zu werden. Er atmete so heftig, dass er fürchtete, jemand würde ihn hören.

Er hatte die Orientierung verloren und wusste nicht, ob er sich weit vom Stadtzentrum entfernt hatte. Hinter einem ausgeschlachteten Wagen sackte er auf die Knie. Der Schlamm durchdrang seine Hose. Er lehnte den Kopf gegen die Wagentür und schloss die Augen. Langsam beruhigte sich seine Atmung. Er hatte verdammtes Glück gehabt! Hätte *er* vor dem Fenster gestanden, hätte es ihn anstelle des Polizisten erwischt. Jim nahm an, dass der Beamte inzwischen tot war. Ein gezielter Stich hatte vermutlich eine Arterie durchtrennt und den Mann schlagartig handlungsunfähig gemacht. Und das hatte *ihm* das Leben gerettet. Jim hatte die Tasche mit all seinen Sachen eingebüßt. Aber er lebte noch.

Er öffnete die Augen wieder und blickte sich um. An dem kastenartigen Gebäude vor ihm prangte ein riesiges Schild. Die wenigen Buchstaben waren in der Dunkelheit kaum zu entziffern, aber nach einer Weile war Jim sicher, dass dort KINO geschrieben stand. Sara hatte ihm doch von dem Kino erzählt ... Es war nicht weit von ihrem Wohnhaus entfernt, also war er im Kreis gelaufen. Er starrte das Gebäude an. Die Vorstellung, dass Sara bis vor wenigen Jahren häufig hier gewesen war, um eine gute Zeit mit ihren Freunden zu verbringen, erschien ihm so unwirklich. Er vermisste Sara. Ob sie in diesem Augenblick noch immer schlief und nichts davon ahnte, in welcher Lage er sich befand?

Er spielte mit dem Gedanken, in das Kinogebäude einzudringen. Aber wenn der Eingang nicht verbarrikadiert war, waren sicher schon andere vor ihm auf die Idee gekommen, und er wollte nicht riskieren, wieder auf irgendwelche Gestalten zu treffen. Er musste ein besseres Versteck finden. Einen Platz, wo er die Umgebung überblicken und notfalls flüchten konnte. Sara hatte von einem verwilderten Spielplatz in der Nähe des Kinos gesprochen. Vielleicht konnte er sich dort im Dickicht verkriechen. Jim sah sich um und lauschte, um sicherzugehen, dass die Luft rein war. Dann lief er etwa dreißig Meter bis zu einer Litfaßsäule und spähte die Umgebung erneut aus. Der beißende Geruch von Urin stieg ihm in die Nase. Ein Stück entfernt sah er die Umrisse von Bäumen. Anscheinend war er an der richtigen Stelle. Eilig überquerte er die Straße. Auf halber Strecke geriet er mit dem Fuß in ein Schlagloch, strauchelte und konnte gerade noch verhindern, zu fallen. Er rannte weiter, bis er die Schatten der Bäume erreichte. Die Gegend wirkte menschenleer, doch dass er sich darauf nicht verlassen durfte, hatte er in dieser Nacht gelernt. Langsam setzte er einen Fuß vor den anderen. Schling-pflanzen wanden sich um seine Fußknöchel, als wollten sie ihn abhalten, weiter vorzudringen. Er gelangte auf eine Lichtung, die von knorrigen Laub-bäumen umgeben war.

Zuerst erkannte Jim das Klettergerüst. Es war von Efeu überwuchert. Er ging näher heran, schob die Blätter beiseite und fühlte die groben, von Rost zerfressenen Eisenstangen. Ein paar Schritte weiter fand er ein Gestell, an dem einst Schaukeln gehangen haben mochten. Es war mühsam, sich nicht in dem dichten Teppich aus Schlingpflanzen zu verfangen. Jim kämpfte sich weiter voran, auf der Suche nach einer

Stelle, wo er sich verkriechen konnte. Nach ein paar Metern entdeckte er etwas, das wie ein Tisch aussah. Aus der Nähe stellte er fest, dass es sich um eine steinerne Tischtennisplatte handelte. Auch sie war von Efeuranken überzogen. Jim schob das Blattwerk beiseite, beugte sich unter den Tisch und tastete den Boden ab. Der Sand fühlte sich trocken an. Das schien ein geeignetes Versteck zu sein. Er kroch hinein, kauerte sich zusammen und lauschte minutenlang, ohne ein verdächtiges Geräusch zu hören, bis er schließlich zur Überzeugung gelangte, dass ihm niemand gefolgt war.

Erst als er ein wenig zur Ruhe kam, spürte er, wie durchnässt seine Kleidung war. In ein paar Minuten würde er anfangen, zu frieren, und er hatte nichts, womit er sich warmhalten konnte. Jim zog sich die Mütze tiefer in die Stirn und umklammerte seine Beine. Er erschrak, als er Geschrei hörte. Ein Mann und eine Frau stritten sich. Sie klangen sehr nah, doch kurz darauf entfernten sie sich wieder und waren bald nicht mehr zu hören. Trotzdem ... um ihn herum lauerten tausend Gefahren. Die Stimme in Jims Kopf flüsterte ihm zu, dass er ein elender Dummkopf war. Dass er besser bei Sara geblieben wäre. Er schlang die Arme fester um sich. Nein! Es war richtig gewesen, zu gehen. Er hätte es schon viel früher tun müssen.

Jim hatte längst sein Zeitgefühl verloren. Das Warten auf die Dämmerung war ihm so endlos erschienen, dass er fast schon geglaubt hatte, Saras Empfinden, die

Nacht ende niemals, könnte sich bewahrheiten. Inzwischen fühlten sich seine Arme und Beine von der Kälte taub an. Pausenlos bewegte er die Füße und die Finger, um ihnen Leben einzuhauchen. Und immer wieder spähte er durch die herabhängenden Pflanzen hindurch ins Freie. Nebelschwaden krochen über den Boden und ließen die Umgebung mystisch erscheinen. Kein Wunder, dass Sara so fasziniert von diesem Ort war. Jim empfand genauso, trotz all der Bedrohung und trotz der Aussichtslosigkeit seiner Situation.

Das schummrige Licht der Dämmerung blieb auch nach Tagesanbruch. Es schien nicht heller werden zu wollen. Auch der Nebel war noch dichter geworden. Jim konnte es nur recht sein.

Ein Rascheln ließ ihn erstarren. Ohne sich zu rühren, versuchte er, durch die Pflanzen hindurch zu blicken. Zunächst sah er nur einen Schatten, doch als die Gestalt sich näherte, erkannte er einen in Lumpen gehüllten Menschen, der gramgebeugt und schwerfällig einher schlurfte. Jim hielt den Atem an, als der Greis dicht an seinem Versteck vorbeikam, sich immer wieder mühsam aus dem Gestrüpp befreite und dann seinen Weg fortsetzte. Es dauerte eine Ewigkeit, bis der Alte endlich die Lichtung überquert hatte und im Dickicht verschwand.

»Jim.« Ein unterdrücktes Murmeln.

Jims Körper spannte sich an und sein Herz raste. Das hatte er sich nicht eingebildet! *Sara!*

Hastig schob er die Pflanzen beiseite und sah sie. Sie

stand mit dem Rücken zu ihm. »Sara.«

Sie fuhr herum und riss die Augen auf. Schnell kam sie auf ihn zugelaufen und bückte sich zu ihm unter die Platte. Im ersten Moment sagte sie nichts, musterte ihn nur ungläubig, als könnte sie nicht glauben, dass er tatsächlich real war. Aber dann wich ihr überraschter Blick einer strengen Miene.

»Komm nach Hause, damit ich dich unter Ausschluss der Öffentlichkeit umbringen kann.«

Trotz seiner Anspannung musste Jim lachen. »Wenn du mich tot willst, hättest du nur abwarten müssen.«

Sie schien ihn gar nicht zu hören. Sie sah sich um und bedeutete ihm dann mit einer Handbewegung, ihr zu folgen. Jim rührte sich nicht.

Sara kroch zu ihm unter die Tischtennisplatte. Sie atmete schnell. Ihr Mantel war offen und sie trug keinen Schal, als hätte sie sich nicht einmal die Zeit genommen, sich richtig anzuziehen. Sie umklammerte sein Handgelenk und zerrte daran, aber Jim bewegte sich noch immer nicht. Ihre Augen füllten sich mit Tränen, während sie kräftiger an seinem Arm zog.

Das konnte doch nicht wahr sein! Endlich hatte sie Jim wiedergefunden. Und nun wollte er nicht mitkommen? Seit sie sein Verschwinden bemerkt hatte, befand sie sich im Ausnahmezustand. Ein winziges Geräusch – das Klappen der Wohnungstür – hatte sie geweckt. Von einem Moment auf den anderen war sie hellwach gewesen. *Jim war weggelaufen!* Aber dann hatte sie wertvolle Minuten verschwendet, weil sie ihn zuerst auf dem Dach gesucht hatte.

»Du musst halb erfroren sein.« Sie krallte die Finger in den Stoff seiner Jacke, die viel zu dünn war. »Ich bin so dumm«, flüsterte sie.

Er betrachtete sie fragend.

»Ich bin dumm, weil ich nicht gleich daran gedacht habe, herzukommen. Nachdem ich dich auf dem Dach gesucht hatte, bin ich durch die halbe Stadt geirrt.« Sara schüttelte den Kopf über sich selbst. Die Panik, Jim nicht wiederzufinden, hatte sie offenbar nicht klar denken lassen. Mit einem besser funktionierenden Verstand hätte sie ihn vor Anbruch der Dämmerung gefunden. Jetzt, im Tageslicht, war die Gefahr, entdeckt zu werden, noch viel größer. Wieder zog sie an seinem Arm. Sie ignorierte ihre Tränen, und obwohl Jims Gesicht vor ihren Augen verschwamm, erkannte sie die Zerrissenheit in seinem Blick, die ihr Hoffnung gab. Er kämpfte mit sich.

Als er sich endlich bewegte, seufzte Sara erleichtert

auf. Eilig kroch sie aus dem Versteck. »Danke«, flüsterte sie, nachdem er ihr gefolgt war und sich aufgerichtet hatte. Am liebsten hätte sie ihn bei der Hand genommen und wäre mit ihm, so schnell sie konnte, nach Hause gelaufen. Sie fürchtete sich davor, dass er seine Meinung wieder änderte, und die Angst zerrte an ihren Nerven. Sie wusste selbst nicht, woher das rührte. Gestern hatte sie sich noch gewünscht, dass er spurlos verschwand. Jetzt plötzlich war da ein Gefühl in ihr, das sich wie Verlustangst anfühlte. Es war natürlich Unsinn, ihn als einen Freund zu sehen! Zugegeben, es hatte ein paar Augenblicke gegeben, in denen seine Gegenwart tröstlich gewesen war. Aber sie kannte ihn kaum und er war nun einmal ein VyO. Nein, ihre Panik nach seinem Verschwinden war bestimmt keine Verlustangst! Schließlich musste sie fürchten, selbst ins Visier der KLPO zu geraten, wenn man ihn schnappte.

Der Nebel beschränkte die Sicht auf unter fünfzig Meter. Sara ging dicht neben Jim her und lauschte auf verdächtige Geräusche. Nachdem sie den Spielplatz und den Schutz der Bäume hinter sich gelassen hatten, fühlte sie sich ausgeliefert. So unauffällig wie möglich betrachtete sie die Fassaden der Wohnhäuser. Die meisten Menschen schienen noch zu schlafen, denn in kaum einem der Fenster brannte Licht.

Plötzlich zog Jim an ihrem Arm und riss sie mit sich. Hinter einem Autowrack gingen sie in Deckung. Stumm deutete er in die Richtung, wo sich die Straßen kreuzten. Sara blickte durch die fehlende Heckscheibe des Wagens und sah hinüber zum Mammut. Doch das Tier stand nicht mehr aufrecht. Es war auf die Seite gekippt und lag am Boden. Seine Beine ragten in die Luft wie bei einem echten Mammut, das eben noch lebendig und hilflos gestrampelt hatte und nun mitten in der Bewegung erstarrt war. Der Sturm musste die Skulptur aus ihrer maroden Fassung gerissen haben. Dann erkannte Sara zwei Gestalten, die sich daran zu schaffen machten. Das Mädchen und der Junge schienen kaum älter als sie selbst zu sein. Eilig klebten sie ein neongrünes Plakat auf den gewaltigen Bauch des Mammuts und traten zurück, um ihr Werk zu begutachten.

Die Aufschrift des Plakats konnte Sara trotz der Distanz gut erkennen.

*Gegen Unterdrückung, gegen Rassismus,*
*gegen Mord, gegen gewissenlose Unmenschen.*
*Gegen die KLPO!*

*Kommt alle zur Befreiungsdemonstration!*
*Sonntag, 16 Uhr, Festwiese*

Die Worte trieben Sara eine Gänsehaut über den Körper. Ob sich die beiden Kids bewusst waren, in welcher Gefahr sie schwebten? Dass sie gerade dabei waren, ein Verbrechen zu begehen, das die KLPO aufs Schärfste bestrafen würde? Zwar hatten sie das Wahrzeichen der Stadt nicht eigenhändig zerstört, doch schon allein für das Bekleben mit diesem KLPOfeindlichen Plakat drohte vielleicht die Todesstrafe. Der Junge gab dem Mädchen einen schnellen Kuss, dann liefen sie davon.

Sara blickte den beiden nach, bis sie im Nebel verschwunden waren. Schließlich starrte sie wieder auf das Plakat. Die zerstörte Skulptur würde die Aufmerksamkeit aller Leute auf sich ziehen, die hier vorbeikamen. Und jeder Einzelne von ihnen würde das Plakat sehen.

Jim und Sara verließen ihre Deckung und näherten sich dem Tier. Auch jetzt in liegender Position überragte es sie noch um über einen Meter. *Gegen gewissenlose Unmenschen. Gegen die KLPO!* Ein eigenartiges Gefühl durchströmte Sara. Sie empfand Ehrfurcht vor den mutigen Jugendlichen. Und sie spürte, dass sie auf dieser Demonstration dabei sein musste. Jim nahm ihre Hand. Die Berührung machte ihr bewusst, dass sie schon viel zu lange hier standen. Es war höchste Zeit, nach Hause zu gehen.

## 29

Jedes Mal, wenn Sara Gibbon besuchte, war seine Wohnung noch etwas mehr heruntergekommen. Die undichten Fenster hatte er notdürftig mit Lumpen abgedichtet und der schwere Geruch von Schimmel lag in der Luft. In der Wand klaffte ein Loch, das groß genug war, um hindurchzukriechen. »Was hast du getan?«, fragte Sara und starrte auf die Stelle.

»Das ist mein neues Hobby: mich durch Wände graben.« Gibbon grinste. »Du erinnerst dich doch, dass da ein Rattenloch in der Wand war, durch das die Biester nach Lust und Laune rein- und rausspazierten, als hätten *sie* die Bude angemietet und nicht ich.«

»Ja. Aber warum hast du die halbe Wand aufgebrochen?«

»Die Idee kam mir, als mich eines Tages die Katze meines Nachbarn durch dieses Loch besuchte. Die Wandzwischenräume sind hohl. Lüftungsschächte … keine Ahnung. Jedenfalls gibt es einen Zugang zur anderen Wohnung. Das hier wird ein Fluchtweg, kapiert? Wenn die KLPO bei mir aufkreuzt, kann ich durch die Nachbarwohnung verduften. Bis die Schwachköpfe hier drin sind und merken, was los ist, bin ich längst über alle Berge.«

Sara beugte sich in die Öffnung, aber weil es stockdunkel in dem Schacht war, konnte sie nicht weit hineinsehen. Sie fragte sich, ob der Nachbar ebenso begeistert von der Baumaßnahme war. »Was ist aus dieser Katze geworden?«

»Hab sie schon ein paar Wochen nicht mehr gesehen«, antwortete Gibbon nur.

Sara kam wieder aus dem Loch hervor und blickte ihn an. Sie war sich darüber im Klaren, dass die Katze vermutlich tot war. Dies waren schlechte Zeiten für Katzen und Hunde. Die Menschen hungerten und in ihrer Not aßen viele von ihnen neben Ratten sogar ihre eigenen Haustiere. Gibbon kehrte ihr den Rücken zu und kramte in der Kommode. Sara ging die Frage durch den Kopf, ob der Nachbar seine Katze gegessen oder ob Gibb es getan hatte.

Er zog ein paar Unterhosen hervor und begutachtete jede einzelne. Einige waren ganz durchlöchert vom vielen Tragen. Die kaputten Unterhosen stopfte er zurück in die Schublade. Die anderen drückte er Sara in die Hand.

»Ich müsste auch noch irgendwo ein Sockenpaar haben, das ganz okay ist«, meinte er und durchwühlte das nächste Fach.

»Danke«, sagte Sara leise und starrte auf die Unterhosen in ihren Händen. Für Gibbon war es eine Selbstverständlichkeit, sein letztes Hemd zu geben, um Jim und ihr zu helfen. Ihre Augen füllten sich mit Tränen.

»Ha! In einem ordentlichen Haushalt ist alles schnell gefunden!« Gibbon hielt ein Sockenknäuel in die Höhe und wandte sich zu Sara um. Als er ihre Tränen sah, verschwand das Lächeln aus seinem Gesicht. »Ich weiß, die Lumpen sind grässlich«, sagte er und seufzte theatralisch.

»Quatsch. Ich danke dir, dass du uns hilfst.«

»Ist keine große Sache. Wie gesagt, es sind nur ein paar Lumpen. Und Jim kann sie besser gebrauchen als ich.«

Sara steckte die Sachen in ihren Rucksack.

»Er sollte nur nicht wieder versuchen, abzuhauen«, fuhr Gibbon fort. »Jetzt, wo fast alle VyOs tot sind, ist die KLPO ganz versessen darauf, auch noch die letzten zu schnappen. Hast du die Übertragung der jüngsten Hinrichtung verfolgt?«

»Ich seh mir so etwas nicht an«, antwortete Sara. Die Tatsache, dass die KLPO es jedes Mal live im Internet zeigte, wenn sie einen VyO tötete, war ihr zuwider.

»Aber *ich* hab es gesehen.« Gibbon rieb sich die Schulter und wirkte plötzlich sehr ernst. »Sie haben den armen Kerl auf eine Liege geschnallt und ihn qualvoll verdursten lassen. Er ist seit einer Woche tot. Die Kamera hält immer noch auf ihn drauf.«

Sara stockte der Atem. Sie starrte Gibbon fassungslos an. »Du hast richtig gehört. Als wäre es nicht schon abgrundtief niederträchtig genug, die Hinrichtung für jeden sichtbar im Internet zu übertragen, zeigt man jetzt auch noch den Verwesungsprozess. Wie im Mittelalter. Da wurden Verurteilte in Käfigen über der Stadt aufgehängt, in denen sie unter den Augen der Bürger starben und verfaulten.«

Beim Gedanken daran, dass der tote VyO in dieser Minute von wer weiß wie vielen Schaulustigen angestarrt wurde, verkrampfte sich Saras Magen. »Warum tun die das?«, fragte sie, doch bei der letzten Silbe versagte ihre Stimme.

»Die Frage stelle ich mir an jedem verdammten Tag.« Gibbon senkte den Kopf. »Die Hinrichtungen wurden rückblickend betrachtet immer grausiger und blutiger. Vielleicht bezweckt die KLPO mit den Videos, dass wir nach und nach abstumpfen. Wir sollen uns an die Vernichtung von Randgruppen gewöhnen. Das Töten unbequemer und minderwertiger Menschen wird zur Normalität. Und nach den VyOs wird nicht Schluss damit sein.«

»Du denkst, bald suchen sie sich die nächsten Opfer? Wen?«

»Die Alten, Kranke, die Armen … Und es hat längst angefangen.« Gibbon hatte einen Schritt auf Sara zugemacht und sprach jetzt leiser, als fürchtete er, jemand könnte ihre Unterhaltung belauschen. »Die Aussetzung der medizinischen Versorgung liegt nicht an irgendwelchen Versorgungsengpässen, wie behauptet wird. Die KLPO hat sich die Maßnahme aus einem bestimmten Grund ausgedacht. Sie zielt darauf ab, dass ein Großteil der Kranken und Alten stirbt. Nur der gesunde Teil der Bevölkerung überlebt. Idealerweise gerade so viele, wie mit den zur Verfügung stehenden Ressourcen versorgt werden können. Willst du noch ein Beispiel? Denk mal an die Gebäude, die man nach und nach verfallen lässt. Letztlich führt die Dezimierung des Wohnraums zu einer Dezimierung der Menschen, weil sie ohne Dach über dem Kopf früher oder später vor die Hunde gehen … Wir haben seit Jahrzehnten gewusst, dass es darauf hinausläuft und jetzt ist der Moment gekommen. Der Planet ist so gut wie unbewohnbar geworden und wir sind schuld. Wir haben es versaut mit unserem *höher, schneller, weiter, mehr, mehr, mehr*. Es herrschen postapokalyptische Zustände. Die Erde kann uns nicht mehr alle ernähren. Doch die KLPO hat nicht das Recht, auszuwählen, wer stirbt und wer lebt.«

Sara starrte ihm stumm entgegen. Ihr Puls raste. Sie wollte Gibb antworten, aber sie fand keine Worte.

Er holte ein zerknittertes Shirt und eine Hose aus dem Badezimmer. Dann zog er sich den Pullover aus und stopfte auch diesen zu den anderen Sachen in Saras Rucksack. »Das sollte für die nächste Zeit reichen.«

Da war es wieder, das für Gibbon so typische schiefe Grinsen. Sara sah zu ihrem Freund auf, der im schmutzigen Rippenhemd vor ihr stand. Sie umarmte ihn so fest, sie konnte und ignorierte den Schmerz in ihrer Schulter. Erst als Gibbon ein gequältes Stöhnen ausstieß, als würde sie ihm die Luft abdrücken, ließ sie von ihm ab.

»Richte Jim von mir aus, dass er gefälligst nicht wieder da draußen herumlaufen soll«, sagte er. »Sonst bekommt er es mir zu tun.«

## 30

Aus irgendeinem Grund war Sara davon überzeugt, die Demonstration sei von großer Bedeutung. Vielleicht würde sie den Wendepunkt markieren, der den Weg in eine bessere Zukunft ermöglichte. Natürlich konnte sie sich auch täuschen. Möglicherweise versammelten sich nur eine Handvoll Teilnehmer und es würde niemanden interessieren, was sie zu sagen hatten. Aber da war noch etwas, das Sara zunehmend beunruhigte, je näher das Ereignis rückte. Gibbon hatte recht. Die Teilnahme an der Demonstration konnte gefährlich werden, falls es zu einer Konfrontation mit der Polizei kam. Unweigerlich kehrten die Erinnerungen an die Folter zurück, die sie auf dem Amt erlitten hatte. Doch so brutal die KLPO-Beamten auch immer gewesen sein mochten – Sara wollte nicht zulassen, dass die Angst sie lähmte. In gewisser Weise hatte dieses Erlebnis ihre Entschlossenheit sogar gestärkt. Es hatte in ihr den Wunsch nach Widerstand entfacht.

Während ihres Besuchs bei Gibbon hatte er einen letzten Versuch unternommen, sie von ihrer Teilnahme an der Demonstration abzubringen. Er hatte sie ein stures Weib genannt, aber letztlich musste er ihren Beschluss akzeptieren. Jim erzählte sie von ihrem Vorhaben erst, als der Sonntag gekommen war und es Zeit wurde, aufzubrechen. Die Nachricht beunruhigte ihn, doch sie gab ihm nicht mehr die Gelegenheit, auf sie einzureden. Ihre Angst, nicht zurückzukehren, weil man sie verhaften könnte, verdrängte sie. Stattdessen klammerte sie sich an die Hoffnung, alles würde gutgehen. Gleichzeitig hoffte sie, dass viele Menschen zusammenkamen und sie gemeinsam etwas bewirken konnten.

Der Ort, an dem die Demonstration starten sollte, befand sich in einem anderen Stadtgebiet, gute drei Meilen von Saras Wohnhaus entfernt. Früher war die weiträumige Wiese Schauplatz für verschiedene Festivitäten gewesen. Konzerte, große Stadtfeiern und Jahrmärkte hatten hier stattgefunden. Sara war nervös, aber der Fußmarsch hatte sie ein wenig von dem mulmigen Gefühl abgelenkt, das sich während der letzten Tage in ihr zusammengebraut hatte.

Als sie die Festwiese erreichte, war sie überrascht, wie viele Menschen sich dort versammelt hatten und wie jung die meisten waren. Umringt von dieser großen Gruppe bunt gekleideter Demonstranten, die mit Schildern, Trommeln und Tröten ausgestattet waren, empfand sie einen gewissen Stolz, eine von ihnen zu sein.

In der Ferne erblickte sie Gibbons Freund Rex, der aufgrund seiner imposanten Größe kaum zu übersehen war. Und kurz darauf fand sie auch Gibbon. Dank seiner neongelben Haare stach er aus der Menge hervor. Er wirkte aufgeregt und euphorisch, aber als er sich von Sara verabschiedete, um seinen Platz vorn in der Gruppe einzunehmen, lag etwas Ernstes in seinem Blick. Sie spürte, dass er sich der Gefahr bewusst war, in die sie alle an diesem Nachmittag geraten konnten.

Er boxte ihr freundschaftlich gegen die Schulter. Der Schmerz ließ Sara aufstöhnen, aber Gibb bemerkte es gar nicht. Er riss sich die Jacke vom Leib und entblößte seinen nackten Oberkörper. Dann hob er die Arme und drehte sich einmal um die eigene Achse, sodass Sara die Parolen sehen konnte, die ihm jemand mit grüner Farbe auf Brust und Rücken gepinselt hatte. *Nieder mit der Tyrannei. Nieder mit der KLPO!* Ein paar der umstehenden Kids klatschten Beifall und jubelten ihm zu. »Die Farbe leuchtet im Dunkeln«, erklärte Gibbon mit kindlichem Stolz. »War Bessies Idee. Sie verspätet sich mal wieder. Aber sie taucht bestimmt bald auf. Los geht's, wir sehen uns später!« Dann verschwand er in der Menge, bevor Sara noch etwas sagen konnte.

Die um sie herum herrschende Spannung wurde mit jeder Minute intensiver. Tatsächlich schienen viele der Jugendlichen einige Jahre jünger zu sein als Sara. Ein Stück weiter erblickte sie sogar ein Mädchen, das sie auf höchstens zwölf schätzte. Die Kleine trug einen buntgestreiften Wollpullover und ihr blondgelocktes kurzes Haar leuchtete in der Nachmittagssonne. Wieder stieg das Gefühl von Schuld in Sara auf. Und Scham. Weil sie ihr Leben lang den Kopf in den Sand gesteckt hatte. Weil sie die Augen vor all den schlimmen Dingen verschlossen hatte, die seit zwei Jahren jeden Tag um sie herum passierten.

Sie war erleichtert, als es endlich losging. Ein gutes Stück entfernt sah sie die kleine Gruppe von Männern und Frauen um Rex und Gibbon, die den Tross anführten. Sie waren diejenigen, die es zuerst erwischen würde, falls sich die Polizei den Demonstranten in den Weg stellte, und sie hatten die geringsten Chancen, einer Verhaftung zu entgehen. Welche Bestrafung mochte sie dann erwarten? Das Strafmaß würde zweifellos härter als ein kleines Brandzeichen auf der Haut sein. Auf einmal erfasste Sara eine düstere Vorahnung. Sie hatte das Gefühl, dieser Tag würde ein böses Ende nehmen. Sie wünschte sich zurück in ihre Wohnung, wo sie sicher war, aber sie konnte nicht gehen und sich verkriechen! Sie musste bleiben, so wie all die Menschen um sie herum. Sie blickte in die vielen entschlossenen Gesichter. Bestimmt hatte jeder Einzelne auf diesem Platz Angst. Doch niemand lief davon.

Lautstark trommelnd und trötend bewegte sich der Zug über die Festwiese in Richtung Hauptstraße. Das ungute Gefühl in Sara wurde mit jedem Schritt stärker. Als sie die Polizeibusse erblickte, die hinter dem alten Bibliotheksgebäude auftauchten, ahnte sie, dass kein einziger der Anwesenden an diesem Nachmittag die Straße erreichen würde. Offenbar hatte die Polizei schon auf sie gewartet. Die Aufregung um Sara schlug blitzschnell in Hektik um. Sie suchte die Meute nach Gibbon ab, aber die Transparente und Schilder behinderten ihre Sicht. Dann ertönte ein Schuss, und die Menschen ließen die Schilder fallen und stoben hysterisch auseinander. Sara hörte einen Schwall weiterer Schüsse, als würden die Polizisten blind in die

Menge feuern. Wenige Meter von ihr entfernt sackte das blonde Mädchen im Regenbogenpullover leblos zusammen. Sara stieß einen Schrei aus. Für ein paar Sekunden stand sie wie gelähmt da, starrte auf die Kleine und hoffte, sie wäre nur gestolpert. Sie rannte zu ihr, rüttelte an ihrem Körper, doch sie war tot. Sara riss sich von dem Mädchen los, sprang auf und suchte verzweifelt nach Gibbon. In der Ferne erblickte sie einen Mann, der sich auf einen Polizisten stürzte. Ein weiterer Kleinbus stoppte, aus dem noch mehr Uniformierte strömten.

Endlich entdeckte Sara Gibbon. Er kam auf sie zu gerannt. Ein Polizist war ihm auf den Fersen. »Lauf!«, brüllte Gibb und fuchtelte wild mit den Armen. Sara setzte sich in Bewegung. Nach wenigen Schritten hatte er zu ihr aufgeschlossen. Sie schafften es vielleicht fünfzig Meter weit, bevor ihn der Polizist mit dem Knüppel hart am Kopf traf. Sara stoppte abrupt und sah ihren Freund zu Boden gehen. Der Polizist versetzte ihm einen weiteren Hieb. In dieser Sekunde war Sara davon überzeugt, dass Gibb tot war. Und dass sie dieses grausame Bild und das dumpfe, widerliche Geräusch des Schlags für immer verfolgen würden.

Der Kerl trat auf Gibbons leblosen Körper ein. Sara sah den Hass und die Mordlust in seinem Blick. Es war nichts Menschliches in diesen Augen. Dann hob er unvermittelt den Kopf, als hätte er plötzlich begriffen, dass er seinem Opfer genug angetan hatte und es Zeit wurde, sich dem nächsten zuzuwenden. Sara taumelte rückwärts. Der Mann grinste sie an und rieb dabei seinen Schlagstock, offenbar begierig, damit auf sie einzuschlagen. Sie stolperte über das Bein einer am Boden liegenden Frau. Als sie das viele Blut auf deren Kleidung sah, schrie Sara. Und dann rannte sie um ihr Leben.

Sara war bereits seit zwei Stunden fort. Zwei Stunden, die Jim unendlich lang erschienen. Dass sie zu dieser Demonstration gehen würde, hatte sie ihm so beiläufig erzählt, als wäre es keine große Sache und sie hatte sich gar nicht erst auf eine Diskussion mit ihm eingelassen. Sie hatte sich angezogen, ihm zum Abschied zugenickt, und dann war sie gegangen. Seitdem konnte Jim vor Sorge keinen klaren Gedanken fassen. Er ging unruhig im Flur auf und ab, lauschte an der Tür und hoffte, dass sie zurückkehrte. Er stellte sich ein Ultimatum. Sollte Sara bis zum Einbruch der Dunkelheit nicht zurück sein, musste er damit rechnen, dass man sie verhaftet hatte. Dann würden sie vielleicht bald kommen, um die Wohnung zu durchsuchen, und durften ihn auf keinen Fall finden. Er begann, seine wenigen Sachen, die er von Gibb bekommen hatte, in eine Tüte zu stopfen.

Jedes Mal, wenn er Geräusche aus dem Treppenhaus hörte, hielt er vor Anspannung den Atem an. „Komm zurück, Sara", flüsterte er und drückte die Stirn gegen die kalte Tür. Lange durfte er es nicht mehr hinauszögern. Spätestens in ein paar Stunden musste er sich ein Versteck in der Nähe suchen, wo es sicherer war, abzuwarten.

Als sie endlich kam, hatte Jim die Wohnung gerade ein zweites Mal nach irgendwelchen Hinweisen abgesucht, die auf seine Anwesenheit bei ihr hindeuten konnten. Er wusste in der Sekunde, als er Sara sah, dass etwas Schlimmes geschehen war. Sie krümmte sich und keuchte wie nach einem schnellen Lauf. Jim versuchte, seine eigene Panik zurückzudrängen und berührte vorsichtig Saras Schulter. »Was ist passiert?«

Sofort entzog sie sich seiner Berührung, als würde sie es nicht ertragen, dass er sie anfasste.

»Du musst mir sagen, was los ist ...«

Sara schluchzte. »Sie haben ihn erwischt ... Gibbon.« Kaum hatte sie es über die Lippen gebracht, brach sie in Tränen aus. Sie schien erst in diesem Moment begriffen zu haben, was wirklich passiert war.

Jim ballte die Hände zu Fäusten. Sie hatten Gibbon auf der Demonstration festgenommen? Er hoffte noch, es möge ein Irrtum sein, aber Saras Anblick verriet ihm, dass es die Wahrheit war. Einen Moment lang sah er sie einfach nur an. Wenn sie Gibbon wirklich verhaftet hatten, war das schlimm. Sehr schlimm ... Die Polizisten würden brutal mit ihm umspringen. Wahrscheinlich taten sie ihm Gewalt an, folterten ihn. Und wenn sie wollten, konnten sie *alles* aus ihn herauspressen. Die Namen derer, die ebenfalls auf der Demonstration waren. Saras Namen ...

»Wenn sie kommen, dürfen sie mich nicht bei dir finden. Ich habe meine Sachen gepackt. Ich hole sie und bin in einer Minute weg!« Noch bevor Jim den Schrank erreicht hatte, holte Sara ihn ein und zerrte an seinem Hemd. »Nein!«

Obwohl er stehengeblieben war, klammerte sie sich weiter an ihn.

»Ich *muss* gehen! Sie werden Gibb befragen!«

»Befragen?« Eine Träne tropfte von ihrem Kinn und fiel zu Boden.

»Du weißt, was ich meine ... ich spreche von Folter«, sagte er leise, als könnte das Wort auf diese Weise an Schrecken verlieren. »Sie werden jede noch so kleine Information aus ihm herauspressen, Sara. Wenn sie mich hier bei dir finden, bin ich tot. Und du ...« Er verstummte.

Sie schüttelte den Kopf. »Nein ...«

Jim machte sich von ihr los. Er stellte sich nahe vor sie, umfasste ihre Arme und sah ihr fest in die Augen. »Es ist der einzige Weg. Nur so haben wir eine Chance.« Es erstaunte ihn selbst, dass er noch in der Lage war, ruhig mit ihr zu sprechen. Dabei brüllte eine innere Stimme auf ihn ein, er solle endlich verschwinden und möglichst weit von Sara wegkommen, bevor sie ihn fanden, damit niemand eine Verbindung zwischen ihnen herstellen konnte.

»Gibbon wird nichts sagen«, erwiderte sie mit brüchiger Stimme.

Jim holte Luft. »Er wird vielleicht keine Wahl haben. Sie haben Methoden ...«

»Gibb wird ihnen nichts sagen«, unterbrach Sara ihn, »weil er tot ist.«

Weitere Tränen rannen ihr über die Wangen. Jim hielt sie noch immer fest und starrte sie fassungslos an.


Zwei Tage vergingen, an denen Sara kein Wort redete. Noch immer wusste Jim nicht, was genau geschehen war. Er vermutete, sie hatte mit angesehen, wie ihr Freund starb. Es war, als stünde sie unter Schock. Die meiste Zeit lag sie bewegungslos auf dem Sofa. Inzwischen glaubte Jim, dass sie vor der Polizei in Sicherheit waren, denn wenn sie eine Spur zu Sara gehabt hätten, wären sie längst gekommen. Doch seine Sorge um Sara blieb. Die Suppe, die er ihr kochte, rührte sie nicht an. Er fühlte sich hilflos. Ihm war klar, dass sie Zeit brauchte, um die Ereignisse zu verarbeiten, aber es quälte ihn, ihr nicht helfen zu können.

Zitternd stand Sara auf der Türschwelle zwischen Wohnzimmer und Flur. Die Nacht war so stockfinster, dass sie die eigene Hand nicht vor Augen sehen konnte. Sie fror, aber die Kälte allein war nicht der Grund für ihr heftiges Zittern. Sie hatte nicht schlafen können, hatte sich auf dem Sofa herumgewälzt und immer wieder waren die quälenden Gedanken über sie hereingebrochen. Die Gedanken an June und an die Unmenschen der KLPO. Aber vor allem Gedanken an Gibbon ... Sie hatten qualvoll in Saras Kopf gewütet und ihr die Luft abgeschnürt.

Sie machte einen weiteren Schritt und tastete die Wand ab, bis sie den Lichtschalter fand. Im schummrigen Licht stand sie vor dem Schrank, atmete flach und lauschte, in der Hoffnung, eine Bewegung oder ein leises Räuspern zu hören. Etwas, das ihr bewies, dass Jim *wirklich* da war. Doch die absolute Stille verstärkte ihr Gefühl, allein zu sein.

»Jim?«, flüsterte sie, weil sie es nicht länger aushielt. »Darf ich zu dir?« Dass er nicht sofort antwortete, versetzte ihr einen weiteren Angstschub. Hatte er sie zum zweiten Mal verlassen? Aber ihre Tür hatte die ganze Zeit einen Spalt offen gestanden. Wenn er gegangen wäre, hätte sie es hören müssen. Sie klammerte sich an die Hoffnung, dass er nur schlief. Trotzdem verspürte sie eine Einsamkeit wie nie zuvor in all den Jahren, in denen sie auf sich allein gestellt gewesen war.

»Natürlich.«

Beim Klang seiner Stimme atmete sie erleichtert auf. Vorsichtig schob sie sich an dem Schrank vorbei. Das wenige Licht, das durch die schmalen Zwischenräume fiel, leuchtete die Nische nur spärlich aus. Jim hockte auf dem Boden und sah zu ihr auf. Für Sekunden war es so still, als hätten sie beide das Atmen eingestellt.

Er war der Erste, der sich bewegte. Er rutschte ein Stück zur Seite, um Sara Platz zu machen. Sie hörte die vertraute, strenge Stimme in ihrem Kopf. *Bleib bei Verstand. Es ist ein Vyncent-One, bei dem du Trost suchst ...*

Jim zog die Decke über ihren Körper, nachdem sie sich hingelegt hatte. Sara klammerte sich an dem weichen Wollgewebe fest und wartete, bis auch er neben ihr lag und zur Ruhe kam. Sie tastete nach seiner Hand und staunte erneut, wie warm sie sich anfühlte. Es beruhigte sie, zu spüren, wie kraftvoll sich diese Hand um ihre schloss.

»Vermisst du June sehr?«

Jim schwieg lange, bevor er antwortete. »Ja, sie fehlt mir. Dass sie tot ist, will mir nicht in den Kopf. In den letzten Jahren hab ich jeden Tag und jede Nacht mit ihr verbracht. Gewissermaßen mein ganzes Leben. Und dann war es plötzlich vorbei.«

»Hast du versucht, es ihr auszureden?« Sara schluckte. Sie brachte es nicht fertig, das Wort *Selbstmord* auszusprechen.

»Ja. Aber sie war nicht ... von ihrem Vorhaben abzubringen. Sie war sicher, dass du mich verstecken würdest. Ich hielt ihren Plan, mich zu dir zu schicken, für wahnsinnig. Aber ich musste ihr mein Wort geben, herzukommen.«

»Warst du bei ihr, als sie es getan hat? Als sie die Tabletten genommen hat?«, flüsterte Sara.

»Nein. Sie hat mich an dem Tag vor die Tür gesetzt. Sie wollte unter keinen Umständen, dass ich dortbleibe und langsam verhungere. Für den Abend plante sie, die Schlaftabletten zu nehmen und, sobald die Wirkung einsetzte, in den Fluss zu gehen. Sie hat mir die Pillen gezeigt. Es waren so viele …«

Sara konnte spüren, wie schwer es ihm fiel, darüber zu sprechen.

»Als ich auf dem Weg zu dir war, hab ich immer wieder daran gedacht, umzukehren. Aber es ging nicht. Ich hatte Angst, in das leere Haus zurückzukommen. Ich habe dich in Gefahr gebracht und egal, was passieren wird, das werde ich mir nie verzeihen.«

Sara drückte seine Hand. »Denk nicht mehr darüber nach. Du sagtest doch, June war davon überzeugt, es würde funktionieren. Und es *hat* funktioniert.«

»Aber zu welchem Preis? Es ist so waghalsig. Wenn sie mich finden, werden sie dich bestrafen. Und es wird meine Schuld sein.«

Der Gedanke, dass er sich schuldig fühlte, quälte Sara. Gern hätte sie ihm gesagt, wie froh sie über seine Gesellschaft war. »Du hattest keine Wahl«, entgegnete sie stattdessen. »June hat dich einer ungewissen Zukunft überlassen. Aber es war ihr Wunsch, dass du lebst.«

»June hat mich geliebt. Vor dieser Krankheit konnte nichts und niemand sie dazu bewegen, sich von mir zu trennen. Auch nicht die KLPO. Wir haben uns in Junes Haus lange Zeit sicher gefühlt. Aber vor ein paar Monaten änderte sich das. Es wurden Gerüchte laut, fast alle VyOs seien gefasst und die wenigen noch verbliebenen Exemplare hielten sich auf dem Land versteckt. Wir hörten von Polizeirazzien und Vyncent-Jägern, die gewaltsam in Häuser eindrangen und alles auf den Kopf stellten. Es war nur eine Frage der Zeit, bis sie bei uns aufgetaucht wären.«

Sara konnte sich vorstellen, wie verzweifelt ihre Tante gewesen sein musste. In ständiger Angst um Jim und um ihr eigenes Leben.

»Wieso war sie so zuversichtlich, dass ich dich nicht auf die Straße setze?«, fragte sie. »Ich meine, es ist schon verrückt, einen Fremden in seine Wohnung zu lassen. Besonders, wenn es sich bei ihm um einen gesuchten Vyncent-One handelt.«

»Aber du hast mich trotzdem bei dir versteckt. Womöglich kannte June dich besser, als du denkst.«

Sara seufzte. »Macht dich das alles nicht unglaublich wütend? Dass man dich ungefragt in diese Welt setzt und dich dann kurz darauf jagt, um dich zu töten?«

Jim atmete tief durch. »In erster Linie macht es mir große Angst. Und ich verstehe es nicht ... Ich bin vielleicht kein wirklicher Mensch, aber ich fühle und denke und handle wie ein Mensch.«

»Oh, sag das nicht«, widersprach Sara ihm. »Ich hoffe, dass du nie anfängst, wie ein typischer Mensch zu denken und zu handeln. Das sind Idioten!«

Jim lachte leise. Sara sah die feinen Lachfältchen, die seine Augen umspielten, bevor seine Miene wieder ernst wurde.

»Ich bin im Labor erschaffen worden und war den größten Teil meines Lebens tiefgefroren. Während der kurzen Zeit meiner Erziehung gab es nur Drill und keine Liebe ... Selbst wenn ich biologisch betrachtet ein Mensch *war*, wurde ich spätestens dort zur Maschine gemacht. Ich kann das nicht leugnen. Aber June hat mir gezeigt, dass mein Leben gut sein, dass ich jemandem etwas bedeuten kann. Und dass ich nicht nur ein Gegenstand bin.«

»Sie hatte recht«, flüsterte Sara. Seine Worte machten sie traurig, doch es war tröstlich, neben ihm zu liegen. Die Angst und die Verzweiflung, die sie noch vor wenigen Minuten gespürt hatte, waren verblasst. Und auf eine seltsame Weise erschien ihr die schreckliche Welt außerhalb ihrer Wohnung nicht mehr wichtig.

»Wenn sie uns erwischen ...«, hörte sie ihn sagen.

»Jim«, unterbrach sie ihn. »Daran will ich nicht denken. Nicht heute Nacht.«

»Wenn sie uns erwischen, werden sie dir alle möglichen Fragen über mich stellen. Dann musst du abstreiten, dass du mich aus freien Stücken aufgenommen hast. Du musst ihnen sagen, ich hätte dich gezwungen, mich zu verstecken. Du musst sie von deinem abgrundtiefen Hass auf Vyncent-Ones überzeugen und von deiner Erleichterung, aus dieser Lage befreit worden zu sein.« Er blickte sie beinahe flehend an. »Versuch, dich zu retten.«

»Ich bin ein Niemand«, antwortete Sara. »Das einzige, das meinem Leben Bedeutung gibt, ist die Chance, dir zu helfen.« Eine Träne rollte ihr über die Wange. »Gott, klingt das kitschig«, flüsterte sie und drückte seine Hand fester. Sie wollte nicht länger an die Gefahr denken, in der sie beide schwebten. Im Moment fühlte sie sich so sicher wie seit einer Ewigkeit nicht mehr. »Du hast so warme Hände. Das ist schön«, sagte sie, weil sie fürchtete, er würde das Thema nicht auf sich beruhen lassen. Sie rückte näher an ihn heran, bis ihr Gesicht nur noch wenige Zentimeter von seiner Brust entfernt war. »Bleibst du hier? Bitte versprich, dass du nicht gehst.« Es war vielleicht der egoistischste Wunsch, den sie je verspürt hatte. Und vielleicht war es der größte Fehler, den sie in ihrem Leben machen würde. Sie war sich des Risikos bewusst, das sie einging, wenn sie Jim hierbehielt, aber sie wollte es! Und sie wusste, seine Chancen, da draußen auch nur eine Woche zu überleben, waren gleich null. Es vergingen schrecklich lange Sekunden der Stille, bevor Jim endlich etwas erwiderte. »Jemand muss schließlich deine eiskalten Hände wärmen.«

»Es ist wichtig ...«, flüsterte sie, ohne auf seinen Witz einzugehen. Sie presste die Stirn gegen seine Brust. »Alles wird immer furchtbarer. Vielleicht wird sich irgendwann wirklich etwas ändern. Aber wer kann das wissen? Ohne dich ... Allein will ich das nicht durchmachen.«

»Ich verstehe, dass du im Moment furchtbar verzweifelt bist«, hörte sie Jim sagen. »Du hast June und
Gibbon verloren. Aber ich weiß, wie stark du bist.«

Sara schüttelte den Kopf. »Gib mir einfach dein
Wort, dass du nicht gehst.«

»Ich verspreche es.«

Erleichtert atmete sie auf. Sie rückte wieder ein paar
Zentimeter von ihm ab, um ihn anzusehen. Dann zog
sie seine Hand zu sich heran und küsste sie.

»Weißt du, was June über dich gesagt hat, bevor sie
mich zu dir geschickt hat?«, fragte er nach einer Weile.
»Sie meinte, du wärst ein ziemlich harter Brocken.«

Sara lachte. »Offensichtlich hast du mich ein
bisschen weichgekocht.«

Sein Finger strich über ihren Handrücken. »Du bist
tatsächlich weich.«

Sie entzog ihm die Hand und tastete nach seinem
Gesicht. Sanft fuhr sie über seine Wange, spürte die
warme Haut und die leichten Bartstoppeln. Sie wusste
nicht, ob er sich genauso anfühlte, wie ein gewöhn-
licher Mann. Dazu fehlte ihr der Vergleich ... Aber das
spielte für sie keine Rolle. Jim fühlte sich *echt* an.

Obwohl er so dicht neben ihr lag, verspürte sie das
Bedürfnis, ihm noch näher zu sein. Sie wünschte sich,
dass er den Arm um sie legte. Dass er sie ganz fest an
sich drückte und nicht mehr losließ. Sie zitterte, als
ihre Fingerspitze seine Unterlippe berührte. Und dann
küsste sie ihn.

Ein lautes Klopfen zerriss die Stille. Sara setzte sich ruckartig auf. Das Echo hallte in ihrem Kopf nach. Das Geräusch hatte zu nah geklungen, um aus einer der Nachbarwohnungen zu stammen. Als es erneut ertönte, diesmal noch lauter und drängender als beim ersten Mal, wusste sie, dass da jemand an *ihre* Tür hämmerte. Auch Jim setzte sich auf. Sara spürte ihn dicht neben sich. Sie versuchte, die Panik nieder zu drängen. *Nein, das war nicht die Polizei! Jemand von der Polizei würde nicht lange klopfen. Er würde die Tür eintreten.*

Sara riss sich hoch, doch Jim griff nach ihr, bekam ihren Arm zu packen und zerrte sie zurück.

»Ich muss gehen«, keuchte sie und machte sich von ihm los. Sie zwängte sich an dem Schrank vorbei und hastete zur Tür, doch kurz bevor sie sie erreichte, wurden ihre Schritte zögerlicher. Sie atmete tief ein. *Alles war in Ordnung. Wer auch immer da war, hatte es sicher nicht auf Jim und sie abgesehen!* Sara blickte zurück zum Schrank. Sie glaubte, Jims wild schlagendes Herz zu hören, aber es musste ihr eigenes sein. Von jetzt an würde sie jedes Mal Angst verspüren, wenn jemand an ihre Tür klopfte ... Mit starkem inneren Widerstand näherte sie sich dem Spion.

Was sie erblickte, lähmte ihren Verstand. Sie stieß einen matten Schrei aus. Dann riss sie die Tür auf.

Sara presste sich die Hand vor den Mund und fing

augenblicklich an zu weinen. Er war es. Er war es wirklich! Stumm und fassungslos starrte sie in Gibbons entstelltes Gesicht. Es war von zahlreichen Beulen überzogen. Getrocknetes Blut klebte überall, auf seinen Wangen, seiner Stirn, den Ohren, auf seinem Hals. Aber er lebte! Die Gedanken in Saras Kopf überschlugen sich. Er musste der Polizei am Abend der Demonstration doch entkommen sein. Wie war es ihm gelungen, von der Wiese zu fliehen? Vielleicht hatten sie ihn für tot gehalten und ihn einfach dort liegen gelassen. Vielleicht hatte er sich bis jetzt irgendwo verkrochen.

Gibbons gerötete Augen waren nass vor Tränen. Sara schluchzte und fiel ihm um den Hals. Sie umarmte ihn ganz fest, um sich davon zu überzeugen, dass er wirklich real war. Ein Schmerzenslaut drang aus seiner Kehle. Sara ließ von ihm ab und erschrak. Er wankte und wimmerte. Sie packte seinen Arm, um ihn zu stützen. Und dann erkannte sie, was sie ihm angetan hatte. Unter seiner Jacke war er nackt. Die Parolen, die am Tag der Demonstration auf seinem Oberkörper gestanden hatten, waren verschwunden. Und mit ihnen große Teile seiner Haut. Wegen der Jacke konnte Sara das gesamte Ausmaß nicht sehen. Schockiert starrte sie auf seine blutige Brust. »Oh, Gott«, stieß sie aus. Ob man Gibb die Haut herausgeschnitten, ihn mit einem Bunsenbrenner versengt oder mit Säure übergossen hatte, konnte sie nicht sagen. Aber es musste unfassbar qualvoll sein.

»Sara ...«

Sie hielt den Atem an. Es tat ihr weh, ihn anzusehen, aber sie wich seinem Blick nicht aus. Die Schmerzen machten es ihm fast unmöglich, aufrecht zu stehen. »Es tut mir so leid. Sie haben mich gezwungen, herzukommen«, flüsterte er. In diesem Moment durchbrach ein ohrenbetäubender Schuss die Stille. Das Echo hallte durch den Treppenflur. Sara sah den leeren Blick in Gibbons Augen, als er zusammen-sackte. Ungläubig starrte sie hinab auf den Körper ihres Freundes. Eine Blutlache breitete sich auf dem Boden aus und wurde schnell größer.

Als sie aufblickte, sah sie den Uniformierten, der die Waffe noch immer auf Gibbon gerichtet hielt, als rechnete er damit, dass die eine Kugel in seinem Kopf nicht genug gewesen war. Hinter ihm waren weitere Polizisten. Wie erstarrt sah Sara den Männern entgegen. Sie hielt die Luft an, wartete darauf, dass der Kerl seine Waffe als Nächstes auf sie richten und abdrücken würde.

Plötzlich war Jim neben ihr. Er packte sie, zerrte sie zurück in die Wohnung und schlug die Tür zu. Er drängte Sara ans Ende des Flurs. Sie suchte seinen Blick. »Es ist vorbei«, keuchte sie.

Dann krachte es. Die Axt zertrümmerte die Tür mit Leichtigkeit. Sara drückte Jims Hand, als die Männer brüllend auf sie zustürmten. Sie schrie. Einer der Kerle packte sie und drückte ihr die Kehle zu. Im nächsten Moment wurde es dunkel und ihre Hand, mit der sie eben noch Jim gespürt hatte, war leer.

Erst im Amtsgebäude nahm man Sara den Sack vom Kopf. Gierig schnappte sie nach Luft. Das kühle Neonlicht der Deckenleuchten blendete in ihren Augen, während zwei Uniformierte sie durch den langen Flur führten. Die Männer traten und schubsten sie, sodass sie immer wieder hinfiel. Jedes Mal, wenn sie sich nicht schnell genug vom Boden aufrappelte, zerrte sie einer der Kerle brutal an den Haaren. »Das ist die Art, wie wir mit Schlampen wie dir umspringen, die Fakemenschen decken. Wirklich tolle Freunde hast du da ... Einen VyO und einen schwarzen Volksverräter mit giftgrünen Haaren. Geh weiter, Miststück!«

Sie brachten Sara in einen Raum, der bis auf zwei Stühle leer war, und stießen sie auf einen davon. »Ab jetzt wird's ungemütlich für dich«, sagte einer der beiden grinsend. Dann gingen sie hinaus.

»Sara Davis. So schnell sieht man sich wieder.«

Sara erkannte die tiefe Stimme sofort. Sie riss den Kopf herum und erblickte den braungelockten Beamten. Benner. Es war ihr unmöglich gewesen, diesen Namen zu vergessen.

»Entschuldigen Sie die etwas schroffe Art meiner Mitarbeiter. Alle, die hier im Amt tätig sind, tragen die Nase recht weit oben.« Benner zog seinen Stuhl mit sich. Das Geräusch des über die Fliesen scharrenden Metalls bereitete Sara eine Gänsehaut. Er setzte sich dicht vor sie.

»Die halten Leute wie Sie für Abschaum«, erklärte er beiläufig. Ein ungewöhnlich großer, breitschultriger Kerl, der die gleiche Uniform wie alle anderen trug, nur dass sie ihm viel zu klein war, trat ein und postierte sich schweigend neben der Tür. Allein sein Anblick war furchterregend. Sara fragte sich, wozu er hier war. Hoffentlich bestand seine einzige Aufgabe darin, die Tür zu bewachen. Und hoffentlich würde er ihr nicht näher kommen als bis auf diese zwei Meter, die sie im Moment voneinander trennten. Benner zog eine Akte aus seinem Jackett und blätterte sie auf. »Name Sara Davis, Alter 16, vorbestraft.« Der Zusatz *vorbestraft* war neu. Seine Stimme hallte unangenehm im Raum. Er zählte ihre persönlichen Daten auf, so, wie er es bei ihrem ersten Aufeinandertreffen getan hatte. Es fiel Sara schwer, zu glauben, dass das nur wenige Tage zurücklag. Ihr Blick huschte zur Tür. Sie schien aus massivem Stahl zu bestehen und erinnerte an einen überdimensional großen Safe. Auch wenn sie einen Spalt offen stand, änderte das nichts an Saras Gefühl, in der Falle zu sitzen. Der Riese starrte sie unentwegt an und sein starrer Blick brannte auf ihrer Haut.

»Waffenzulassung ... keine«, las Benner weiter.

»Hippieschlampe«, kommentierte der Wachposten.

Sara umklammerte ihre Oberschenkel. „Wo ist Jim?", fragte sie und zwang sich, Benner in die Augen zu sehen. Sie ahnte, dass er ihr keine Antwort geben würde.

»Ich bin wirklich überrascht, Sie so zeitnah wiederzusehen, Sara Davis«, sagte er, als hätte er ihre Frage überhaupt nicht gehört. Er neigte den Kopf ein wenig zur Seite und lächelte sie an. Dann beugte er sich vor. Bevor Sara reagieren konnte, packte er sie im Genick. Sie versuchte, sich seinem Griff zu entziehen, doch als sie im Augenwinkel sah, dass sich der Riese an der Tür bewegte, hielt sie augenblicklich still. Der Wachposten blieb stehen. Benner lockerte seinen Griff, ohne sie loszulassen. Sara leistete keinen Widerstand. Vielleicht tat er ihr nicht weh, wenn sie kooperierte. Er drehte ihren Kopf zur Seite, schob ihr Haar zurück und betrachtete das Brandmal. »Na, das sieht doch schon ganz hübsch aus.« Er ließ sie los, zog den Kugelschreiber aus seiner Brusttasche und notierte etwas auf einer der hinteren Aktenseiten. Kurz darauf blickte er wieder auf. »Sie interessieren sich also dafür, wie es dem Vyncent-One geht. Wissen Sie, wir jagen diese Monster. Das ist unser Job.«

Sara sah ihn an und schluckte schwer. *Monster.* Die wahren Monster waren Benner und diese Unmenschen. Die Ungewissheit darüber, was sie Jim bereits angetan haben mochten, machte sie krank.

»Der Kerl, dem Sie offenbar bereitwillig Unterschlupf gewährt haben, ist eine elende Missgeburt, die es nie hätte geben dürfen. Ich wüsste gern, wie lange er bei Ihnen war. Was war er für Sie? Ihr Butler, der Ihnen den Abwasch erledigt hat? Oder war die Beziehung zwischen Ihnen beiden womöglich etwas intimer? Haben Sie miteinander Beischlaf vollzogen?« Die Fragen trafen Sara wie Pfeile. Doch das

Schlimmste war, dass der Mann in der Vergangenheitsform sprach. *Was war er für Sie?* Was hatten sie ihm angetan?

Sie schwieg. Auch wenn Benner fortwährend lächelte, spürte sie, dass er bald die Geduld verlieren würde. Sie dachte an die Liege, an die Fesseln und an das glühende Eisen. Aber zum ersten Mal machte ihr die Erinnerung daran keine Angst.

»Sie sind nicht besonders auskunftsfreudig. Ich weiß nicht, ob Ihnen der Ernst Ihrer Lage bewusst ist. Das hier kann tödlich für Sie enden, wenn Sie nicht ein bisschen guten Willen zeigen.«

Sara fiel es inzwischen schwer, zu atmen. Sie war so angespannt, dass alle Muskeln in ihrem Körper schmerzten.

»Ich habe nichts Unrechtes getan.« Ihre Stimme zitterte. »Und Jim auch nicht.«

Benners falsches Lächeln wurde für einen kurzen Moment noch breiter. »Sie sind schrecklich nervös, Sara Davis. Ich könnte Ihnen etwas verabreichen lassen. Glauben Sie mir, dann schnurren Sie wie eine Katze. Aber es ist nicht mein Stil.«

Seine eiskalten Augen und dieses Grinsen waren unerträglich. Als eine Träne über Saras Wange rollte, senkte sie den Kopf und wischte sie schnell mit dem Ärmel weg. Er genoss es, sie zu quälen. Dieses Verhör war nur Formsache. Ein bürokratischer Akt. Für die Männer war sie bereits überführt. Und es gab vermutlich keinen Weg, Jim und sich zu retten.

»Was passiert mit ihm?«, presste sie hervor. Sie

zwang sich, Benner wieder fest in die Augen zu sehen. Für einen Moment wirkte er beeindruckt. Vielleicht überraschte ihn ihre Courage. Er hatte sicher damit gerechnet, dass sie nun zusammenbrechen und weinend um Gnade betteln würde.

»Was man mit ihm machen wird, möchten Sie nicht wissen. Glauben Sie mir.«

Sara verspürte einen Impuls, dem Mann ins Gesicht zu schlagen, so hart sie konnte, aber sie hielt sich zurück. »Sagen Sie es mir«, verlangte sie. Ihre Stimme bebte vor Erregung.

»Dass er beseitigt werden wird, sollte Ihnen wohl klar sein! Zu den Details kann ich keine Aussage treffen. Die Methoden sind vielfältig und die Zerstörung ... die Hinrichtung ... oder wie Sie es nennen wollen, folgt keinem festen Schema. Die Prozeduren sind zuweilen sehr kreativ, wie Sie sicher wissen. Man statuiert Exempel an ihnen, macht viel Tamtam, jedes Mal, wenn eins von den Dingern plattgemacht wird. Die Bevölkerung lechzt danach. Fragen Sie mich nicht, warum die Leute so scharf darauf sind. Wahrscheinlich ergötzen sie sich daran, dass es Kreaturen gibt, die noch mieser dran sind als sie selbst. Es spielt eigentlich keine Rolle, ob wir Ihren Gespielen mit einer feinzahnigen Knochensäge bei lebendigem Leib in Stücke schneiden, ob wir ihn von Würmern fressen lassen oder ihn ganz langsam in einem Säurebecken auflösen. Aber wenn es Sie so sehr interessiert, können Sie zusehen. Es wird wie immer live im Internet übertragen.« Dann seufzte er, lehnte sich auf dem Stuhl zurück und schob den Kugelschreiber wieder in die Jacketttasche. »Ich wohne mit meiner Mutter zusammen. Das dürfte Sie verwundern.«

Sara hatte keine Ahnung, was die Grausamkeiten, von denen er eben gesprochen hatte, mit seiner Mutter zu tun hatten. Er redete weiter, obwohl sie kein Interesse signalisierte.

»Sie ist alt und ihr Geisteszustand wird jeden Tag schlechter. Manchmal, wenn ich nach dem Dienst heimkomme, erkennt sie mich nicht mehr. Sie gerät in Panik und schreit um ihr Leben, weil sie mich für einen Einbrecher hält. Es ist nicht leicht, das zu ertragen.«

»Warum erzählen Sie mir das?«

»Weil Sie begreifen sollen, dass ich durchaus menschlich bin. Ich habe auch meine Sorgen und Probleme. So wie Sie. Denn Sie und ich, *wir* sind Menschen. Im Gegensatz zu einem Vyncent-One.«

Sara schnaubte abfällig, um ihm zu zeigen, wie wenig sie auf seine Worte gab. Er setzte sich wieder aufrecht hin, packte ihre Hand und zog sie zu sich heran. Sara zwang sich, nicht zu schreien. Während er ihr Handgelenk mit der Rechten brutal festhielt, strich er mit den Fingern der Linken beinahe zärtlich an der Innenseite ihres Unterarmes bis hinauf zur Armbeuge. Ein eisiger Schauer durchzog Saras Körper, gefolgt von einer Welle des Ekels.

»Haben Sie für diesen Blechmann nicht schon genug gelitten?«

Sara fragte sich, warum er nicht aufhörte. Warum ließ er sie nicht endlich in eine Gefängniszelle führen?

»Was geht eigentlich in den Köpfen von Leuten wie Ihnen vor? Wollen Sie einfach nicht begreifen, was gut für Sie ist? Unser Planet ist am Limit. Jeder Kontinent, jedes Land, jede Stadt sind jetzt auf sich allein gestellt. Und wir müssen sehen, wo wir bleiben. Wir haben nicht mehr genug Ressourcen für alle, also müssen wir aussieben. Vyncent-Ones sind unserer Rasse nicht ebenbürtig. Sie sind minderwertig und den kostbaren Sauerstoff nicht wert, den sie uns wegatmen. Und so hart es klingt, auch die Alten, Kranken und die anderen Taugenichtse müssen beseitigt werden. Leider gibt es immer mehr Aufrührer da draußen, die das nicht akzeptieren wollen. Dabei tun wir unser Bestes, euch zur Vernunft zu bringen. Wir erschaffen Gesetze und verschärfen die Strafen für die Missachtung der Regeln ... Letztlich nur, um euch zu schützen.« Plötzlich wirkte Benner amüsiert. »Wissen Sie zum Beispiel, dass die Teilnahme an ungenehmigten Demonstrationen seit Kurzem mit dem Absägen der Füße bestraft wird? Das wurde auf der letzten Amtssitzung einstimmig beschlossen.«

Sara erschrak. Es kostete sie Überwindung, seinem Blick nicht auszuweichen. Gleichzeitig versuchte sie, in Benners Miene zu lesen, ob er gelogen hatte.

»Empfinden Sie die Strafe als zu hart?« Er lachte auf. »Vielleicht ist sie es, aber Sie müssen zugeben, sie ist überaus effektiv.«

Er beugte sich Sara entgegen. Automatisch zog sie

den Kopf zurück.

»Sie haben diesbezüglich nichts zu befürchten. Das Mitwirken an einer Demonstration ist schließlich kein Delikt das Ihnen zur Last gelegt wird, richtig?«

Sie nickte stumm. Dieser Mann wusste genau, dass sie mit Gibbon auf der Demonstration gewesen war. Noch immer hielt er ihr Handgelenk im Klammergriff. Er warf dem Wachposten einen Blick zu, woraufhin der Mann wortlos den Raum verließ und die Tür hinter sich schloss. Einen Moment empfand Sara Erleichterung, dass der Riese fort war. Aber dann fragte sie sich, was Benner mit ihr vorhatte. Etwas, bei dem er keine Zeugen wollte?

»Ich habe die Möglichkeit, euer beider Leben auszulöschen. Oder es zu retten.«

*Oder es zu retten.* Sara starrte den Mann an. Hatte sie ihn richtig verstanden? Bestimmt war das wieder nur Teil seines perversen Psychospiels. Und doch regte sich in ihr ein Funke Hoffnung. Gab es noch eine Chance, dass es nicht mit ihrem Tod endete?

»Warum sollten Sie uns davonkommen lassen?«, fragte sie mit fester Stimme.

Er lachte. »Sie sind ziemlich taff. Es macht mir Spaß mit Ihnen.«

Noch einmal zerrte Sara an ihrem Arm. Benner hatte offenbar nicht damit gerechnet, und es gelang ihr, sich aus seinem Griff zu befreien. Für ein paar Sekunden sah er sie stumm an. In seiner Miene regte sich etwas, das Sara nicht deuten konnte. Sie glaubte, einen Anflug von Angst darin zu erkennen. Doch schon im nächsten Moment war sein Blick wieder so bohrend, so kalt, dass es ihr fast den Atem raubte.

Er stand auf, ging zur Tür und öffnete sie einen Spalt. »Weg mit ihr!«

Augenblicklich kehrte der Wachposten zurück, packte sie bei den Schultern und riss sie vom Stuhl. Er kippte um und krachte zu Boden.

»Warten Sie!« Sara suchte Benners Blick. »Wie haben Sie das gemeint?«, brüllte sie ihm entgegen, aber er ignorierte sie. Die Pranken des Riesen drückten sich schmerzhaft in ihren Oberarm. Dann zerrte er sie mit sich, hinaus aus dem Raum.

## 35

Der Wachmann stieß Sara so brutal in die Zelle, dass sie hart gegen die Wand prallte. Die Tür schloss sich und es wurde augenblicklich finster in der kleinen Kammer. Es dauerte ein paar Sekunden, bis Saras Augen sich an die Dunkelheit gewöhnten. Dann sah sie Jim auf dem Boden liegen.

»Jim, kannst du mich hören?« Sie kniete sich neben ihn, strich ihm das Haar aus dem Gesicht und konnte dabei ihre zitternden Hände kaum ruhig halten. Er hatte sich zusammengekauert und reagierte nicht. Saras Panik wuchs. War er tot? Doch dann blinzelte er, und sie atmete erleichtert auf. Seine Wange war geschwollen und über der Augenbraue hatte er eine Platzwunde, aber er war bei Bewusstsein.

»Alles wird gut«, flüsterte sie. »Wir müssen nur durchhalten.«

»Okay«, murmelte er kaum hörbar. Das Sprechen strengte ihn an.

»Hast du starke Schmerzen?« Saras Blick wanderte über seinen Körper. Die Kleidung war zerrissen und schmutzig, aber abgesehen von seinem Gesicht entdeckte sie keine offenen Wunden. Doch was, wenn er innere Verletzungen hatte? Sie strich über seinen Rücken und spürte, wie Jim zusammenzuckte. Ein gequältes Stöhnen drang aus seiner Kehle. Sofort nahm Sara die Hand weg. »Jim, was haben die mit dir gemacht?«

»Ist halb so schlimm.«

Sara sah trotz des schwachen Lichts ein Lächeln auf seinen Lippen. Ganz klar, er versuchte, sie zu beruhigen. Ohne es verhindern zu können, schluchzte sie auf. Ihr kamen die Tränen und gleichzeitig stieg heftige Wut in ihr hoch. »Diese brutalen Dreckskerle. Ich hasse sie!« Sie berührte Jims Haut, die ganz kalt war. Noch einmal sah sie sich in der Zelle um, in der Hoffnung, eine Decke zu finden. Aber da war nichts. »Versprich mir, dass du durchhältst«, flüsterte sie leise in sein Ohr.

»Ich verspreche es.« Seine Hand schloss sich fest um ihre, und die Kraft seines Griffs verschaffte ihr einen Moment der Erleichterung. Aber die Angst vor dem, was ihnen bevorstand, konnte sie nicht abschütteln. Sie fragte sich, wie viel Zeit noch blieb. Stunden oder Tage? Was würden sie Jim antun? Diese Frage brannte unerträglich in ihrem Innern. Sie wischte sich die Tränen aus den Augen und wollte etwas sagen, um sich selbst und ihm ein wenig Mut zu machen, aber sie konnte nicht.

Als jemand die Tür öffnete, klammerte sich Sara fester an Jim. Sie würde ihn nicht kampflos diesen Barbaren überlassen. Und wenn sie gekommen waren, um ihn abzuholen, würde sie mit ihm gehen.

»Hoch mit ihm!« Benner brüllte nicht. Im Gegenteil ... Er schien darauf bedacht zu sein, keinen Lärm zu machen. Und offenbar war er allein gekommen.

Jim war in diesem Zustand völlig wehrlos. Sara wollte nicht riskieren, dass Benner gleich wieder die brutalen Kerle holte, damit sie ihn erneut misshandelten. Sie zerrte an ihm, ohne zu wissen, ob er überhaupt in der Lage war, aufzustehen.

Und wenn Benner vorhatte, ihn zu exekutieren? So schnell, kaum eine Stunde, nachdem sie festgenommen worden waren?

Mit Mühe schaffte es Jim, sich aufzurichten. Erst jetzt sah Sara das ganze Ausmaß seiner Blessuren. Da waren Sohlenabdrücke auf seinem Pullover, als hätten die Wärter auf ihn eingetreten. Er stöhnte und krümmte sich vor Schmerzen, während sie ihn stützte, so gut es ging.

»Sobald man merkt, dass ich euch hab laufen lassen, werden mich einige der besonders ambitionierten Kollegen noch heute Abend lynchen wollen. Also kommt jetzt, bevor ich es mir anders überlege!« Mit diesen Worten verließ der Mann die Zelle. Sara starrte ihm durch die offene Tür nach und versuchte, die Situation zu begreifen. »Was hat er vor?«, flüsterte sie.

Im ersten Moment wirkte Jim genauso verwirrt über Benners Verhalten wie sie. Dann machte er einen Schritt auf die Tür zu und zog Sara mit sich. Doch sie wehrte sich dagegen. Nach allem, was sie erlebt hatte, wusste sie, dass diese KLPO-Monster nicht nur kaltherzig und brutal waren. Sie genossen es auch, mit ihren Opfern zu spielen. Bestimmt war das, was Benner hier abzog, nur Theater. Sicher bereitete es ihm ein perverses Vergnügen, ihnen Hoffnung zu machen. Vielleicht ließ er sie entkommen, nur um sie kurz darauf bei der Flucht zu erwischen und sie hart zu bestrafen. »Das muss eine Falle sein!«

»Und wenn nicht?« Jim zerrte erneut an ihr.

Sara starrte noch immer zur Tür. Das alles ergab keinen Sinn. Benner würde sie bestimmt nicht einfach gehen lassen. Aber was hatten sie zu verlieren? »Okay.«

Jim hielt ihre Hand so fest, dass es beinahe wehtat, während sie Benner durch die Flure und schließlich eine Treppe hinab folgten. Jeder Schritt schien eine Qual für Jim. Immer wieder stöhnte er auf, wenn die Schmerzen zu heftig wurden. Aber er hielt durch. Vielleicht hatte die Aussicht auf Flucht seine letzten Kräfte mobilisiert. Der Weg erschien Sara unfassbar lang. Da es keine Fenster gab, wusste sie nicht, ob es noch mitten in der Nacht oder bereits der nächste Tag war. Das Gefühl für die Zeit hatte sie verloren. Sie ließen unzählige Türen hinter sich und begegneten keinem einzigen weiteren Menschen, als wäre außer ihnen niemand sonst im Gebäude.

Nach und nach schien Jim das Laufen leichter zu fallen. Saras Hoffnung wuchs, dass seine Verletzungen nicht allzu gravierend waren. Aber vielleicht waren sie gleich ohnehin tot ...

Benner öffnete eine schmale Stahltür. Das Licht der aufgehenden Sonne blendete Sara, und sie hielt sich die Hand vor die Augen. Noch immer hielt sie es für wahrscheinlich, dass der Beamte sie nur durch das halbe Gebäude zu diesem entlegenen Ausgang gelockt hatte, weil es zu seinem Psychospiel gehörte. Er hatte es von Anfang an genossen, ihr Angst zu machen, sie während des Verhörs einzuschüchtern, sie zu foltern und zu erniedrigen. Vielleicht war es sogar seine Idee gewesen, Gibbon zu ihr zu schicken, nur um ihn vor ihren Augen erschießen zu lassen. Und jetzt genoss er es, Jim und ihr die Aussicht auf Flucht vorzugaukeln ... Sara fühlte die frische Luft auf ihrem Gesicht. Ein Teil von ihr hatte nicht mehr daran geglaubt, noch einmal die Sonne aufgehen zu sehen und den Wind zu spüren. Jim drängte sich dichter an sie und schob sie durch die Tür nach draußen.

Benner spähte nervös zurück in den Flur, als fürchtete er, jemand könnte sie bemerkt haben. Dann suchte er die Umgebung ab.

Sara sah sich ebenfalls um. Außer ihnen war keine Menschenseele in der Nähe. Ihre Panik wuchs, Benner könne sie nur hierher hinter das Amtsgebäude geführt haben, um sie zu erschießen. Um drinnen nicht unnötig Dreck zu machen. Er würde nicht einmal mit der Wimper zucken, wenn er sie exekutierte. Andererseits wirkte er im Moment irgendwie nervös und gar nicht mehr so eiskalt und abgeklärt. Das hier war für ihn anscheinend keine Routinesituation.

»Lassen Sie uns wirklich laufen?«, fragte sie, weil sie die Anspannung nicht länger aushielt. Benner reagierte nicht auf sie. Er kratzte sich die Schläfe und trat auf der Stelle, wie ein Wahnsinniger, der in einer winzigen Zelle gefangen war. »Alles fällt in sich zusammen. Ich versuche nur, meinen Hals zu retten«, murmelte er wie zu sich selbst.

Da war sie wieder, die Angst in seinen Augen. Inzwischen war Sara sicher, dass sie real war. Er zog ein Dokument aus seiner Gesäßtasche und faltete es auseinander. Dann drückte er Sara seinen Kugelschreiber und eines der Papiere in die Hand. »Unterschreiben!«, befahl er. Sara las nur die Überschrift. *Entlassungspapier.* Sie hockte sich hin, legte den Zettel auf ihren Oberschenkel und setzte ihre zittrige Unterschrift auf die gestrichelte Linie direkt neben Benners Namen. Sofort entriss der Beamte ihr das Papier wieder, faltete es unordentlich zusammen und schob es zurück in die Tasche. »Das Formular beweist, dass ich dich und deinen gottverdammten VyO entlassen habe. Es verschafft mir Pluspunkte, falls man mich anklagt.«

Sara nickte zögerlich, obwohl sie kaum begriff, was er redete.

Wieder blickte sich Benner nach allen Seiten um. »Die aktuelle Revolte da draußen und die bevorstehende Wahl werden das ganze Land ins Chaos stürzen. Und ich gehe davon aus, dass es die KLPO danach nicht mehr geben wird. Aber sobald sich das Chaos legt, wird man anfangen, herumzuschnüffeln. Man wird jeden Schritt, den diese Organisation gemacht hat, untersuchen und uns zur Rechenschaft ziehen.« Benner drückte sich die Fäuste gegen die Stirn und stieß einen gedämpften Schrei aus. Sara spürte, wie Jim ihren Arm noch fester umklammerte. Er fürchtete wohl, der Mann könnte gleich erkennen, dass sein Vorhaben ihm nichts nützen würde.

Ein Grinsen huschte über Benners Lippen. »Eure Entlassungspapiere bewahren mich mit etwas Glück vor dem Galgen. *Der geläuterte Beamte mit dem großen Herz, der Gnade walten ließ und einem Vyncent-One das Leben schenkte* ... Vielleicht stecken sie mich eine Zeit lang in den Knast, aber irgendwann komme ich raus. Dann werdet ihr zwei vermutlich längst verfault sein und ...« Plötzlich verstummte Benner, fuhr herum und starrte durch die Tür ins Innere des Gebäudes. Offenbar hatte er ein Geräusch gehört. Einen Moment lauschte er, bevor er sich wieder Sara und Jim zuwandte. »Lauft«, knurrte er aggressiv. »Eure Chancen, davonzukommen, stehen ohnehin denkbar beschissen. Mädchen, wenn du schlau bist, trennst du dich von deinem Freund. Mit einem VyO im Schlepptau kommst du garantiert nicht weit.«

## 36

Bis nach Einbruch der Dunkelheit hatten sich Sara und Jim in der Ruine einer alten Lagerhalle versteckt und es erst dann gewagt, zu Bessie zu gehen und ihr alles zu erzählen. Gibbons Schicksal hatte sie tief erschüttert, doch die Wut und ihr Kampfgeist schienen stärker zu sein als die Verzweiflung. Sie hatte geweint und unter Tränen immer wieder Flüche auf die KLPO ausgestoßen, während sie ein paar Sachen zusammenpackte. Warme Kleidung, einen Schlafsack und etwas zu essen für Sara und Jim. Als Sara sich von ihrer Freundin verabschiedete, fühlte es sich an wie ein Abschied für immer. Mit Bessie musste sie nun das Letzte zurücklassen, das ihr aus ihrem alten Leben noch geblieben war.

Es war anstrengend gewesen, den ganzen Weg zu Junes Haus zu Fuß zurückzulegen. Die Kälte hatte ihnen zu schaffen gemacht, aber mehr noch die ständige Angst, entdeckt zu werden. Doch sie hatten es geschafft! So weit außerhalb der Stadt war die Welt eine völlig andere. Die Luft war sauberer, es gab keinen dreckigen Rauch, der aus den Schornsteinen der Müllverbrennungsanlagen drang, und auch nicht die ewige Dunstglocke, die einem die Sicht auf den Himmel verwehrte. An diesem Morgen schien die Sonne und die Temperatur lag ein paar Grad über null, doch Sara nahm die Schönheit des Tages kaum wahr. Sie lag frierend in den Schlafsack gehüllt auf Junes Matratze,

eines der wenigen Dinge in dem fast leeren Haus.
Während Jim sich schnell von seinen Verletzungen
erholt hatte – es waren zum Glück nur Schürfwunden
und Prellungen gewesen – hatte sich ihr eigener
Gesundheitszustand in den letzten Tagen plötzlich
verschlechtert. Die Bisswunde hatte sich entzündet.
Obwohl sie in der Nacht mindestens zehn Stunden
geschlafen hatte, fühlte sie sich unfassbar müde. Jim
hatte sie mehrfach aufgeweckt, er hatte gesagt, sie habe
wild geträumt und im Schlaf geredet, aber davon
wusste sie fast nichts mehr. Inzwischen strengte es sie
sogar an, die Augen für länger als drei Sekunden offen
zu halten. Sie hoffte, dass es nur eine Erkältung und
keine Blutvergiftung infolge der Bisswunde war.

Die meiste Zeit schlief sie oder befand sich in einem
Dämmerzustand. Manchmal spürte sie Jims Nähe,
wenn er ihr über den Kopf strich, ihre Stirn fühlte
oder sie dazu bringen wollte, etwas Suppe zu trinken.
Aber jetzt konnte sie seine Nähe nicht wahrnehmen.
Sie blinzelte, und das ungewohnt grelle Sonnenlicht,
das trotz der Vorhänge seinen Weg hineinfand, stach
ihr in die Augen. Sie hob den Kopf und suchte den
Raum ab. Junes leeres Wohnzimmer erschien ihr noch
immer befremdlich. In ihren Erinnerungen war es bis
unter die Decke mit Möbeln, Bildern und Gegenständen vollgestopft gewesen. Als kleines Mädchen
hatte sie hier unzählige Abenteuer erlebt. Sie hatte sich
Verstecke unter den Tischen gebaut und die Kisten
und Schränke waren voller Schätze und wundersamer
Dinge gewesen, weil June einfach *alles* gesammelt

hatte. Nun war nichts mehr davon übrig. Im Laufe der letzten zwei Jahre hatte ihre Tante die meisten ihrer Habseligkeiten gegen Nahrungsmittel eingetauscht. Von damals war nur der bunte Teppich geblieben und der vertraute süßlich-muffige Geruch nach Staub und Räucherstäbchen.

Sara konnte Jim nirgends erblicken. In einem Anflug von Panik, die ihre Kräfte mobilisierte, richtete sie sich auf. Für einen Moment wurde ihr schwarz vor Augen und sie befürchtete, sich übergeben zu müssen.

»Sara, was hast du?« Jim kam auf sie zu. Erleichtert griff sie nach seiner Hand und hielt sie fest.

»Ich dachte gerade, du wärst nicht mehr da.« Ihre Stimme zitterte. Jim drückte ihren Kopf sanft an seine Brust und streichelte ihr beruhigend übers Haar. Sara klammerte sich an den Stoff seines Pullis. Nach ein paar Minuten legte sie sich wieder hin und zog den Reißverschluss ihres Schlafsacks ein Stück auf, damit Jim hineinkriechen konnte. Im Gegensatz zu der bitterkalten Nacht nach ihrer Ankunft, in der sie zum ersten Mal den Schlafsack miteinander geteilt hatten, zögerte er jetzt nicht. Nach wenigen Augenblicken spürte Sara die Wärme, die von ihm ausging. Sie schloss die Augen und konzentrierte sich auf seine Atemzüge.

»Ich werde mich nach Medikamenten umsehen«, hörte sie ihn flüstern. »Ich frage ein paar Leute, vielleicht gibt es irgendwo einen Arzt oder jemand, der dir helfen kann.«

»Nein, Jim. Mir geht es bestimmt bald besser. Das Risiko, rauszugehen, ist zu hoch. Vielleicht hat man eine Großfahndung nach uns ausgerufen.« Insgeheim wunderte es sie, dass die Polizei nicht längst hier aufgetaucht war. Es war sicher nicht schwer, June als ihre letzte Verwandte ausfindig zu machen. Und wenn den Beamten das gelungen war, lag der Rückschluss auf ihren Zufluchtsort nahe. Aber vielleicht hatte die KLPO im Moment Wichtigeres zu tun, als Jim und sie wieder einzufangen. Mit jedem Tag, der verstrich, wuchs Saras Zuversicht, dass die Polizei nicht kommen würde.

Jim legte eine Hand auf ihre Stirn und berührte dann ihre Wange. Obwohl Saras Augen geschlossen waren, sah sie sein sorgenvolles Gesicht vor sich. Sie hatte Fieber und sie fühlte ihre Kräfte schwinden, aber im Moment machte ihr das keine Angst. Es war nur eine Erkältung. Ganz sicher. Seine Fingerkuppen strichen sanft die Linie ihrer Wange entlang bis zu ihrem Mundwinkel. Kurz darauf spürte sie seine Lippen auf ihrer Stirn, doch sie war zu müde, die Augen noch einmal zu öffnen. Zu müde, um auf seinen Kuss zu reagieren.

Ein lautes Klopfen ließ sie hochschrecken. Sara wusste nicht, ob sie nur wenige Minuten oder ein paar Stunden geschlafen hatte, aber Jim war immer noch bei ihr. Er befreite sich aus dem Schlafsack und sprang auf. Sara starrte zur Tür, während er den Vorhang ein winziges Stück zurückzog, um durchs Fenster hinauszublicken. »Es ist Bessie!«

Erleichtert presste Sara die Hand auf ihr pochendes Herz. Jim spähte noch immer hinaus. Er schien sich davon überzeugen zu wollen, dass Bessie allein gekommen war. Dann schob er die Truhe beiseite, die die Tür versperrte. Natürlich war sie keine besonders wirksame Barrikade, aber sie verschaffte Sara und Jim im Ernstfall vielleicht ein paar Sekunden Zeit.

Sara war unsicher auf den Beinen. Trotzdem hastete sie zur Tür und riss sie auf, kaum dass das Hindernis aus dem Weg geräumt war. Als sie Bessies Gesicht sah, fürchtete sie für einen kurzen Moment, dass sie sich ihre Freundin nur einbildete. Dass sie ein durch das Fieber hervorgerufenes Fantasiegebilde war. Aber ihre Umarmung war zu fest, um nicht real zu sein. »Geht es euch beiden gut?«, fragte Bessie, nachdem sie auch Jim umarmt hatte.

Sara nickte. »Ja. Uns geht es gut. Und dir? Bist du auch okay?«

Jim schloss die Tür und stellte sich dicht neben Sara, als fürchtete er, sie könnte jeden Moment zusammenbrechen.

»Ich bringe fantastische Nachrichten. Die Wahlprognosen ... sie übertreffen unsere kühnsten Erwartungen. Es ist unglaublich!« Bessie stieß ein wildes Lachen aus. Gleichzeitig füllten sich ihre Augen mit Tränen. »Bald müsst ihr euch nicht mehr verstecken. Alles wird sich ändern!«

Sara tastete nach Jims Hand.

»Als die ersten Meldungen über die Wählerumfragen kamen, war ich noch misstrauisch. Aber dann gab es immer mehr solcher Nachrichten. Die verfluchten KLPO-Ämter im ganzen Land lösen sich bereits auf. Diese Verbrecher löschen sämtliche Daten aus ihren Computern, verbrennen die Akten ... Sie verwischen ihre Spuren und verkriechen sich in irgendwelchen Löchern. Alles ist in heller Aufregung.« Bessie war außer Atem. Sie befreite sich aus dem überlangen Schal, den sie fünf oder sechs Mal um ihren Hals geschlungen hatte. »Es soll eine Übergangslösung geben, die die Regierungssituation von vor zwei Jahren wiederherstellt, bevor die KLPO an die Macht kam. Auf diese Weise will man erst einmal irgendeine Form von Ordnung herbeiführen.«

»Einfach so?«, fragte Sara. Ihr Verstand versuchte noch, die Informationen zu verarbeiten. Das alles erschien ihr so unwirklich. Und doch schien es so zu kommen, wie Benner es vorausgesagt hatte. Vielleicht lag es an dem Enthusiasmus ihrer Freundin, aber auch Sara spürte, dies könne der Moment sein, an dem womöglich alles eine Wendung nahm. Und das war ein großartiges Gefühl.

»*Einfach* ist in diesen Tagen gar nichts. Es herrschen chaotische Zustände, doch in diesem Chaos besteht Hoffnung, Sara!« Bessie stieß erneut ein hysterisches Lachen aus, bevor sie schlagartig wieder still wurde. Sie wischte sich eine Träne aus dem Auge. »Gibbon ist nicht umsonst gestorben«, flüsterte sie. Sara umarmte ihre Freundin fest.

»Die ersten freien Radiosender gehen bereits wieder auf Sendung. Sie sagen pausenlos durch, man solle sich ruhig verhalten, die KLPO habe bis auf Weiteres ihr Amt niedergelegt und die Zeit, in der sie Angst und Schrecken verbreitet hat, sei vorbei. Nie mehr werden sie VyOs ermorden. Nie mehr werden sie Leute ihrer Rechte berauben, weil sie einer Minderheit angehören oder weil sie krank und alt sind. Und nie mehr werden sie Menschen verfolgen, die für Freiheit und Gleichberechtigung kämpfen.«

Bessie öffnete ihren Mantel und zog sich die Mütze vom Kopf. Ihr zerzaustes Haar ergoss sich in wilden Strähnen über ihre Schultern. „Es hat schon eine ganze Weile gebrodelt, aber dass sich die Ereignisse nun so plötzlich überschlagen, hätte ich nie zu hoffen gewagt", sagte sie nachdenklich. „Wie es aussieht, haben wir das Ganze einem VyO zu verdanken. Zumindest hat er das Fass zum Überlaufen gebracht."

„Was heißt das?", fragte Jim und kam Sara damit zuvor.

Bessie versuchte, ihre Mähne zu bändigen, indem sie darüberstrich, aber das war ein ausweglooses Unterfangen. „Es hat mit dem Verwesungsvideo zu tun. Vielleicht habt ihr davon gehört. Die KLPO hatte nicht nur das Sterben eines VyOs im Internet übertragen, sondern darüber hinaus den Verfallsprozess seines Kadavers über Wochen hinweg gefilmt. Anschließend haben sie auch noch ein hübsches kleines Zweiminuten-Zeitraffer-Video daraus gebastelt, das an Geschmacklosigkeit nicht zu überbieten war. Anscheinend kam die Aktion selbst bei den hartgesottenen Vyncent-One-Verächtern sehr schlecht an. Der Schuss ging für die KLPO nach hinten los, denn der Film war nicht nur erschütternd, er machte darüber hinaus jedem verdammten Zuschauer klar, dass dieser VyO kein *Ding*, sondern aus Fleisch und Blut war." Bessie verschränkte die Arme vor der Brust und schniefte. „Nach dem Video wandte sich gestern ein ehemaliger Vyncent-One-Entwickler an die Öffentlichkeit und hat haarsträubende Details über die abartigen Bedingungen preisgegeben, unter denen die VyOs erschaffen wurden. Er sagte, dass einigen VyOs irgendwelche völlig sinnlosen Bauelemente in den Körper implantiert wurden. Das geschah einzig aus dem Grund, die Illusion zu untermauern, sie seien künstliche Kreaturen. So konnte man sie wie Produkte verkaufen und das große Geld mit ihnen machen. Dabei sind VyOs ganz normale Menschen, mit dem einzigen Unterschied, dass sie nicht auf natürlichem Weg gezeugt und geboren wurden." Bessie schüttelte voller Verachtung den Kopf. „Ich hoffe, man wird diese Verbrecher und jedes einzelne KLPO-Schwein zur Rechenschaft ziehen. Und ich hoffe, dass die Täter furchtbar für all das Leid büßen müssen, das sie über uns alle gebracht haben!"

Saras Blick ging zu Jim, der stumm zugehört hatte. »Was bedeutet das alles? Was bedeutet es für Jim?«, fragte sie.

Bessie kam auf sie zu und umklammerte ihre Oberarme. »Sara, da draußen wurde gerade die Zeit zurückgedreht! Zurück zu einem Punkt, an dem VyOs nicht gejagt wurden. Im Grunde bedeutet das ... Jim steht nicht mehr auf der Abschussliste.«

## 37

Kaum hatte sich Bessie hingelegt, war sie eingeschlafen, obwohl sie Sara versichert hatte, viel zu aufgedreht dafür zu sein. Während der vergangenen Tage hatte sie vermutlich kein Auge zugemacht. Es waren aufwühlende Zeiten und die jüngsten Ereignisse mussten sich für sie wie ein Befreiungsschlag anfühlen. Aber war es nicht zu früh, davon auszugehen, nun würde alles besser werden? Bessies Euphorie hatte jedenfalls auf Jim übergegriffen. Sie hatte Hoffnung in ihm entfacht: die Hoffnung, dass er und die wenigen anderen verbliebenen Vyncent-Ones frei sein würden. Was das bedeutete, würde er sicher erst in ein paar Tagen oder Wochen begreifen. Aber würden es auch die Bürger da draußen begreifen, deren Vorurteile und Hass gegenüber VyOs während der letzten Jahre durch die Propaganda der KLPO gefestigt worden waren? Bislang hatten die Menschen seinesgleichen verachtet, gejagt und getötet. Würde sich das so schnell ändern?

Sara hatte darauf bestanden, hinaus in den Garten zu gehen. Es wäre sicherer gewesen, im Haus zu bleiben, wenigstens noch für ein paar Tage, um abzuwarten, wie sich alles entwickelte. Aber Bessies Nachrichten hatten Sara aufgewühlt und vielleicht drängte es sie, den Wind der neuen Freiheit zu spüren. Die Gefahr mochte sich jetzt, da die Sonne bereits unterging, tatsächlich in Grenzen halten. Es lebten nur noch wenige Menschen in dieser Gegend und sicher würde niemand mitbekommen, wenn er und Sara für ein paar Minuten im Garten waren. Außerdem hoffte er, dass ihr die frische Luft guttat.

Die untergehende Sonne tauchte die Welt in ein orangefarbenes Licht. Eine eigenartige Stille herrschte. Jim und Sara saßen dicht beieinander in dem alten, löchrigen Ruderboot, das bereits Moos angesetzt hatte. Um sie herum wucherte hohes Gras, es bog sich im Wind und erinnerte an sanfte Wellen, als würde das Boot tatsächlich auf dem Wasser treiben. Es war ruhig und friedlich. Jim konnte sich nicht vorstellen, dass wenige Meilen entfernt eine Revolution im Gange war. Er zog die Decke um Sara zurecht. Sie legte den Kopf auf seine Schulter und sog die klare Luft ein. »Ich finde das eigenartig. Alles ist so vage. Wir wissen nicht, was passieren wird«, sagte sie leise. »Glaubst du daran, dass alles gut wird?«.

Jim schwieg. Er wollte gern daran glauben.

»Sag schon, was hältst du von all dem?«, drängte sie ihn zu einer Antwort.

»Ich wünsche es mir«, sagte er. »Du brauchst einen Arzt und Medikamente.«

»Bessie meint, eine der ersten Maßnahmen wird die Wiederherstellung der medizinischen Versorgung sein. Sie glaubt auch, dass die Schulen in absehbarer Zeit wieder öffnen.« Sie stieß ein Lachen aus. »Vielleicht muss ich wieder die Schulbank drücken, ist das zu fassen?«

Die Vorstellung brachte Jim zum Schmunzeln. Ihm gefiel der Gedanke, dass Sara die Chance haben würde, wieder ein relativ normales Teenagerleben zu führen.

Ein Leben, in dem sie sich um keine größeren Dinge sorgen müsste als um Klassenarbeiten und Zeugnisnoten.

»Ich werde dir bei den Hausaufgaben helfen«, schlug er vor.

»Oder noch besser: Du erledigst meine Hausaufgaben im Alleingang.«

Jim schüttelte grinsend den Kopf. Dann blickte er hoch zum Abendhimmel. Die Sonne war fast hinter den Bäumen verschwunden. »Ich frag mich, wie viele VyOs noch irgendwo da draußen sind. Sind es zwei oder zehn oder noch mehr?«

»Sicher können sie bald aus ihren Verstecken kommen«, antwortete Sara. »Und wer weiß, vielleicht wirst du sie irgendwann kennenlernen. Vielleicht könnt ihr alle ein ganz normales Leben führen. Stell dir vor, du könntest Konzerte besuchen, einer Arbeit nachgehen, die du magst, und einem Sportverein beitreten.«

Jim lächelte und hoffte, dass es die Beklemmung überspielte, die er plötzlich empfand. Aber Sara schien seine Angst zu spüren.

»Was ist mit dir? Wäre das nicht wunderbar?«, fragte sie.

Jim zuckte mit den Schultern. »Ich weiß nicht einmal, ob ich das will. Ich bin doch geschaffen worden, um euch zu dienen. Ich meine, das ist doch meine Bestimmung.«

Sara schüttelte den Kopf. »Dass du so denkst, liegt an der Gehirnwäsche, die sie dir bei deiner Entwicklung verpasst haben. Du bist weder ein Sklave noch ein Roboter. Gib dir etwas Zeit. Bald wirst du spüren, dass du eigene Träume und Ziele hast.«

»Ich war noch nie mein eigener Herr. Ich kann mir gar nicht vorstellen, da draußen herumzulaufen und als *Mensch* zu funktionieren.«

Sara schlug ihm sanft aufs Knie. »Willkommen in meinem Club. Aber es wird ja nicht von heut auf morgen passieren. Und ich bin schließlich auch noch da. Fürs Erste kannst du bei mir bleiben. Lass uns einfach sehen, wie sich alles entwickelt, okay?«

Jim nickte. Es war lächerlich, sich zu fragen, ob er in der Lage sein würde, das Leben als Mensch zu meistern. Er wusste ja noch nicht einmal, was morgen war. Zuerst musste Sara wieder gesund werden. Alles andere war zweitrangig.

»Ich glaube ganz fest daran, dass es bergauf geht«, sagte sie, als wollte sie sich selbst davon überzeugen. Der Wind fegte ihr durchs Haar und für einen kurzen Moment entblößte er das Brandmal.

Jim seufzte. »Ich mache mir nur Sorgen, dass es zu lange dauert.«

Sara drückte sich an ihn und legte einen Teil der Decke über seinen Schoß. »Wir haben uns bisher ganz gut geschlagen, finde ich. Die letzten Tage werden wir auch noch überstehen. Genauso wie das, was auch immer danach kommt.«

Weitere Romane von Anna Gasthauser

## Schnapsladennächte
Liebesroman

## Die Liebe der Kellerwesen
Mystery Romance

## Godeks Keller
Mystery Romance

Wie entschuldigt man sich bei jemandem,
wenn man weiß, man kann es nie wieder gut machen?
Wie lernt man, ohne jemanden leben zu müssen,
wenn man diesen Menschen nicht vergessen will?
Rebecca hat ihren Partner nach fünf Jahren verlassen,
als er sie am dringendsten gebraucht hätte.
Leonard hat seine Frau nach sechzig Jahren Ehe
durch einen Herzinfarkt verloren.
Eine Enkelin. Ein Großvater. Zwei grundverschiedene
Situationen. Und eine Möglichkeit, die diesen beiden
Menschen individuell dabei hilft, die Scherben ihres
Lebens langsam wieder zusammenzusetzen.